Kaninchenherz

Das Buch

Friedhofsgärtnerin Gesine Cordes ist schockiert, als sie plötzlich am Grab ihrer eigenen Schwester steht. Seit zehn Jahren haben sich die beiden Schwestern nicht mehr gesehen. Seit Gesines Sohn unter bis heute ungeklärten Umständen ums Leben kam. Beide gaben sich gegenseitig die Schuld an seinem Tod. Gesine hat damals aus Trauer alles verloren: ihre Arbeit als Kriminalkommissarin, ihre Wohnung, ihre Familie. Bis heute ist sie davon überzeugt, dass die Schwester für das Unglück verantwortlich ist.

Jetzt ist es zu spät, um sich auszusprechen, um zu vergeben. Doch der Tod der Schwester ist geheimnisumwittert und lässt Gesine nicht los. Warum musste sie sterben? War es Mord? Was wissen die Eltern? Als Gesine nachforscht, stößt sie auf eine Mauer des Hasses.

Die Autorin

Annette Wieners, geboren in Paderborn, hat für ARD, ZDF und WDR als Drehbuchautorin gearbeitet. Sie lebt als Autorin und Journalistin in Köln. *Kaninchenherz* ist ihr Krimidebüt und der erste Teil einer Serie.

Annette Wieners

KANINCHENHERZ

Kriminalroman

List Taschenbuch

Besuchen Sie uns im Internet:
www.list-taschenbuch.de

MIX
Papier aus verantwortungsvollen Quellen
FSC® C083411

Originalausgabe im List Taschenbuch
List ist ein Verlag der Ullstein Buchverlage GmbH, Berlin.
1. Auflage Juni 2015

Umschlaggestaltung: Büro für Gestaltung – Cornelia Niere, München
Titelabbildung: Haus: mauritius images/alamy;
Acker: David Johnson/Trevillion Images
Grafiken Innenteil: © Katharina Hacka
Satz: Pinkuin Satz und Datentechnik, Berlin
Gesetzt aus der Kepler
Papier: Holmen Paper Hallsta, Hallstavik, Schweden
Druck und Bindearbeiten: CPI books GmbH, Leck
Printed in Germany
ISBN 978-3-548-61258-4

Für Georg, meinen Bruder

1

Der Asphalt war bucklig, durchzogen von Baumwurzeln, und die Trauerkränze auf der Ladefläche gerieten ins Rutschen. Gesine hatte keine Zeit zu verlieren. Sie lenkte ihren Pick-up auf den Weg, der zur Kapelle führte. Sie gab noch mehr Gas und wäre am liebsten bis vor den Eingang der Kapelle geprescht, aber dort hockte ein Mann und sah ihr entgegen. Er hielt zwei Mädchen an den Händen, auch sie drehten die Köpfe, als der Pick-up näher kam. Jäh trat Gesine auf die Bremse und klappte die Sonnenblende herunter, siebzig oder achtzig Meter von den dreien entfernt.

Der Mann war ihr fremd, vom Alter her vielleicht passend, aber sie hatte ihn noch nie zuvor gesehen. Der Anblick der Mädchen dagegen war ein Schock. Sie hatten lange, lockige Haare. Mahagonifarben.

Sie schaffte es kaum, den Rückwärtsgang einzulegen, schaffte es noch viel weniger, unter den Blicken der anderen zu wenden, sondern trat wieder auf die Bremse. Keine Aufmerksamkeit erregen, sich nicht verdächtig machen. Außerdem hatte sie ja die Kränze geladen. Wohin mit dem teuren Zeug, wenn sie den Friedhof jetzt fluchtartig verließ? Mitnehmen? Und dann? Hätte sie bloß rechtzeitig die Auftragspapiere gelesen, heute früh, bevor sie die Kränze packte.

Der Mann und die Mädchen starrten zu ihr herüber. Gesine ließ den Wagen nach rechts an den Wegesrand rollen und schaltete den Motor aus. Die Kinder schienen über etwas zu lachen, das der Mann ihnen erzählte, und endlich guckten sie woanders hin. Sie fingen sogar an zu hüpfen, sahen beinahe fröhlich aus, aber Gesine ließ sich nicht täuschen. Kinder mussten immerzu zappeln, gerade wenn es ans Eingemachte ging.

Ihr wurde schlecht. Sie nahm ihr Handy und stellte es stumm für den Fall, dass der Chef anrief. Was sollte sie ihm sagen, wenn er fragte, wie sie in der Kapelle zurechtkam? Dass sie auf dem besten Weg war, die Beerdigung zu sprengen? Dass sie heute leider nicht arbeiten konnte, aus Gründen, die ihr aber nicht über die Lippen kamen?

Sie schob ihr Haar zusammen, tastete neben dem Sitz nach der Kappe und setzte sie auf. So ging es ein wenig besser. Jetzt noch die Sonnenbrille. In der Mittelkonsole steckte das Etui. Es war leer. Sie wühlte im Handschuhfach: eine Tüte Erdnüsse, das Messer, die Amboss-Schere. Sie ratschte sich den Daumen, fand dann aber doch noch die Brille, verschränkte die Arme und drückte die Finger fest in die Muskeln.

Die beiden Mädchen waren gleich gekleidet, mit kurzen weißen Röcken und T-Shirts. Sie waren auch gleich groß, obwohl das eine etwas dünner wirkte als das andere. Zwillinge also. Vielleicht konnte Gesine sich beruhigen, denn Zwillinge lagen überhaupt nicht in der Familie. Es war absurd, sich allein aufgrund einer Haarfarbe verrückt zu machen.

Die Auftragspapiere glitten raschelnd vom Schoß in den Fußraum. Sie schob sie mit der Hacke unter den Sitz. Eigentlich galt es nur, die Nerven zu bewahren und die Arbeit genau so zu erledigen wie sonst auch. Sie musste Kränze und Gebinde zügig vom Pick-up laden und sich nicht darum kümmern, was auf den Schleifen stand. Außerdem durfte sie sich nicht in ein Gespräch verwickeln lassen, während sie das Zeug in die Kapelle brachte. Das war alles.

Nur mit Hannes sollte sie noch reden, später, wenn er mit dem Sarg kam. Wenn sie ihn kurz und knapp einweihte, würde er ihr augenblicklich helfen, vom Friedhof zu verschwinden, bevor die Trauergemeinde zusammenfand.

Ein Kiefernzapfen fiel auf die Kühlerhaube und rollte zur Seite. Hoch oben, zwischen den alten Kronen, glitzerte die Frühjahrssonne. Ein Specht klopfte. Gesine schloss den Fensterspalt und machte sich bereit.

Als sie die Autotür ins Schloss warf, schaute eines der Mädchen zu ihr. Kein Problem. Die Kappe warf einen Schatten, und die große, dunkle Sonnenbrille verhinderte den Blickkontakt.

Sie ging energisch auf den Vorplatz und grüßte den Mann mit einem knappen Nicken. Für eine Friedhofsgärtnerin war es die perfekte Art zu grüßen: Man zollte Respekt, trat aber niemandem zu nahe. Der Mann allerdings machte sofort Anstalten, ihr entgegenzugehen. Ein sportlicher Typ mit einem Lederband um den Hals. Er schob die Kinder vor sich her. Dicht an dicht saßen die Sommersprossen auf ihren Nasen. Gesine ging noch eine Spur schneller. Ihre eigenen Sommersprossen brannten plötzlich wie Funken auf der Haut.

»Ist es so weit?«, fragte der Mann.

»Nein, ich bringe nur die Sachen von der Gärtnerei.« Sie fingerte nach dem Schlüssel für die Kapelle.

»Welche Sachen?« Eines der Kinder kam bedrohlich nah. Der Schlüssel fiel zu Boden, Gesine bückte sich und ersparte sich eine Antwort, indem sie die Kapelle in Rekordzeit aufschloss und ins Dämmerlicht tauchte. Mit einem Ruck zog sie die Tür hinter sich zu, hielt die Klinke fest und lauschte. Unhöflich war sie, auffallend hektisch, aber niemand wagte, ihr zu folgen. Der Mann murmelte draußen noch etwas, vermutlich enttäuscht, und entfernte sich. Sie nahm die Brille ab und schob an der Tür den eisernen Riegel vor.

Neun Uhr schon. Die Beerdigung war erst für zwölf angesetzt, aber weil das Wetter so schön war, würden sich die Leute vielleicht früher treffen. Sie könnten sich auf dem Parkplatz versammeln und über die Verstorbene austauschen. Wo und wie war es passiert? Hatte sie Schmerzen gehabt, war sie allein gewesen? Und dann, wie zur Probe, konnte die Trauergemeinde schon einmal zum offenen Grab gehen und in die Tiefe schauen.

Ob ihre Eltern heute auch dabei sein würden? Aber was war das für eine Frage, selbstverständlich würden die Eltern kommen. Sie würden es als ihre Pflicht ansehen, auch wenn sie vor zehn Jahren noch behauptet hatten, auf einem Friedhof spiele Pflicht keine Rolle, sondern es gehe um den Wunsch, etwas über den Tod hinaus am Leben zu erhalten, selbst wenn es weh tue. Eine Erinnerungsstätte zu schaffen.

Wie weh tat es den Eltern denn heute im Vergleich zu damals, vor zehn Jahren?

Gesine zog die Kappe vom Kopf und stellte die Oberlichter der Kapelle hoch. Die laue Morgenluft strich über ihre Wangen. Vor dem Podest, auf dem später der Sarg stehen würde, war Wachs angetrocknet, weiße Spritzer auf dem Schieferimitat. Ein Papiertuch klemmte zwischen den Stühlen in der ersten Reihe. Ein Fehler der Putzfrau oder sogar ein Fehler von Hannes.

Sie nahm das Tuch, suchte den Mülleimer und fand ihn in der Ecke, bis an den Rand mit Taschentüchern und Bonbonpapier gefüllt. Ein zerknitterter Text lag obenauf, wässrig verwischte Schrift. Das Manuskript einer traurigen Rede. An anderen Tagen hätte Gesine die Zeilen genommen, sich rasch damit hingesetzt und gelesen. Heute aber huschte sie weiter in den Abstellraum und zerrte den Gitterwagen für die Kränze hervor.

Uralte Gummireifen, die rostigen Achsen quietschten. Am Stahlgeflecht, das senkrecht aus der Mitte ragte, schwankten gewaltige Haken. Der Wagen war ein Ungetüm, doch mit ihm ließ sich Zeit sparen, denn mit ihm konnte man ein Dutzend Trauerkränze auf einmal transportieren. Falls es gelang, ihn zu manövrieren.

Um wie viel Uhr kam Hannes, um ihr zu helfen?

Erneut lauschte Gesine nach draußen. Vor den Oberlichtern stritten sich Vögel. Ein Grünfink saß auf dem Sims. Von dem Mann und den Zwillingen war nichts mehr zu hören.

Sie rollte den Wagen bis zur Eingangstür und wollte gerade den Riegel zurückschieben, da fielen ihr Kappe und

Sonnenbrille ein. Hastig setzte sie die Brille auf und zog den Schirm der Kappe tief in ihr Gesicht.

Der Mann und die Kinder standen stumm auf dem Vorplatz. Als der Gitterwagen kam, wichen sie zur Seite. Der Mann lächelte Gesine zu, sich entschuldigend, weil er im Weg war. Ein Fehler, dieses Lächeln. Zu freundlich war es, zu nah. Gesine stieß sich das Schienbein am Wagen. »Autsch«, kommentierte eines der Kinder. Sie schubste das Gefährt nach vorn. Die Räder holperten hart über den Lehm und die Haken klapperten erbärmlich, aber es nützte überhaupt nichts, einen solchen Lärm zu machen. Das Bild hatte sich längst in Gesines Hirn gebrannt: Die Mädchen sahen eindeutig so aus, wie sie selbst früher ausgesehen hatte. Sie selbst und auch ihre Schwester Mareike.

Das musste man sich einmal vorstellen: Gesine und Mareike waren sich ähnlich gewesen, und Gesine hatte das auch noch gefallen! Auszusehen wie die große Mareike, die hoch in die Luft spucken konnte und darunter hindurchlief. Die Gitarre spielte und ihre Augenlider herunterklappte wie ein Star, ohne peinlich zu wirken. Die jeden küssen durfte, der ihr gefiel.

Der Gitterwagen kam zum Stehen. Gesines Schienbein brannte. Hinter ihr wurde gekichert, und die Mädchen liefen umeinander, während der Mann sich die Hosenbeine abklopfte. Niemandem schien etwas aufgefallen zu sein. Unglaublich, aber es war ja auch alles schon so lange her.

Sie rückte Brille und Kappe zurecht und spürte ihre Hände feucht am Gesicht. Dann bugsierte sie den Kranzwagen längs neben den Pick-up und holte sich die Arbeitshandschuhe vom Beifahrersitz. Kurz lehnte sie sich an die Tür.

Der Autolack glänzte, tiefschwarz, obwohl alle anderen Friedhofsgärtner grüne Wagen fuhren.

Von der Ladefläche stieg Tannenduft auf. Die Kränze, Gestecke und Buchsbaumkugeln, die zu verteilen waren, lagen in der prallen Sonne. Sie öffnete die Seitenklappen. Eine Hummel brummte zwischen den Blüten, wütend, weil die Treibhausware nichts hergab.

»Was steht da?«

Das dünne Mädchen hatte sich zum Pick-up geschlichen und zupfte an der weißen Schleife, die von der Ladefläche hing. Gesine wandte ihr Gesicht ab.

»In Liebe«, sagte sie, »und ein paar Namen.«

»Ich bin Frida. Das da ist Marta.«

Frida zeigte auf ihre Schwester, die hinten an der Kapelle hüpfte. Eigentlich waren die Zwillinge so alt, dass sie schon selbst lesen konnten. Die Frage nach der Schleife war nichts als ein Kontaktversuch gewesen. Gesine biss die Zähne zusammen.

Andererseits schien Frida das Interesse an ihr sofort wieder zu verlieren, denn sie holte jetzt aus und schoss mit Schwung ein Steinchen ins Gebüsch. Schweiß stand auf der kleinen Stirn, die Haut war fleckig und blass. Besser, das Kind würde in den Schatten gehen, wo es noch kühler war, und sich ausruhen.

Ein weiteres Steinchen flog, und diesmal sprang es gegen den Pick-up. Der Mann rief mahnend herüber, doch Gesine winkte mit einer raschen Geste ab. Kein Gespräch anfangen, erst recht keine Diskussion.

»Mach Platz.« Sie schob Frida, die den Autolack untersuchen wollte, zur Seite und erschrak über das Fliegengewicht. Die dünnen Arme, die staubigen Sandalen. Wie grob man selbst dagegen wirkte.

Und dann, während Gesine am Gitterwagen rückte, als stünde er noch immer nicht korrekt, musste sie auch noch feststellen, dass das Kind vor Sorge kaum atmen konnte. Vor Sorge, dass es zwölf Uhr würde und der Sarg unter der Erde verschwände. Warum lief es nicht zu den anderen und ließ sich trösten?

Mit einem Ruck hob sie den ersten Kranz vom Pick-up. Das Kind fasste die Schleife mit beiden Händen wie eine Schleppe. *In Liebe. Marta, Frida und Jan.* Rote Rosen, weiße Gerbera und Chrysanthemen in bester Gebinde-Qualität.

Gesine steckte den Kranz auf den vordersten Haken des Gitterwagens, und Frida ließ die Hände sinken. Die Lippen ein Strich, die Schultern mager unter dem T-Shirt.

Ein zweiter Kranz lag auf der Ladefläche, der den ersten an Gewicht noch übertrumpfte. Lilien, gepaart mit Anthurium crystallinum, ein vornehm blasses Manifest des Leblosen. Gesine brauchte nicht auf die Schleife zu schauen, sie erkannte den Geschmack ihrer Eltern.

»Frida!« Der Mann rief von der Kapelle aus nach dem Kind. Es kniff Gesine in den Oberschenkel und rannte davon. Ob es doch etwas ahnte? Ob es doch genauer hingeguckt hatte?

Zügig die Arbeit hinter sich bringen.

Als alle Kränze auf den Haken hingen, schob Gesine den Wagen zurück zum Vorplatz. Ein mühsames Unterfangen. Es fehlte Luft in den Reifen, eine Achse eierte, und die Gebinde schaukelten hin und her. Ihr war mittlerweile so warm, dass die Sonnenbrille rutschte, aber da der Mann und die Kinder jetzt nicht mehr zu sehen waren, konnte sie die Brille auch abnehmen und in der Brusttasche verstauen. Sie lüftete die Kappe.

Bisher war alles gutgegangen, zum Beispiel war sie zeitlich locker im Rahmen, und trotzdem war ihre Unruhe noch gewachsen. Sie musste aufpassen, sie musste gelassener sein, sonst wurde sie am Ende zu ihrem eigenen Risiko.

Sie griff wieder nach den Holmen und drückte, aber der Wagen blieb an einem Stein hängen, und einer der Kränze schlug ihr ins Gesicht. Sofort fingen die Kontaktlinsen an zu scheuern, und dann kam auch noch der Mann aus dem Gebüsch gekrochen.

»Marta!« Ein Schweißfleck hatte sich auf seinem Rücken ausgebreitet, das blaue Oberhemd klebte an den Schultern. Er drehte sich suchend um: »Marta!«

Sie beeilte sich, den Kranzwagen in die Kapelle zu stoßen, direkt vor das Podest für den Sarg, dann zog sie die Tür ins Schloss und versorgte sich mit Augentropfen. Auf den Oberlichtern tanzten Schatten.

Der Mann draußen wurde ungeduldig. »Marta! Komm jetzt her!«, drang es durch die Fenster.

Gesine blinzelte. Die Schleifen, die vom Wagen hingen, glänzten im Zwielicht. *Marta, Frida und Jan.* Goldene Buchstaben, silberne Symbole wie kostbare, mystische Versprechen, und nur wer genau hinsah, erkannte den billigen Druck aus der Standardschablone.

Sie ging zum Lichtschalter, plötzlich erschöpft, und überhörte beinahe, dass die Tür knarrte.

»Hilfe!« Frida stand auf der Schwelle. »Hilfe, meine Schwester ist weg.«

Gesine ließ die Lampen leuchten und schob das Kind zurück, so wenig ruppig wie möglich.

Draußen, neben der Kapelle, saß der Mann im Staub. Er weinte in seine Hände, er schluchzte in erstaunlich tiefen Tönen. Sein Rücken schlug rhythmisch gegen die Bruchsteinmauer. Frida streckte einen Arm aus und streichelte seine schwarzen Locken. Gesine dagegen hätte ihm am liebsten in den Hintern getreten. Es war bereits nach zehn!

Sie berührte ihn an der Schulter, damit er wenigstens aufhörte, so grob gegen die Mauer zu wippen. »Es wird Zeit«, sagte sie.

Er verbarg jedoch sein Gesicht und unternahm keinen Versuch, sich zusammenzureißen. Wusste er denn nicht, dass er seine Kinder unter die Fittiche nehmen und sie auf die Zeremonie vorbereiten musste? Sollten sich die Mädchen nicht auf ihren Vater verlassen können, an diesem schlimmsten Tag in ihrem Leben?

Frida schaute zu ihr hoch, kritisch. Die Kappe fehlte, die Sonnenbrille auch.

»Ja, was denn?« Gesine drehte sich um und marschierte los, ohne darauf zu achten, ob ihr jemand folgte.

Das Grab, das für die Beerdigung gekauft worden war, lag im Feld C, Nummer 212. Rhododendren unter hohen Kiefern und Birken. Giftige Azaleen. Sie machte große Schritte und merkte bald, dass Frida trotzdem mithielt. Das Kind gab keinen Ton von sich, es lief einfach nur mit, aber noch bevor Feld C in Sichtweite kam, schob sich seine kleine Hand zwischen Gesines Finger.

Die Bohlen aus Metall, die das Grab über Nacht abgedeckt hatten, waren längst entfernt worden. Ein Tiefgrab war es, der Sarg würde in die untere Lage kommen. Wohlgeformt wölbte sich der Aushub am Wegesrand, ein grünes Vlies war darübergespannt. Frida kletterte hinauf und schaute von oben in die Grube.

Es roch, als sei Sommer. Seit Wochen schon trocknete der Friedhof aus. Die Lehmkanten des Grabes bröckelten, die verschiedenen Schichten der Erde waren gut zu erkennen. In zwei Meter achtzig Tiefe sammelte sich Sand. Ein zweckmäßiger, durchlässiger Boden. Allerdings nicht durchlässig genug für die Schuld, die zu groß und zu schwer war.

»Marta!«

Auf dem Hintern schob Frida sich den Hügel herunter. Gesine war in Versuchung, ihr zu helfen, steckte dann aber die Hände in die Hosentaschen und starrte in das Gebüsch.

»Komm da raus«, sagte sie. Das Barsche in ihrer Stimme ließ sich entschuldigen, bei dem Zeitdruck, unter dem sie stand.

Es raschelte und knackte. Plötzlich sprang Marta aus den Sträuchern, fiel Frida um den Hals, und die beiden klammerten sich aneinander. Lautlos, wie unter Wasser, gar nicht nach Kinderart.

Gesine machte kehrt und ging zur Kapelle zurück. Das hier war nicht ihr Job. Auch das mit dem Mann nicht, der immer noch an der Mauer saß und heulte.

»Ihre Tochter ist aufgetaucht«, sagte sie trotzdem im Vorbeigehen.

Er nickte und erwiderte, ohne aufzuschauen: »Ich schaffe das nicht.«

Sie verzog das Gesicht. So oft hatte sie diesen Satz schon gehört, dass er kaum noch etwas in ihr rührte. Außerdem machte dieser Akzent sie nervös. Spanisch, was sonst. Man durfte nicht darüber nachdenken.

Sie wollte jetzt lieber Hannes anrufen, damit er endlich herkam. Er hatte selbst schon versucht, sie zu erreichen, doch als sie die Mobilbox anwählte, sah sie aus dem Augenwinkel, wie der Mann plötzlich vom Boden aufstand und in die Kapelle schlüpfte. Alarmiert steckte sie das Handy weg und ging ihm nach. Sie konnte sich keine Zwischenfälle mehr leisten, und der Mann wirkte äußerst labil.

Er hatte den Gitterwagen gepackt und fächerte die Kränze auseinander. Die Haken knirschten am Gestänge.

»In Liebe«, seine Stimme hallte in der Kapelle, »Marta, Frida und Jan.«

»Die Mädchen sollten nicht allein am Grab sein«, sagte Gesine und blieb in der Tür stehen.

Er ließ die Kränze los und sackte mit dem Hintern auf das Podest. »Unser Hochzeitstag. Und meine Frau hat nichts Besseres zu tun, als mitten in der Nacht aufzustehen und über das Feld zu marschieren.«

Und? Es ging sie nichts an. Gesine hielt Ausschau nach der Sonnenbrille. Sie lag auf einem der vorderen Stühle.

»Bitte.« Sie machte eine Geste zur Tür, aber der Mann ließ den Kopf hängen und fing wieder an zu schluchzen. Eine Weile hielt sie es aus, abzuwarten und nur mit dem Fuß zu wippen, aber dann musste sie deutlicher werden.

»Für Ihre Kinder kann der Tag der Beerdigung traumatisch sein. Sie müssen jetzt rausgehen und sich um sie kümmern.«

»Ich kümmere mich um nichts anderes mehr als um meine Kinder.«

Sie schwieg, setzte die Brille auf, fühlte sich aber mit den dunklen Gläsern unwohl unter dem Kunstlicht. Sie legte die Brille wieder weg und registrierte, dass der Mann sich jetzt anstrengte, sein Schluchzen in den Griff zu bekommen. Immerhin. Er atmete durch, zerrte ein Taschentuch aus seiner Jeans und faltete es in Zeitlupe auseinander.

»Man merkt, dass Sie in diesen Dingen Routine haben.« Er schnäuzte sich. »Aber für mich hat sich das Leben von einem auf den anderen Augenblick komplett verändert.«

»Sicher.«

»Ich habe geschlafen, als meine Frau nach draußen gegangen ist! Wissen Sie, was das bedeutet?«

Selbstvorwürfe, das war klar. An anderen Tagen wäre Gesine sogar darauf eingegangen. Sie hätte geredet und geholfen, die realistischen von den unrealistischen Vorwürfen zu trennen und Ballast abzuwerfen. Aber bei dieser Beerdigung heute? Bei ihm? Dass sie überhaupt hier herumstehen und sich Klagen anhören musste!

Sie bückte sich nach dem überfüllten Papierkorb und stellte ihn mit einem harten Geräusch in eine andere Ecke. Der Mann steckte das Taschentuch umständlich wieder ein.

»Man macht sich keine Vorstellung davon, wozu Menschen in der Lage sind«, sagte er, »selbst wenn man meint, sie zu kennen.«

Sie schnaubte, ein Reflex, den sie weder unterdrücken konnte noch unterdrücken wollte. Der Mann richtete sich auf, als fühlte er sich provoziert.

»Ich sage damit nicht, dass meine Frau mit Absicht auf die Gleise gegangen ist!«

Bitte was? Auf die Gleise?

»Ich habe geschlafen«, wiederholte er, »an unserem Hochzeitstag. Und sie ist übers Feld gegangen, mitten in der Nacht, bis zu den Gleisen. Dann kam ein Zug.«

»Entschuldigung«, sagte Gesine, zu ihrem eigenen Ärger, denn warum sollte ausgerechnet sie sich jetzt entschuldigen? Sie sollte eher losschreien und den Kerl aus der Kapelle jagen! Nichts wollte sie wissen über diesen Todesfall, und erst recht wollte sie nicht überlegen, ob es ein Selbstmord war oder nicht. Wie dreist von ihm, ihr ein Detail nach dem anderen in den Kopf zu pflanzen.

»Hallo?« Er musterte sie kritisch vom Podest aus. »Hallo, kennen wir uns eigentlich?«

Sie blickte zur Seite, entdeckte an der Wand den Kasten für die elektrischen Sicherungen und öffnete die Klappe, als habe sie dort etwas zu kontrollieren. Hinter ihrem Rücken hörte sie ein Knirschen auf dem Schieferimitat. Offenbar war der Mann aufgestanden.

»Wir sind schon länger nicht mehr in Spanien. Sie wollte unbedingt zurück. Aber wozu? Um nachts aus dem Haus zu gehen und sich auf den Gleisen umzubringen? Nein!«

Er hustete, fürchterlich, sie schloss für einen Moment die Augen. Dann zog sie ein Blatt Papier aus der Gesäßtasche und strich es glatt. Der Wochenplan für die Gräber, C-212 war orange markiert. Nüchtern, faktisch. Sie wollte so tun, als handele es sich bei dem Papier um einen Schaltplan für die Elektrik und als sei sie in ihre Arbeit vertieft. Doch ein würgender Laut ließ sie herumfahren. Der Mann stand nur noch wenige Schritte von ihr entfernt, die Hand zitternd vor den Mund gelegt. Seine Augen wurden immer größer.

»Wirklich. Sie sind das!«, brachte er hervor. »Sie!«

Sie schloss die Kastenklappe an der Wand.

»Mich geht die ganze Geschichte trotzdem nichts an«, sagte sie gegen die Steine.

Es stimmte doch. Krebstod, Unfalltod, Ertrinken, Ersticken, Erhängen. Schuld, Mitschuld. Schlechtes Gewissen, Liebe. Sie hatte auf diesem Friedhof alles gehört, alles gesehen, was es rund um das Sterben gab. Sie hatte sich in all den Jahren auch gerne gekümmert, sich der Trauernden angenommen. Immer. Aber nicht heute, nicht in diesem Fall.

»Schade.« Seine Stimme war kaum zu verstehen. »Sehr, sehr schade. Aber Sie sollten trotzdem wissen, dass ich einen Selbstmord für ausgeschlossen halte.«

Er ging nach draußen, mit wackeligen Schritten. Die Tür blieb offen, es zog, und noch während Gesine an der Wand stand, merkte sie, dass der Duft der Kränze sich auszubreiten begann. Ein Albtraum, das alles. Und die Kinder? Sie saßen bestimmt noch immer im giftigen Rhododendron neben dem offenen Grab.

Sie schloss die Kapelle ab und lief über den Weg zu C-212. Marta, Frida und Jan. Die Mädchen konnten doch nichts dafür, weder für heute noch für damals.

Sie überholte Jan, wortlos, und tauchte am Grab zwischen die Sträucher. Die Zweige wischten ihr über das Gesicht. Da hockten die Kinder, Blätter in den Händen. Sie kniete sich vor sie in den Dreck und nahm ihnen die Blätter ab.

»Tut es eigentlich weh, wenn man stirbt«, fragte Marta, »oder ist man schon tot, bevor es weh tun kann?«

»Keine Ahnung. Ihr müsst jetzt jedenfalls hier raus. Ich bin für die Büsche zuständig, und mir gefällt es nicht, dass ihr hier herumkriecht.«

Sie scheuchte die beiden ins Freie. Jan stand neben der Grube und nahm seine Töchter in Empfang.

»Bis gleich«, sagte Frida und winkte Gesine zu.

Sie tat, als habe sie nichts gehört.

Rhododendron

Blütengehölz, wichtiger Zierstrauch sowohl im privaten als auch im öffentlichen Bereich.

Bekannt sind Hunderte Arten, Tausende Sorten. Als Untergattung die Azalee.

Immergrün, sommergrün, wintergrün.

Vielgestaltige Blätter: lanzettlich, elliptisch, kreisrund. Drüsen, Härchen, Schuppen oder wolliger Belag. Oft ähnlich dem Lorbeerblatt.

Reiche Blüte in zahlreichen Farben, meist duftend, einzelständig oder in Dolden, meist an den Enden der Zweige.

Giftstoffe aus der Gruppe der Diterpene.

Gift enthalten in Blättern, Blüten, Nektar und Früchten.

Anschwellender Speichelfluss, Erbrechen, Durchfall, starke Bauchschmerzen, Krämpfe, Brennen der Haut oder Taubheitsgefühl, Blutdruckabfall, Herzrhythmusstörungen, Bewusstlosigkeit.

Medizinische Kohle. 1 g pro kg Körpergewicht. Zufuhr von Flüssigkeit.

2

Die roten Hartriegelzweige klopften gegen die Seitenscheiben. Wind war aufgekommen und trieb heiße Luft über den Friedhof. Wie angekündigt, kam der Wind aus der Sahara und brachte Wüstensand mit. Auf dem schwarzen Autolack lag bereits eine dünne Schicht.

Gesine rutschte tief in den Fahrersitz. Sie hatte den Pick-up an den Rand eines Seitenwegs gefahren, um vor der Trauergemeinde sicher zu sein. Sie hatte nicht viel geschafft. Erst recht nicht, vom Friedhof zu verschwinden, bevor die Beerdigung begann.

Sie hatte stattdessen die Kontrolle verloren. Schwindelig war ihr geworden, als sie vom offenen Grab und den Kindern zurückgekommen war. Um sich mit kaltem Wasser zu erfrischen, war sie ins Toilettenhäuschen gestolpert, das sich an die Kapelle lehnte. Der Schwindel aber ließ nicht nach, und außerdem hing da noch der Spiegel über dem Waschbecken. Sie sah ihre Sommersprossen, ihr verschwitztes mahagonifarbenes Haar. Schließlich sperrte sie sich in eine Kabine, um dort, auf dem Klodeckel sitzend, auszuharren. Einatmen, ausatmen.

Erst als sie gehört hatte, wie Hannes mit dem Sargwagen vorfuhr, hatte sie erleichtert zum Handy gegriffen, um ihn anzurufen und ihm zu sagen, was los war. Aber dann stellte sie fest, dass Hannes gar nicht allein war. Natascha lief auf dem Vorplatz herum und quatschte. Ausgerechnet heute. Es würde nicht möglich sein, ein vertrauliches Gespräch zu führen. Sie schaltete das Handy aus, ohne gewählt zu haben, und blieb in der Kabine. Sie würde sich selbst helfen müssen, so wie gewohnt.

Einatmen, ausatmen.

Unterdessen amüsierte sich Natascha lautstark über Hannes, weil er nach Gesine rief und herumsuchte, anstatt sich an die Arbeit zu machen. Für eine freie Mitarbeiterin war sie ganz schön frech. Die Türen am Sargwagen schlugen, und schließlich betraten Natascha und Hannes die Kapelle, deren Oberlichter über dem Toilettenhäuschen schwebten. Absätze klackerten auf dem Schieferimitat, Stuhlbeine schrappten.

Wie immer würde Hannes aus der düsteren Kapelle einen intimen Ort der Andacht machen. Mit farbigen Tüchern, wo die Wand dreckig war, und Kerzen, wo der Blick nicht in die Ferne schweifen sollte. Die perfekte Kulisse für den Akt der Augenwischerei, aber heute würde sich Hannes schämen, wenn er erfuhr, für wen er den Trauerraum schmückte.

Einatmen, ausatmen, besser nicht auf die Uhr schauen. Die Toilettenfliesen zählen. Es war nicht schlimm, sich selbst zu helfen. Es brauchte nur ein wenig länger.

Endlich, als in der Kapelle bereits die Musikanlage getestet wurde, konnte Gesine das Toilettenhäuschen wieder verlassen. Ihr war nicht mehr schwindelig, und ihr war auch nicht mehr schlecht, dafür rückte jetzt bereits die Trauergesellschaft an. Auf dem Parkplatz rangierten zahlreiche Autos, und vor dem Haupttor versammelten sich erste Gruppen. Wie sollte sie den Ausgang erreichen, ohne gesehen und angesprochen zu werden?

Sie schlich zu ihrem Pick-up, der noch immer in der Nähe der Kapelle stand, und zog die Tür sachte ins Schloss. Untertourig fuhr sie in den Seitenweg, um den Wagen mit der Kühlerhaube voran in den Hartriegel rollen zu lassen. Seitdem wartete sie. Sie lauerte. Sobald die Leute sich in die Kapelle verzogen hatten, würde sie davonbrausen.

Inzwischen lag der Wüstensand auf dem Autolack wie ein Tuch aus dichter Gaze. Die Sonne hatte den Innenraum aufgeheizt, trotz der geöffneten Fenster, und die Erdnüsse, die Gesine aus dem Handschuhfach holte, klebten vom Salz. Zwölf Uhr war vorbei, so lange wartete sie nun schon im Wagen, und doch waren die Wege noch immer von Menschen belagert. Niemand hatte es eilig, die Kapelle zu betreten. Die Trauerfeier verzögerte sich, wohl wegen des großen Andrangs.

Sie lehnte sich aus dem Fenster und hielt das Gesicht in den heißen Wind. Dahinten trottete eine Schar Kinder den Hauptweg hoch. Freunde von Marta und Frida vermutlich. Wie ruhig sie waren, wie klein unter den hohen Bäumen. Der Anblick gab ihr einen Stich.

Sie spähte in die andere Richtung, durch die Sträucher zum Vorplatz der Kapelle. Waren dort Jan und die Zwillinge zu erkennen? Tatsächlich. Sie trugen jetzt, zur Feier, dunkle Klamotten und fielen damit auf, denn alle anderen Leute steckten in bunten Kleidern. Mit Sicherheit hatte auf der Einladungskarte gestanden: *Trauerkleidung nicht erwünscht.* Warum hielt sich ausgerechnet Jan nicht daran?

Gesine zog sich in den Pick-up zurück und suchte nach ihrer Trinkflasche. Das Wasser war natürlich warm.

Wie Jan am Vormittag geschwitzt hatte in seinem blauen Hemd. Wie er Gesine in der Kapelle angestarrt hatte, als ihm klarwurde, wer da vor ihm stand. Und wie er darauf gepocht hatte, dass seine Frau keine Selbstmörderin war, auch wenn sie an den Gleisen gelegen hatte.

Zerfetzt. Eine verzweifelte, entschlossene Tat. Eine besonders brutale Art zu sterben.

»Tut es weh«, hatte Marta vorhin im Gebüsch gefragt, »oder ist man tot, bevor es weh tun kann?« Eine heikle Frage.

Gesine schraubte die Flasche zu. Es rührte sich etwas an der Kapelle. Endlich. Eine allgemeine Bewegung, man schlenderte auf Jan zu. Er schüttelte Hände und ließ die Gruppen an sich vorüberziehen. Ein Begrüßungsdefilee, aber seltsamerweise mit dem Rücken zur Eingangstür. Die Tür blieb immer noch zu! Man könnte wirklich wütend werden.

Wenigstens waren die Eltern nicht zu sehen. Ein paar andere Leute kamen Gesine bekannt vor, aber nur vage, aus einer Zeit, in der sie selbst noch gern unter Menschen gewesen war.

Sie zog den Kopf ein und bog den Rückspiegel zurecht. Weiterwarten, weiterlauern, und bald musste es doch vorbei sein. Wenn sie nur durchhielt. Passiv und nervös, ganz gegen ihre Art.

Heute Morgen zum Beispiel war alles noch anders gewesen. Sie hatte den Tag optimistisch begonnen, entspannt und im Trott. Weit vor Sonnenaufgang hatte sie in ihrem Wohnwagen die Luken geöffnet und Kaffee gekocht. Sie hatte sich in eine Decke gewickelt und vor die Tür gesetzt, wie immer. Die Wiese war nass, die Sohlen der Gummistiefel kühlten aus, aber sie hielt die Füße trotzdem still, denn mit einem Mal stieg die Sonne auf. Zügig schob sie sich hinter dem Wald hoch, und Gesine musste ihren Campingstuhl nur ein paar Meter zur Seite rücken, um die Strahlen auf dem Gesicht zu spüren. Warm, friedlich, vielversprechend. Der Kaffee dampfte, die Nase lief, und dann kam Bauer Josef dazu. Sie roch die Seife, mit der er sich morgens rasierte. Seine Lederjacke knarzte, als er seinen Hocker neben ihren Campingstuhl stellte. Nicht zu nah, sie schlug die Beine übereinander. Im Stall nebenan klirrten die Ketten. Und wo blieb der Hund?

Sie deutete auf die Thermoskanne, die am Boden stand, und genoss das Geräusch, als der alte Bauer sich den Becher füllte. Den schwarzweißen Becher wohl wieder, ein abscheuliches Werbegeschenk der Molkerei. Und dann lachte Josef. Er fand es komisch, wie sie da saßen. Er auf der Wiese neben der Hofeinfahrt, anstatt in seiner Stube über der Zeitung wie die anderen alten Bauern, und Gesine vor ihrem Wohnwagen, von dem sie längst das Nummernschild hätte entfernen können, denn von hier, von dieser Wiese, würde sie nie wieder wegziehen.

Sie ließ Josef lachen und ging nach drinnen, um Eier zu braten. Nur ausnahmsweise. Er zuckte mit den Schultern: »Ich habe sowieso keine Zeit, öfter mit dir zu frühstücken.«

Aber sie konnte doch sehen, dass er seinen Teller besonders sorgfältig auf den Knien balancierte und dass er vom Toast nur kleine Bissen nahm, um nicht allzu schnell fertig zu werden. Fünfzehn Jahre war seine Frau schon tot, und er vermisste sie immer noch. Er hielt ihren Stuhl in der Stube frei. Zum Fürchten.

Später, nach dem Frühstück, musste Gesine sich plötzlich beeilen, um pünktlich zur Gärtnerei zu kommen. Die Teller blieben schmutzig in der kleinen Spüle zurück, das Bett im Heck des Wohnwagens blieb ungemacht.

Vermutlich war es diese Eile gewesen, die sie veranlasst hatte, die Auftragspapiere, die der Chef ihr in die Hand gedrückt hatte, ungelesen in den Pick-up zu werfen. Sie hatte die Trauerkränze einfach aufgeladen, ohne auf die Schleifen zu schauen. Sie hatte noch wahrgenommen, unter welchem Namen die Beerdigung lief, *Alvarez*, fett gedruckt, aber das hatte ihr nichts gesagt.

Beerdigung Alvarez, Ostfriedhof, Kapelle komplett.

Der Hartriegel wiegte sich unbeirrt im Wind. Der Sand auf der Frontscheibe erschwerte zunehmend die Sicht, und das Gemurmel vom Vorplatz der Kapelle drang immer lauter in den Pick-up. Jeder in dieser Trauergemeinde schien etwas mitteilen zu müssen. Ein weinerliches Raunen. Ein Gehüstel. Man sollte die Seitenfenster schließen, um sich davor zu schützen.

Wenn bloß die Hitze im Wagen nicht wäre.

Und wenn es nicht so dermaßen deprimierend wäre, dass man Ewigkeiten im Auto herumsaß und die Gegend observierte, als sei man noch die Polizistin von früher und nicht die Friedhofsgärtnerin von heute in einem völlig neuen Leben.

Schluss damit. Gesine öffnete die Tür und stieg in den Hartriegel. Ein Kaninchen guckte unter dem Busch hervor, schreckensstarr, und verschwand. Und was war das? Über den Hauptweg kamen tatsächlich noch mehr Leute zur Kapelle. Am Haupttor stand ein Sammeltaxi. Die Zeremonie uferte aus.

Sie verschloss den Pick-up und entfernte sich geduckt. Um den Hauptweg nicht kreuzen zu müssen, ging sie in Richtung Feld D, wachsam und eilig. Feld D grenzte zwar an Feld C, aber von dort aus führte eine kleine Nebenpforte direkt in den Wald. Die einzige Lösung. Das Auto musste sie später abholen, am Abend, wenn die Luft rein war.

Sie lockerte die Muskeln. Sie huschte, fast trabte sie über den Friedhof, und es tat gut. Die Geräusche vom Vorplatz verblassten, nur die Vögel zwitscherten weiter, und die Kronen der Kiefern rauschten. Eine alte Dame harkte ihr Beet und winkte herüber. Gesine mäßigte ihr Tempo. Kein Aufsehen erregen, sich auch besser nicht mehr ducken. Sie winkte verhalten zurück, und die alte Dame harkte weiter.

Ob sie sich später die Beerdigung ansehen würde? Die Harke weglegen und nachfragen würde, um wen es hier ging? Sicher würde man ihr Auskunft erteilen: Eine Frau hatte an den Gleisen gelegen, allein im Dunkeln, an ihrem Hochzeitstag, während ihr Mann und die Kinder zu Hause schliefen.

Mareike.

Der matte Glanz der Schienen in der Nacht. Der Geruch der Imprägnierung, der von den Bahnschwellen aufstieg. Der Schotter. Und dann das Fahrgeräusch des Zuges, schnell wachsend, hart, ein beinahe ohrenbetäubendes Jaulen. Woran hatte Mareike in diesem Moment gedacht? An ihre Schuld von damals, ihre bodenlose Schuld?

Außer Atem bog Gesine um die Kurve. Die Haut auf ihrem Gesicht spannte inzwischen, als habe sich der gelbrote Staub mit dem Schweißfilm verbacken. Sie wischte sich über die Stirn. Die Körner schmirgelten über die Haut.

»Gesine?«

Sie fuhr herum. Diese Stimme.

»Gesine! Das darf doch nicht wahr sein!«

Links, im Stichweg, der zu den Parzellen führte, stand eine Gestalt. Das Bild flimmerte vor Gesines Augen, der Halbschatten irritierte sie mit seinen zittrigen Flecken, doch die Gestalt ließ keinen Zweifel zu.

»Mutter?« Das Wort, das sie nie wieder hatte aussprechen wollen.

Die Mutter antwortete nicht. Sie wedelte stattdessen mit erhobener Hand nach hinten. Am Ende des Weges tauchte der Vater auf. Und neben ihm ging Hannes!

»Dass du es wagst, zur Beerdigung zu kommen!«, rief der Vater.

Hannes überholte ihn. »Wo hast du bloß gesteckt, Gesine?«

Sie öffnete und schloss den Mund. Die Füße pochten in den Arbeitsstiefeln, die Augenhöhlen pulsierten. Zehn Jahre waren vergangen, und wie alt waren die Eltern geworden. Das schlohweiße Haar des Vaters schütter, die Mähne der Mutter kunstvoll über die Ohren gedreht.

Hannes nahm Gesine in den Arm. »Ich weiß Bescheid«,

sagte er dicht an ihrem Ohr. »Ich habe das Foto für die Kapelle gesehen.«

Sie bog sich weg. Natürlich, das Porträtfoto. Wie hatte sie das vergessen können? Das große Bild, das in der Kapelle neben dem Sarg aufgestellt wurde.

Der Vater baute sich breitbeinig auf. »Wie kannst du es wagen!« Seine Stirn war knallrot.

»Ich weiß es selbst erst seit heute Morgen.« Gesines Zunge klebte am Gaumen.

»Du arbeitest in der Gärtnerei?«, fragte die Mutter.

Gesine hätte ihr gern etwas entgegnet, ihr vielleicht sogar die Hand gegeben, aber die Mutter hielt sich am Vater fest und stellte schon die nächste Frage: »Was hast du bloß getan?«

Ihre Stimme klang tiefer als früher. Von den vollen Lippen liefen feine Falten. Die hohen Wangenknochen schimmerten, noch immer apothekengepflegt, doch der Blick, mit dem sie Gesine bedachte, war dunkel und schwer. Es war der Blick einer Fremden, die nach Hause will.

Hannes breitete die Arme aus. »Herr und Frau Augenthaler, ich darf Sie jetzt zur Kapelle bitten.«

Der Vater senkte das Kinn auf die Brust und schaute Hannes von unten her an. »Sie machen die ganze Zeit gemeinsame Sache mit Gesine? Kassieren unser Geld als Bestatter und verraten uns nicht, mit wem wir es in Wahrheit zu tun haben?«

Hannes blieb ruhig. »Sie missverstehen die Situation, Herr Augenthaler.«

»Nein. Die Polizei wird denken, wir ticken nicht richtig, dass wir ausgerechnet mit Ihnen zusammenarbeiten.«

»Die Polizei?« Gesine straffte sich.

Die Mutter stieß den Finger in ihre Richtung. »Du hast Mareike doch auf dem Gewissen!«

Vor Überraschung entfuhr Gesine ein Laut, der fast wie ein Lachen klang. Die Mutter setzte nach: »Ich habe es immer gewusst, dass du dich eines Tages an deiner Schwester rächen würdest.«

»Aber ich habe Mareike seit zehn Jahren nicht mehr gesehen«, rief Gesine.

»Das hat sie uns anders erzählt.«

»Dann hat sie gelogen! Ich wusste ja nicht einmal, dass sie aus Spanien zurückgekommen ist.«

»Hier am Friedhof habt ihr euch getroffen. Vor zwei Wochen zuletzt.«

»Nein!«

Hannes mischte sich ein. »Frau Augenthaler, das kann wirklich nicht stimmen.«

Von der Kapelle wehte der Glockenschlag über den Friedhof. Die Eltern horchten auf.

»Wir brauchen das nicht zu diskutieren«, sagte der Vater. »Die Polizei wird die richtigen Schlüsse ziehen.«

Er schob die Mutter auf den Weg, und gemeinsam gingen sie davon, stoisch, ohne sich noch einmal umzudrehen.

3

Wer zum ersten Mal auf den Ostfriedhof kam, musste Angst haben, sich zu verlaufen. Die hohen Bäume, das dichte Strauchwerk, verschlungene Wege. Kein Planquadrat zu erkennen. Nicht einmal die Brunnen schienen nach einem System verteilt worden zu sein, auch nicht die Müllcontainer. Nichts, woran man sich orientieren konnte, hinter jeder Kurve bot sich ein neues Bild. Mal lagen die Gräber rechts und links aufgereiht an einem Schotterpfad, mal versteckten sie sich in überwucherten Nischen. Mal gab es eine offene Rasenfläche, auf der einzelne Bäume wuchsen, mit Blumensträußen und Herzen am Stamm. Oder aber es lag ein ganzer Geländeabschnitt brach, als sei er seit Jahrzehnten nicht betreten worden.

Ein alter Friedhof war es, auf einem riesigen Areal am Rande der Großstadt erbaut, dort, wo der Wald begann. Nur ein Bruchteil der Grabstellen war belegt. Man hatte den Friedhof unter dem Eindruck von Weltkriegen geschaffen, hatte Vorsorge getroffen für Berge von Leichen. Als aber weitere Kriege ausblieben, ebenso wie Seuchen und Naturkatastrophen, musste die Verwaltung umdenken. Man fing an, mit der Mode zu gehen, und nutzte dafür den freien Platz. Für jede Art der Bestattung wurde ein eigenes Feld eröffnet. Die alten Familiengruften und pompösen Einzelgräber blieben bestehen, aber man bot auch moderne, schlichte Parzellen an, in neuartiger Geometrie. Man eröffnete zusätzlich einen eigenen Bereich für die Urnen, später auch für die Urnenbestattung unter Bäumen. Selbst die Anonymen hatten im Laufe der Jahre ihre eigene Fläche bekommen, ein großzügig bemessenes Areal. Und selbstverständlich gab es den besonderen Friedhofsabschnitt für die Kindergräber. Hier galten eigene Regeln, hier durfte geschmückt und gestaltet werden, ganz so, wie die verwaisten Eltern es wünschten.

Zum Schluss wurde alles neu durchnummeriert, Abschnitt für Abschnitt, aber für Schilder oder Hinweistafeln gab es bei der Verwaltung kein Geld mehr.

Gesine hatte sich ebenfalls verlaufen, als sie zum ersten Mal auf dem Ostfriedhof war. Schlimmer noch, sie hatte vollkommen die Orientierung verloren und sogar geschrien, was man allerdings nicht nur auf das Fehlen von Planquadraten zurückführen konnte.

Es war vor zehn Jahren gewesen. Ein Tag im Hochsommer, bedeckter Himmel, die Luft hing schwül über dem Gelände. Gesine hatte sich mit dem Gärtnermeister verabredet, um eine Grabstelle auszuwählen. Eine Grabstelle, die ihr nach Möglichkeit gefallen sollte, denn wie man ihr am Telefon gesagt hatte, würde das Grab sie für den Rest ihres Lebens begleiten.

Der Gärtnermeister verspätete sich leider, und Gesine sollte an der Pforte auf ihn warten. Ein Unding, das Stillstehen und Ausharren, und nach kurzer Zeit beschloss sie, sich den Friedhof lieber auf eigene Faust anzuschauen.

Für sie glich er einem Park, der in Vergessenheit geraten war. Verlassene Wege, Stille. Ein paar Gießkannen standen aufgereiht in Eingangsnähe, ein paar Handwagen dazu, die aber offenbar niemand brauchte. Ein Gärtner fuhr auf einem kleinen Traktor an ihr vorbei, dann herrschte wieder Ruhe.

Sie ging über den Hauptweg zur Kapelle. Oben angekommen, begegnete sie einem uralten Paar. In Schwarz gekleidet schlichen die beiden voran. Der Mann hielt eine Harke in der Hand, die Frau trug eine Gießkanne und eine Handtasche, aus der eine rote Rose lugte. Der Anblick entspannte Gesine. »Ich gehöre hier gar nicht zur Zielgruppe, wusste ich es doch«, dachte sie und bog in einen Seitenweg ab.

Fahrspuren aus Lehm kreuzten den Asphalt. Büsche bedrängten einen Brunnen. Eine Frau mit wallenden silbernen Locken saß auf einer Bank. Sie schaute herüber, aber Gesine reagierte nicht, sondern hielt die Schultern starr und sah geradeaus.

Was hätte sie sonst tun sollen? Schon ein freundliches Nicken hätte einen falschen Eindruck erweckt. Es hätte gewirkt, als sei Gesine mit der Frau auf irgendeine Weise verbunden, als hätten beide gleich viel auf diesem Friedhof verloren, und das stimmte einfach nicht.

Gesine war, das fiel ihr in diesem Moment siedend heiß ein, nur aus Versehen hier. Die Details blieben verschwommen, aber irgendetwas war fälschlicherweise passiert. Ein Missverständnis, ein grober Fehler, der sie auf den Friedhof verschlagen hatte. Bestimmt würde sich alles aufklären, wenn sie nach Hause kam.

Nur wo war der Ausgang? Warum gab es keine Hinweisschilder? Bloß Bäume und Büsche und Steine und Brunnen und zwei mal ein Meter.

Sie lief immer schneller, kam erneut an der Frau auf der Bank vorbei und wollte anhalten, um das Missverständnis zu besprechen. Sie wusste allerdings nicht, wie sie aufhören sollte zu rennen. Sie wusste auch nicht, warum sie wenig später an der Blechkiste hing, an dem Verkaufsautomaten für Grablichter, der ihr eben, als sie sich ihm genähert hatte, noch zynisch vorgekommen war. Sie hielt sich einfach nur fest und heulte und schrie, und als die Frau mit den wallenden Locken dazukam und ihre Hand berührte, ließ sie es geschehen.

In der Pförtnerloge gab es einen nassen Waschlappen und schwarzen Kaffee für sie. Der Gärtnermeister wurde gerufen, und Gesine verlangte die Unterlagen, mit denen sie auf dem Friedhof angemeldet worden war. Es waren nur Stichworte, eine knappe Information über die Art des Grabes, das sie brauchte, aber der Text reichte aus, um ihr zurückzuhelfen. Alles fiel ihr wieder ein. Es war kein Versehen, kein Missverständnis, kein Unglück, das sie hierhergeführt hatte, auch wenn mancher dieses Wort benutzen wollte: Unglück. Sie nannte es Tötungsdelikt, und indem sie es Tötung nannte, kühlte sie ab, noch in der Pförtnerloge. Sie kam auf ein überlegtes, eiskaltes Niveau herunter, fast so, als sei sie beruflich zugegen.

Beruflich kannte sie keine Scheu vor dem Tod. Im Gegenteil, sie mochte die meisten Todesfälle, weil sie ihr interessante Rätsel aufgaben. Die Karriereleiter bei der Kripo, die sie schon während der Ausbildung bestiegen hatte, bestand für sie aus aufgeklärten Kapitalverbrechen, Sprosse für Sprosse. Sie war begabt. Und wenn sie sich vom Tod schon so oft zur Leistung hatte anspornen lassen, sollte es ihr heute wohl gelingen, einen Besuch auf dem Friedhof zu überstehen.

Sie reichte dem Gärtnermeister die Hand und sagte: »Zeigen Sie mir eine geschützte Lage. Einen Ort, an dem ich später allein sein kann.« Und er ging mit ihr los.

Das Feld für die Kindergräber lag abseits. Verblichene Stofftiere, eine Puppe mit Moos auf dem Kopf. Bilderbücher, deren Einband verquollen war, und andere Bücher, die glänzten. Funkelnagelneue Rasseln. Kitschiger Kram, Gesine zog die Brauen hoch. Sie würde es anders machen.

Sie wählte ein Grab, das von deutlich älteren Grabstellen umgeben war. Hier brannten keine Kerzen mehr, hier wurde nicht geharkt, hier wucherte Unkraut. Die Eltern dieser Kinder mochten inzwischen ein neues Leben führen. Man konnte ungestört sein.

Fünf Meter entfernt, unter einem Busch, stand eine Plastikbank, um die sich ebenfalls seit langem niemand mehr kümmerte. Der Gärtner wischte verlegen über die Lehne, aber Gesine war zufrieden mit dem, was sie sah. Sie könnte die Bank von den Zweigen freischneiden und von dem Grünbelag befreien. Sie könnte dort sitzen und auf das Grab schauen. Vielleicht könnte sie ein wenig Zwiesprache mit ihrem verstorbenen Sohn halten. Später, wenn alles geklärt war.

Sie besprach die Sache mit ihrem Mann. Klaus war einverstanden. Sie würden mit niemandem über das Grab reden, sondern behaupten, sie hätten sich für eine anonyme

Feuerbestattung entschieden. Auf diese Weise brauchten sie niemanden zur Beerdigung einzuladen und sich für keine Sekunde in ihrer Trauer stören zu lassen. Sie hatten ihr Kind verloren, weil sie es in andere Hände gegeben hatten. Jetzt, da es tot war, wollten sie die Parzelle, in der es liegen sollte, für sich allein besitzen.

Den Freunden und Verwandten erschien die Ankündigung, den Sohn anonym verbrennen zu wollen, als Ausbund an Herzlosigkeit. Gesines Eltern liefen Sturm. Dass es keine Gedenkstätte geben sollte, keinen Erinnerungsort an den armen, kleinen Philipp! Sie konnten es einfach nicht verstehen. Sie konnten es sich höchstens mit dem schlechten Gewissen erklären, das Gesine haben musste. Aber da hatte man sich sowieso längst zerstritten, und Gesine war es gleich. Sie äußerte sich zu nichts mehr, und bald würde sie in Ruhe bei ihrem Kind sein. Nach dem Begräbnis, auf der Plastikbank, gemeinsam mit ihrem Mann Klaus am Grab.

Womit sie allerdings nicht gerechnet hatte, war ihre schlechte Verfassung und die schlechte Verfassung ihrer Partnerschaft. Nichts klappte.

Die Beerdigung ging über die Bühne, ohne dass Gesine bewusst daran teilnahm. Das Loch im Grab wurde gefüllt und das Beet eingerichtet, ohne dass sie einen Blick darauf warf. Sie schaffte es einfach nicht, sie kam nicht heran. Sie konnte das Grab nicht mehr besuchen, seitdem es nicht mehr leer war.

Klaus erging es ähnlich oder sogar noch schlimmer. Er kam nicht an das Grab heran, und zusätzlich kam er nicht an Gesine heran, seitdem ihm klargeworden war, welchen Anteil sie an Philipps Tod hatte.

Für Gesine wurde es damit eng, und sie entwischte in einen Zustand der Schwebe. Was passiert war, verlor sich, und was noch passieren würde, war nicht von Belang.

Wenn sie trotzdem ab und zu versuchte, etwas von dem zu packen, was ihr durch den Kopf schlitterte, landete sie beim Thema Friedhof. Sie spürte, wie sich ein Gefühl von Schuldigkeit aufbaute, aber sehr nebulös, und es hatte auch nichts mit dem belegten Grab zu tun. Sie erinnerte sich höchstens an die überwucherte Bank. Bestimmt hatte der Gärtnermeister sie inzwischen frei geschnitten und war beleidigt, weil sie die Bank nicht nutzte. Manchmal radelte sie bei diesem Gedanken los, ging am Friedhofspförtner vorbei, ein Stück den Weg hoch, schon fast bis in Sichtweite der kitschigen Kindergräber, aber dann kehrte sie wieder um. Lief zum Fahrrad zurück, warf sich auf den Sattel und fuhr davon.

So vergingen die Wochen, und manchmal wollte ihr jemand helfen. Der Chef hatte ihr nach zwei Monaten den ersten Brief geschrieben. Beileid, blabla, und dann: *Niemandem ist damit gedient, den Vorgang immer wieder aufkochen zu lassen. Komm zur Ruhe, Gesine, du kannst das Rad nicht zurückdrehen. Du kannst aber bei uns, bei deinen Polizeikollegen, ein Stück deines Alltags wiederfinden.*

Nach zwanzig weiteren Tagen stand der Chef persönlich vor der Tür. Es war ein Vormittag, im Herbst inzwischen, und Gesine öffnete, in einen dicken Bademantel gehüllt.

»Ich bin immer noch krankgeschrieben«, sagte sie.

»Bist du nicht, du gehst ja nie zum Arzt.«

Er trug die schweren Einsatzstiefel, die auch Klaus so gern getragen hatte. Als sie die Sohlen auf den Fliesen quietschen hörte, hatte sie das Gefühl, in Tränen ausbrechen zu müssen. Sie rannte in die Küche. Er verstand es als Einladung und setzte sich zu ihr an den Tisch, die Hände auf der Platte gefaltet.

»Gesine, ich will nicht lange herumreden. Für uns gibt es bei eurem Kind nichts mehr zu ermitteln. Der Fall, wenn es denn überhaupt einer war, ist abgeschlossen.«

»Das hast du nicht zu entscheiden.«

»Es ist bereits entschieden.«

»Du knickst vor meinen Eltern ein, richtig? Ich weiß, dass sie alles unter den Teppich kehren wollen.«

Der Drang zu weinen ließ nach. Der Chef ließ seine Fingerknöchel knacken.

»Ich bitte dich«, sagte er, »es ist auch in deinem Sinne, wenn wir den Unfall nicht immer wieder aufdröseln.«

»Es war kein Unfall.«

»Ein Unglück.«

»Nein! Ein Tötungsdelikt.«

»Und wer hat getötet? Diejenige, die den Blauen Eisenhut an die Terrasse gepflanzt hat?«

Alles Blut sackte Gesine in die Beine. Sie wollte aufstehen, taumelte und konnte sich kaum dagegen wehren, auf den Stuhl zurückgedrückt zu werden.

Dem Chef stand jetzt selbst das Wasser in den Augen. »Sorry, aber wir müssen Klartext reden.«

»Du sagst nur das, was meinen Eltern in den Kram passt. Und Klaus mischt wahrscheinlich auch mit.« Ihre Stimme war die einer alten Frau. »Also, was hat Klaus dir erzählt?«

»Er ist doch dein Mann. Nichts erzählt er uns. Nichts, was uns oder euch irgendwie weiterhelfen könnte.«

Sicher, Klaus mied das Gespräch. Decke drüber, schweigen, vergessen. Er war schließlich auch in der Lage gewesen, wieder zur Arbeit zu gehen, als sei nichts passiert. Zwei, drei Wochen Pause, dann hatte er sich wieder ins Präsidium bewegt, um sich um die fremden Toten zu kümmern. Die fremden Unfälle und Morde. Und wenn ihn jemand fragte, ob das Leben an Gesines Seite für ihn unmöglich geworden sei, würde er wohl nicken.

Gesine hätte ebenfalls genickt, wenn sie jemand gefragt hätte. Sie konnte Klaus nicht mehr ertragen. Er würde ihr nie verzeihen. Er würde sie auf ewig verfluchen, weil Philipp ja noch leben würde, wenn sie nicht so dämlich gewesen wäre, den Blauen Bergeisenhut an die Terrasse zu pflanzen und auch noch Mareike ins Haus zu lassen.

»Klaus würde dich gern besuchen«, sagte der Chef, »aber was heißt schon besuchen. Es ist ja auch sein Haus. Du kannst ihn nicht für immer verbannen.«

»Also hat er dich hergeschickt?«

»Ich lasse mich nicht schicken, Gesine. Ich will, dass du wieder zur Arbeit kommst. Du bist auf dem Weg, eine unserer besten Ermittlerinnen zu werden. Ich gebe dich nicht so schnell auf.«

Sie holte sich ein Glas Leitungswasser und schüttelte den Kopf.

»Sag Klaus, dass er jederzeit herkommen kann. Er muss auch nicht befürchten, mich anzutreffen.«

»Was meinst du damit?«

»Ich lasse ihn in Ruhe. Ich lasse euch ab sofort alle in Ruhe.«

»Es wird Konsequenzen haben, wenn du nicht bald wieder zum Dienst erscheinst. Lass dich wenigstens offiziell krankschreiben!«

»Welche Konsequenz soll das sein? Meinst du wirklich, ich fürchte mich noch vor irgendetwas?«

Da wuchs der Chef auf seinen Stiefeln in die Höhe und legte ihr die Pranken auf die Schultern. Er küsste sogar ihr Haar.

»Verdammt, Gesine, mach keinen Quatsch.«

Sie fing an zu lachen, hysterisch, aber nicht minder von Herzen, als habe seine Phrase in ihr die letzte Schleuse geöffnet.

Der Chef musste irgendwann gehen, weil er das Lachen nicht mehr aushielt, und sie packte hastig eine Tasche. Den Hausschlüssel und den Autoschlüssel legte sie auf den Küchentisch. Einen Zettel dazu: *Es tut mir so leid, Klaus.*

Und so fing ein anderes Leben an. Ohne Haus, ohne Arbeit und ohne Kontakt zu den Menschen, die Gesine von früher her kannte. Es war wie das Leben einer neuen Person. Alles stand auf null.

Fast alles. Der Blaue Bergeisenhut ließ Gesine nicht los. Die giftigste Pflanze Europas, von der sie überhaupt keine Ahnung gehabt hatte.

Sie nistete sich in der Bücherei ein und las Nachschlagewerke. Sie surfte durch die Informationen der Giftzentralen und schrieb mit. Sie lernte. Die giftigsten Pflanzen waren oftmals die schönsten. Knallbunte Blüten, durchdringende Düfte. Man durfte sich nur nicht betören lassen.

Eines Tages, als Gesine wieder das Gefühl von Schuldigkeit beschlich, weil sie den Gärtnermeister enttäuschte und die Plastikbank nicht benutzte, betrat sie den Friedhof mit einem Notizheft in der Hand. Sie wollte herausfinden, wie die Sträucher und Bäume hießen, die hier wuchsen, und welche Pflanzen im Einzelnen auf den Gräbern standen. Sie kam an diesem Tag nicht sehr nahe an den Kinderbereich heran, aber sie sammelte Blätter, Rindenstücke und Blüten ein. Sie glich alles in der Bücherei ab, katalogisierte die Fundstücke und kartographierte den Friedhof, so gut sie es konnte. Am nächsten Tag machte sie weiter, am übernächsten auch, und schließlich war sie täglich mit ihrem Notizheft zwischen den Gräbern unterwegs. Zwischen den Gräbern der Erwachsenen.

Der Pförtner sprach sie an. Er hatte sich erschreckt, als er sie wiedererkannte. Die Frau, die er vor ein paar Monaten noch mit dem Waschlappen beruhigt hatte, strich jetzt verwahrlost durch die Gegend. Ungewaschen, in dreckiger Jacke und Hose und mit wirrer Frisur. Obdachlos? Wann hatte sie zuletzt etwas Warmes gegessen?

Gesine trank die Brühe, die er auf der kleinen Kochplatte in der Pförtnerloge zubereitet hatte. Den Blumentopf auf der Fensterbank, in dem er Oleanderstecklinge bewurzelte, schob sie beiseite und las die Oleander-Seite aus ihren Notizen vor. Sie fühlte sich für einen Moment wohl, weil sie endlich wieder etwas beizutragen hatte.

Am nächsten Tag erklärte sie dem Pförtner die gesamte Familie der Hundsgiftgewächse. Er hörte ihr zu und schenkte ihr ein Buch: die Festschrift zum 50-jährigen Bestehen des Ostfriedhofs. Flora und Fauna waren recht genau beschrieben. Ansonsten ließ er Gesine in Ruhe, so gut, dass sie täglich wiederkam.

Eine neue Routine spielte sich ein. Sie betrat am Morgen

den Friedhof, trank beim Pförtner etwas oder auch nicht, und ging mit dem Notizheft in der Hand den Weg hoch. Sie ging Tag für Tag ein kleines Stück weiter, bis sie schließlich, nach weiteren Wochen, an den Anfang der Kindergräber gelangte. Dort war es genug. Dort ließ sie sich von jetzt ab nieder, wenn sie Pause machte. Weit von dem Grab entfernt, in dem ihr eigenes Kind lag, aber näher dran als je zuvor.

Die Friedhofsgärtner gewöhnten sich an den Anblick. Sie fuhren in den grünen Pick-ups vorbei, grüßten, und nach einiger Zeit kam man miteinander ins Gespräch. Gesine fragte die Gärtner aus, gab auch selbst ihr Wissen weiter, und bald fachsimpelte man. Natürlich versuchte der eine oder andere, noch mehr über das Leben der Frau zu erfahren oder sich sogar jenseits der Gräber zu verabreden. Sie aber schüttelte den Kopf und war damit zufrieden, ein Friedhofsfaktotum geworden zu sein.

Als die nächste Grippewelle anrollte und die Hälfte des Gärtnerteams flachlag, zögerte sie nicht, sich für die Arbeit anzubieten. Sie schaufelte Aushub in ein offenes Grab. Die Erde war feucht, und es roch intensiv nach Ton und Sand. Sie zog sich eine Blase an der Hand zu und konnte am Abend die Arme kaum heben. Trotzdem war es für sie der schönste Tag, den sie seit langem erlebt hatte. Der Tod ihres Kindes war zwei Jahre her.

Der junge Bestatter Hannes van Deest beobachtete aus der Distanz, wie sich die fremde Frau auf dem Ostfriedhof etablierte. Mit dem Notizheft war sie ihm schrullig vorgekommen, mit dem Lächeln, das sie manchmal zeigte, hatte sie ihn nervös gemacht. Dass sie jetzt auch noch den

Gärtnern half, ohne dafür eine Gegenleistung zu bekommen, ging ihm gegen den Strich.

Er erkundigte sich beim Pförtner nach der Frau und bekam einen ersten Einblick in ihr Schicksal. Es schreckte ihn nicht ab, im Gegenteil. Als Gesine beim nächsten Mal mithalf, Kränze in die Kapelle zu tragen, verwickelte er sie in ein Gespräch. Er bat sie, ihm beim Dekorieren zu helfen, und verfolgte interessiert, wie sie mit dem Sarg umging. Ein großer Sarg war es, mit einem schweren Leichnam darin. Sie hatte keinerlei Scheu, die Nelken darauf zu drapieren.

»Wo wohnst du?«, fragte er.

»Mal hier, mal da.«

»Hast du einen Beruf?«

»Nein, nicht mehr.«

»Bezahlen dich die Gärtner?«

»Es macht mir doch Spaß, ihnen zu helfen.«

Kampflustig legte Hannes van Deest sich mit den Gärtnern an. Er fand, sie nutzten Gesine aus. Tranken Bier hinter der Kapelle, während sie die Schaufel schwang. Er sorgte dafür, dass wenigstens die Trinkgelder, die von den Trauernden kamen, in Gesines Richtung flossen. Sie freute sich tatsächlich darüber, denn seit der Scheidung von Klaus war ihr Kontostand nicht mehr der Rede wert gewesen. Allerdings bat sie Hannes, sich trotzdem mit den Gärtnern zu vertragen, denn sie wollte die Zeit und die Arbeit mit ihnen auf keinen Fall aufgeben müssen.

Dann war es Frühling geworden, und Hannes hatte sich angewöhnt, Pause zu machen, wenn Gesine gerade Pause machte.

»Hättest du gedacht, dass ich Bestatter bin«, wollte er

wissen, »wenn du mich ganz normal auf der Straße getroffen hättest?«

»Ja, schon.«

»Warum?«

»Dein Anzug. Deine Schuhe. Alles eine Spur zu dick aufgetragen.«

»Zu schwarz?«

»Zu demonstrativ traurig und zu wenig elegant. Und das in deinem Alter.«

»Klasse. Du kommst mit und kleidest mich ein.«

Am selben Nachmittag fuhren sie in die Stadt. Gesine ließ die großen Kaufhäuser links liegen und steuerte die Herrenausstatter an. Hannes lief an ihrer Seite mit und freute sich. Der schokoladenbraune Anzug war ihr am liebsten. Am allerliebsten, wenn er das karamellfarbene Hemd dazu trug. Seine Augen bekämen einen Honigschimmer, sagte sie, und er kaufte alles.

Als sie am Abend im Biergarten saßen und auf den erfolgreichen Bummel anstießen, hätte Hannes Gesine beinahe geküsst. Im letzten Moment jedoch zog sie ihren Kopf zurück und fing an zu reden. Wie es passiert war. Wie die bisherige Wahrheit über den Tod ihres Kindes lautete. Und dass sie Philipps Grab nicht mehr gesehen hatte, seitdem es belegt war.

Hannes kümmerte sich darum. Er besprach mit Gesine, welche Pflanzen in Frage kamen, und gestaltete auf dem Kindergrab ein buntes Beet. Er machte ein Foto davon, aber er zeigte es ihr nicht.

Er nahm auch Kontakt zum Chef der Gärtnerei auf. Er musste ihn kaum unter Druck setzen, die Schwarzarbeit und die Ausbeutung auf dem Friedhof nur am Rande erwähnen, denn der Gärtnermeister hatte Gesines Kompetenz längst erkannt. Gern konnte sie sich zur Friedhofsgärtnerin umschulen lassen. Mit Vertrag und Gehalt und eigenem Pick-up, nachdem sie die Prüfung bestanden hatte.

Hannes van Deest war stolz auf Gesine und stolz auch auf sich. Zur Belohnung wollte er sich ein heimliches Vergnügen gönnen. Er überredete den Chef der Gärtnerei, für Gesine nicht den grünen, sondern einen schwarzen Autolack zu bestellen. Einfach, um die anderen Gärtner, die alten Widersacher, zu ärgern. Fünf Leasingraten war ihm der Spaß wert.

Als Gesine aber zum ersten Mal mit dem neuen Pick-up auf dem Friedhof einparkte, zwischen einem grünen Gärtnerwagen und dem schwarzen SUV mit dem Bestatterlogo, begriff sie sofort, wem sie ihre Extralackierung zu verdanken hatte. Sie brachte die Details in Erfahrung und klemmte Hannes bei nächster Gelegenheit ein paar Geldscheine unter den Scheibenwischer. Zum Abstottern der Raten, die er übernommen hatte.

Sie liebte ihr Auto. Sie liebte das Schwarz. Und sie liebte Hannes, allerdings auf eine Art, die ihn auf Dauer enttäuschen musste.

Nachdem sie Seite an Seite einige Beerdigungen gestaltet hatten, er als Bestatter, sie als vollwertige Gärtnerin, wollte sie die Dinge für die Zukunft klären.

»Hannes, du darfst niemandem auf dem Friedhof verraten, dass ich einmal bei der Kripo war.«

»Gut. Du bleibst undercover. Wer weiß, wozu es gut ist.«

»Und du machst dir keinerlei Hoffnung in Bezug auf mich.«

Er zwinkerte ihr zu. »Hoffnung war noch nie meine Stärke.«

Sie wollte sich darauf verlassen, auf ihn und auf dieses Zwinkern.

Oleander

Auch Rosenlorbeer genannt.

Familie der Hundsgiftgewächse.

Beliebte Kübelpflanze auf Balkon oder Terrasse.

Immergrün, nicht winterhart, verholzend.

Blätter meist gegenständig, ledrig, bisweilen zu dritt, kurz gestielt, Lanzettenform.

Reiche Blüte in vielfältigen Farben, meist rot, rosa, weiß oder orange, endständig in Trugdolden.

Hoher Bedarf an Dünger.

Lange Samenschoten, die austrocknen und aufplatzen.

Lichtkeimer.

Giftstoffe aus der Gruppe der Glykoside.

Gift enthalten in sämtlichen Pflanzenteilen. Gefährlicher Milchsaft.

Taubheit des Mundes und des Rachens. Bauchschmerzen, Erbrechen, Durchfall. Erweiterte Pupillen. Kollaps. Herzrhythmusstörung, Gefahr der Herz- und Atemlähmung bis hin zum Tod.

Zufuhr von reichlich Flüssigkeit. Medizinische Kohle. Blutentnahme, Herzüberwachung.

4

Der Regen prasselte auf das Pflaster und lief in Schlieren über die hohen Scheiben des Polizeipräsidiums. So lange hatte es nicht mehr geregnet, dass das Wasser von dem Staub, den es beiseiteschaffen musste, dreckig war. Der brettharte Boden konnte nichts aufnehmen, und zwischen Präsidium und Parkplatz sammelte sich eine Lache wie ein See.

Gesine ging aufrecht auf das Gebäude zu, als Friedhofsgärtnerin, ohne Schirm und ohne Kapuze. Von ihrer Jacke tropfte es auf den Boden, und das Papier der Vorladung, die sie auf den Empfangstresen legte, wellte sich. Der Beamte verlangte ihren Ausweis, verzog aber ansonsten keine Miene. Er musste neu sein.

Sie wartete.

Im Foyer herrschte ein geschäftiges Treiben. Uniformierte durchquerten die Halle, zum Teil mit Aktenordnern unterm Arm. Funkgeräte knackten, und an den Fahrstühlen schlug der altbekannte Gong, wenn sich die Türen öffneten. Alle hatten etwas zu tun, und niemand sah sich nach Gesine um. Dennoch hatte sie das Gefühl, auf einem Präsentierteller zu stehen, während die Daten ihrer Vorladung in den Computer eingegeben wurden.

Was würde sie tun, wenn Klaus sie hier entdeckte? Würde sie ihm die Hand geben oder einen Kuss auf die Wange? Wahrscheinlich war er in den vergangenen zehn Jahren noch weiter befördert worden. Teurer gekleidet. Noch kontrollierter und wacher als früher. Möglicherweise konnte er inzwischen sogar von oberster Warte aus verfolgen, in welchen Fall seine Exfrau nun verwickelt war. In den Fall Mareike. Gesine hielt das Gesicht gesenkt.

Endlich konnte sie in eine der Fahrstuhlkabinen schlüpfen. Es ruckelte auf dem Weg nach oben, genauso wie früher. Als sie den Flur in der fünften Etage betrat, stieß sie mit einer jungen Schutzpolizistin zusammen.

»Ihr Schnürband ist offen«, sagte die Frau und lächelte.

Gesine bückte sich, das blaue Linoleum mit dem melierten Muster vor Augen. Sie meinte, das scharfe Putzmittel zu riechen, das gleiche wie damals. Der Geruchsteppich ihrer vergangenen Kripokarriere. Ihre Hände wurden feucht, und sie musste zweimal ansetzen, um die Schleife am Schuh zu binden.

Die Farbe an der Wand war immerhin erneuert worden. Die Türen hatte man mit großen Buchstaben und Zahlen aus Folie beschriftet. Hinten links war ihr eigenes Büro gewesen. Der Raum daneben, in dem sie sich melden sollte, gehörte wie eh und je zu Lasse Johannsen.

Sie strich sich die nassen Locken aus dem Gesicht, klopfte kurz und drückte die Klinke. Lasse saß an seinem Schreibtisch und stieß mit dem Knie eine Schublade zu, bevor er die Arme ausstreckte und ihr entgegenkam:

»Wie schön, dich wiederzusehen. Nach so langer Zeit.«

»Hallo Lasse. Können wir das hier kurzhalten?«

»Du bist ja völlig durchnässt.«

Seine Brille war größer geworden, sein Bauch auch. Sie wich der Umarmung aus und sah sich um. Die Yuccapalme in der Ecke lebte noch immer. Der Bürostuhl hinterm Schreibtisch war nicht mehr blau, sondern braun. Die Kürzel auf den Aktenordnern im Regal sagten ihr nichts.

Lasse klopfte an die Verbindungstür zu Gesines altem Büro. Eine hochgewachsene Frau erschien, auch sie lächelte freundlich wie auf Knopfdruck.

»Ich bin Marina Olbert, guten Tag.«

»Gesine Cordes.«

Ein fester Händedruck, ein prüfender Blick.

»Marina ist unsere neue Ermittlungsleiterin«, erklärte Lasse und rückte die Stühle am kleinen Konferenztisch zurecht. »Immer noch Kaffee blond, Gesine?«

Frau Olbert nahm die Kanne und goss ein. Kleine Aufmerksamkeiten, die man zu Beginn verteilte, um den Verdächtigen zu entspannen. An der Pinnwand hing der vergilbte Speiseplan vom Chinesen.

Gesine stülpte ihre Jacke über die Stuhllehne, setzte sich und schlug die Beine übereinander. Frau Olbert nahm ihr gegenüber Platz.

»Erst einmal Beileid zum Tod Ihrer Schwester Mareike.«

»Lassen wir das«, sagte Gesine.

Der dunkle Pullover stand Frau Olbert hervorragend zu Gesicht. Die Haut hob sich ab, als sei sie aus Porzellan.

»Hör mal.« Der Stuhl knarrte unter Lasse Johannsens Hintern. »Du weißt, dass wir hier unseren Job machen müssen. Wenn du an meiner Stelle wärst, würdest du nicht anders vorgehen.«

Frau Olbert öffnete eine Mappe und änderte die Tonlage. »Frau Cordes, Sie sind heute hier, weil Sie Ihre Schwester Mareike Alvarez bedroht haben sollen.«

»Interessant.« Gesine warf einen Blick auf ihre Fingernägel. »Kommt mein Exmann Klaus auch noch in unsere Runde, oder hält er sich raus?«

»Klaus hat damit nichts zu tun.« Lasse schüttelte nachsichtig den Kopf. »Es geht nicht um damals. Wir reden über den Streit zwischen Mareike und dir vor drei Wochen.«

»Das ist doch lächerlich.«

Frau Olbert studierte die Unterlagen. »Vor gut einem Jahr ist Ihre Schwester mit ihrem Mann und ihren beiden Kindern aus Spanien zurückgekehrt. Bereits wenig später hat sie ihren Eltern gegenüber geäußert, dass Sie, Frau Cordes, ihr zusetzen.«

»Aber ich habe Mareike ewig nicht gesehen.«

»Die Aussagen Ihrer Schwester waren eher schwammig. Vielleicht haben Sie einmal telefoniert?«

»Nein. Es könnte höchstens sein, dass es ihr zugesetzt hat, an mich zu denken.«

»Zu dem Vorfall vor drei Wochen haben wir allerdings sehr konkrete Angaben.«

»Ich verstehe nicht.«

»Sie sollen Frau Alvarez bedroht haben. Sie hat Anzeige erstattet.«

»Gegen mich? Aber das wüsste ich doch! Oder hat sich die Polizeiarbeit so stark verschlechtert, dass man als Beschuldigte nichts mehr erfährt?«

»Frau Alvarez hat die Anzeige noch am selben Tag zurückgezogen. Es hat allerdings einen Aktenvermerk gegeben, der jetzt, nach ihrem Tod, für uns sehr bedeutsam geworden ist.«

Gesine stand auf. Die Tassen klapperten. »Dann zählen Sie doch mal eins und eins zusammen! Mareike hat mir nachgestellt. Wahrscheinlich war ihre Anzeige ein Trick, um an meine Adresse zu kommen.«

Frau Olbert holte Luft, aber Lasse ging dazwischen.

»Wir haben uns alle gefragt, wo du wohl geblieben bist, Gesine. Du warst vor wenigen Jahren noch als wohnsitzlos gemeldet, das hat uns erschreckt.«

Seine Stimme klang weich, aber sie sah es in seinen Augen blitzen. Ihm passte ihre Aufregung gut in den Kram.

»Warum soll Ihre Schwester denn die Anzeige zurückgezogen haben?«, fragte Frau Olbert. »Wenn doch alles ein Trick war?«

Gesine atmete durch. »Keine Ahnung. Vielleicht hat Mareike Skrupel bekommen zu lügen.«

»Skrupel?« Lasse lehnte sich zurück. »Du hast uns Mareike zuletzt ganz anders beschrieben. Vor zehn Jahren.«

Sie verkniff sich eine Antwort und drehte sich zum Fenster. Der Regen fiel inzwischen senkrecht. Ihr Herz klopfte hart. Warum war sie so naiv gewesen, sich nicht vorzubereiten? Lasse hatte seine Verhörtechnik optimiert. Außerdem war er deutlich voreingenommen. Sie hätte zu Hause nachgucken sollen, ob er sich damals an dem Brief beteiligt hatte, der ihr auf der Straße von den Kollegen, die Streife fuhren, zugesteckt worden war. Im Umschlag hatte viel Geld gesteckt, im Text hatte man ihr Hilfe angeboten,

Gespräche oder einen Schlafplatz. Jeder hatte eigenhändig einen Satz dazugeschrieben, warum Gesines Rückkehr zur Arbeit nötig wäre. Warum man sie bei der Polizei und auch nach Feierabend vermisste. Es waren persönliche, zum Teil peinlich gefühlvolle Worte gewesen. Sie aber hatte den Brief nie beantworten können.

»Darfst du eigentlich gegen mich ermitteln, Lasse?«, fragte sie und drehte sich um. »Oder ist das der Grund, warum hier kein Aufnahmegerät läuft?«

Lasse Johannsen leckte sich die Lippen. »Wir dachten, es ist leichter, wenn du nicht bloß fremde Gesichter siehst.«

»Dann lass uns auf Augenhöhe reden«, entgegnete Gesine. »Ich möchte die Akte einsehen.«

»Das geht wirklich nicht.« Frau Olbert wirkte beinahe belustigt.

»Wenn ich nicht nachlesen kann, was mir im Einzelnen vorgeworfen wird, werde ich gar nicht mehr mit Ihnen reden.«

»Möchten Sie einen Anwalt hinzuziehen?«

»Ich brauche keinen Anwalt. Ich kann mit meiner Akte ganz allein umgehen.«

»Ganz allein, das waren schon immer deine Lieblingsworte«, sagte Lasse. »Aber du siehst ja, wie weit du damit gekommen bist.«

»Ich werde auch kein Vernehmungsprotokoll unterschreiben, wenn ich die Akte nicht lesen darf.«

Marina Olbert legte die Hände über die aufgeschlagene Mappe, als wolle sie verhindern, dass man ihr die Buchstaben wegguckte. »Niemand will Ihnen schaden, Frau Cordes.«

»Aber Sie ermitteln in einem Tötungsdelikt. Richtig?«

Lasse schaute auf. »Über welche Informationen verfügst du, Gesine?« Im Sitzen stopfte er sich das Hemd in die Hose, ohne Gesine aus den Augen zu lassen.

Sie dachte an ihre Eltern, an deren Anklage am Tag der Beerdigung: Du hast Mareike auf dem Gewissen. Sie sah die Mutter vor sich, die ihr den Zeigefinger entgegenstieß. Sie hörte den Zorn des Vaters und musste mit großer Anstrengung gegen diese Erinnerung ankämpfen.

Frau Olbert warf unterdessen ihren langen blonden Pferdeschwanz über die Schulter und stand auf.

»Es ist übrigens erstaunlich, wie ähnlich Ihnen Ihre Nichten sehen, Frau Cordes. Frida und Marta.«

Gesine zuckte mit keiner Wimper, aber sie spürte, wie sich ihre Rückenmuskeln verkrampften.

»Wie haben Sie das denn weggesteckt«, fuhr Frau Olbert fort, »als Sie erfahren haben, dass Ihre Schwester zwei Kinder hat?«

»Ich habe es am Tag der Beerdigung erfahren, und da hatte ich alle Hände voll zu tun.«

»Das Leben ist ungerecht, nicht wahr, Frau Cordes?«

»Ja, aber nicht so, wie Sie es jetzt meinen.«

Gesines Stimme vibrierte, das war nicht gut. Sie musste sich räuspern, und schon hatte die Olbert sie am Haken:

»Wie alt wäre Ihr Sohn denn jetzt? Älter als die Zwillinge, oder?«

»Stricken Sie ein Motiv für mich?«

»Ich versuche, Ihre Situation zu verstehen. Zugespitzt könnte man sagen, dass Ihre Schwester zuerst Ihre Familie zerstört hat, um dann in Seelenruhe ihr eigenes Mutterglück aufzubauen. Oder?«

»Nein. Es ist eine reine Vermutung, dass meine Schwester ihre Seelenruhe hatte.«

Schweigen.

Lasse nahm seine Brille ab und rieb sich das Gesicht. »Du hast deiner Schwester zugesetzt, Gesine, wir können offen reden. Außerdem kannst du dir denken, was wir am Tatort gefunden haben.«

»Herr Johannsen«, mahnte die Olbert.

»Entschuldigung.«

Gesine sah wachsam von einem zum anderen. »Ich nehme an, mit Tatort sind die Bahngleise gemeint?«

»Unsere Untersuchungen sind noch nicht abgeschlossen.«

»Aber Sie haben etwas gefunden, das Sie mir zuordnen wollen?«

Frau Olbert wiegte den Kopf. Lasse Johannsen verzog sein Gesicht, als habe er Schmerzen. Dann griff er nach seinem Kaffeelöffel und klopfte sich damit sacht gegen die Lippen. Der Olbert schien diese Bewegung sehr zu missfallen, und Gesine musste sich über die stumme Zwiesprache wundern, die zwischen den beiden folgte. Zeichen, die sie nicht verstand. Lasse legte den Löffel weg, den kleinen Löffel, und in diesem Moment loderte in Gesine ein Gedanke auf, der so ungeheuerlich war, dass er sofort verglühte. Zurück blieb ein Piepen im Ohr.

Die Olbert langte über den Tisch, um sich frischen Kaffee einzuschenken. Auch Lasse gab seiner Tasse einen Schubs Richtung Kanne, und für Gesine war es allerhöchste Zeit zu gehen.

Sie holte Luft, stieß sich von der Fensterbank ab und war

mit zwei Schritten bei ihrer Jacke. Krachend fiel die Tür hinter ihr ins Schloss. Nicht der beste Abgang, wenn man seine Unschuld demonstrieren wollte. Aber darauf kam es vielleicht gar nicht mehr an.

Kurz vor dem Aufzug blieb sie stehen. Vielleicht wäre es schlau, die Zähne zusammenzubeißen und doch noch schnell bei Klaus vorbeizugehen? Sie könnte ihn um Informationen bitten, damit sie sich künftig besser vorbereiten konnte. Außerdem könnte sie ihm sagen, dass er seine Leute zurückpfeifen sollte, denn es ging wohl nicht an, dass sie sich von Lasse Johannsen so mies behandeln lassen musste. Oder?

Als sie vor dem Flur stand, in dem Klaus früher sein Büro gehabt hatte, kamen ihr Bedenken. Was wäre, wenn er ebenfalls glaubte, sie habe sich an Mareike gerächt? Schon früher hatte er ihre Wut auf die Schwester verurteilt, diese Wucht, die nicht nachließ. Es sei fast pathologisch, hatte er gesagt. Schwer vorstellbar, dass er sich heute auf Gesines Seite schlagen würde, ohne an ihr zu zweifeln. Vor allem, nachdem sie sich seit Jahren nicht gesehen hatten.

Und was wäre, wenn er trotzdem zu ihr hielt? Wenn er ihr plötzlich entgegenkäme, hocherfreut, dass sie im Präsidium war? Er würde sie in den Arm nehmen. Er würde fragen, wann sie zuletzt am Grab ihres Kindes gewesen war.

Sie nahm den Aufzug, fuhr nach unten und durchquerte das Foyer mit langen Schritten. Der Pick-up überragte die anderen Wagen auf dem Parkplatz, die Fahrerkabine saß obenauf wie eine Boje.

Zehn Jahre zuvor

Der rote Teller auf dem Gartentisch. Die grünblaue, schmierige Masse auf dem Teller.

»Philipp? Mareike?«

Oder Klaus? Nein, keine Antwort.

Der rote Teller, die Masse und das Schneidebrett auf dem Gartentisch. Kinderbesteck, ein Plastikbecher. Etwas war zerteilt worden, gestampft, mit einem Schuss Wasser verrührt und auf dem roten Teller serviert.

Wem?

Ihr Herz stolperte. Die Dienstmarke der Kripo wurde warm in der Hand. Ein Glied der Kette, mit der die Marke sonst fest an der Hose hing, war heute kaputtgegangen.

Gesine warf Kette und Marke zum Teller. Kette und Marke in den grünblauen Brei.

Komischerweise lag der Kinderlöffel zu ihren Füßen, mitten auf der Terrasse. Sie bückte sich. Der Porzellangriff war heil geblieben, zum Glück, Philipp liebte das Bild vom Sterntaler-Mädchen, das aufgemalt war. Sie hob den Löffel hoch, mit dem Rücken zum Garten, strikt zum Garten. Immer nur das Haus anschauen, den weißen Putz. Am Kinderzimmer oben war das Fenster gekippt.

»Philipp? Klaus? Mareike?«

Die Kripomarke lag im Schmutz. Durfte das sein? Aber die blaugrüne Masse klebte auch am Löffelstiel. Blau wie die Pflaumen, blau wie die Blüten, die sie Philipp gestern erst gezeigt hatte. Die vielen kleinen Glöckchen.

Wir schütteln sie. Hier musst du anfassen, am Blütenstängel.

Das ist der Daumen, der schüttelt die Pflaumen, der hebt sie auf, der bringt sie nach Haus, und dieser kleine Futzemann isst sie alle, alle auf.

Gestern das Kitzeln und Lachen. Heute das Mus auf dem roten Teller. Die Blüten, die Pflaumen.

Ihr Blick rutschte zum Wohnzimmerfenster. Niemand zu sehen.

»Nein!«

Das Begreifen kam scharf und kurz. Der Schrei dagegen war lang. Der Löffel fiel zurück auf die Platten, und sie drehte sich um. Zäh, mühsam, wie gegen einen großen Widerstand ankämpfend, drehte sie sich zum Garten um. Sah hinein, Zentimeter für Zentimeter tiefer hinein, über den Rasen, noch tiefer, bis nach hinten in den Schatten der Fichten.

5

Gesine lag im Wohnwagen und starrte an die Decke. Helles Furnierholz, handgefertigt. Passgenau, wohnlich, ein Wagen für die Ewigkeit. Sie konnte sich gar nicht mehr vorstellen, in einem Haus zu leben. Morgens auf Tapete oder Putz zu schauen, einen Balkon zu betreten oder einen Garten, um den ein Zaun lief. Ihr Zuhause war klein, aber beweglich. Stabil und doch in gewisser Weise frei. Die frische Wiese immer zum Greifen nah.

In das Holz über ihr war eine quadratische Dachluke eingelassen. Die Sonne würde bald darüber hinwegwandern. Es musste spät sein, aber Gesine lag immer noch im Bett.

Die Alpträume waren zurück, nach so vielen Jahren, quälend und wahrhaftig. Nacht für Nacht, seit dreieinhalb Wochen nun schon, seit Mareikes Beerdigung.

Das Einschlafen ging schnell, vor lauter Erschöpfung, aber kaum hatte sich der Körper entspannt, marschierten die Ängste auf. Gefühle, Geräusche und Gerüche machten sich breit, als habe Gesine im Schlaf die Einfallstore geöffnet. Sie weinte, sie wachte auf. Sie weinte weiter. Dann schlief sie wieder ein, aber nur, um erneut zu träumen.

Wenn der Wecker klingelte, blieben die Augen erst einmal geschlossen. Die Lider geschwollen, der Kopf schwer, alles tat weh.

Für das Morgenritual, werktags zum Sonnenaufgang, mit dem alten Bauern Josef vor dem Wohnwagen, fehlte ihr inzwischen beinahe die Kraft. Manchmal spielte sie den Gedanken durch, auf das Ritual zu verzichten, aber die Unruhe, die ihr dann durch den Magen rollte, war auch nicht zu ertragen.

Heute war zum Glück Sonntag, und Josef besuchte die heilige Messe. Niemand wartete auf sie. Und sie hatte in der Nacht schon wieder von Klaus geträumt und fühlte sich wie gerädert.

Am Anfang war der Traum noch schön gewesen, sie durchlebte die verliebte Phase. Trügerisch. Wie sie im Präsidium über das blaumelierte Linoleum gehuscht war, um das Büro von Klaus zu erreichen. Wie der Beginn einer Spätschicht war. Sie als junge Polizistin, er schon Lichtjahre weiter. Heimlich, aufregend und verheißungsvoll.

Im echten Leben hatte ihr Funkgerät gepiept, als sie ihn zum ersten Mal verführen wollte, und sie war zu einem Einsatz gerufen worden. Klaus war ihr noch nachgelaufen und hatte ihr seinen Büroschlüssel in die Hosentasche geschoben. Im Traum aber heute Nacht war es plötzlich kein Schlüssel mehr gewesen, den er ihr zusteckte, sondern der Löffel mit dem Porzellangriff, und sie hatte das aufgemalte Bild gesehen. Sterntaler im dünnen Kleidchen. Sie hatte Klaus angeherrscht und verlangt, dass er den Löffel nicht ihr, sondern Mareike in die Tasche schöbe. Doch er hatte angefangen zu schluchzen, furchtbar lebendig, und Lasse

Johannsen musste kommen und ihn umarmen. Sie hatte nur danebengestanden, peinlich berührt, mit dem Löffel in der Hand, bis sie keinen anderen Rat mehr wusste, als daran zu lecken.

Gescheitert.

Sie hätte die Vorladung neulich wegwerfen sollen, anstatt ins Präsidium zu gehen. Selbst wenn Marina Olbert und Lasse Johannsen dann am Wohnwagen aufgetaucht wären, um sie zu verhören, wäre es wenigstens ihr heimisches Terrain gewesen. Sie hätte sich in ihre Eingangstür gestellt und auf den Besuch herabgesehen. Sie hätte sich besser konzentrieren können als im Präsidium und die Erinnerungen in Schach gehalten.

Sie verließ das Bett, trank ein Glas kaltes Wasser und lüftete den Wohnwagen durch. Die Kaffeemaschine brauchte lange, um zu brühen. In der Zwischenzeit trat Gesine vor die Tür.

Ein würziger Duft stieg aus dem Gras auf, der Löwenzahn blühte, der Ehrenpreis, die Gänseblümchen. Einmalig, die Luft nach dem Regen im späten Frühling.

Im Stall nebenan wurden die Kühe gemolken, die Automatik brummte, und die Tiere schwiegen. Aus dem Wohnwagen drang das Spötteln der Kaffeemaschine. Das war das handfeste Leben. Der Traum aus der Nacht konnte endlich zurückbleiben und verblassen.

Sie verzog sich mit ihrer Kaffeetasse noch einmal ins Bett und nahm auch die Enzyklopädie der Pflanzen mit. Vorsichtshalber legte sie sogar die Packung mit den Tabletten bereit. Sie wollte sich ausruhen, ohne Kopfschmerzen und ohne Grübeln. Lesen und sich zunehmend wohler fühlen, um den Tag dann noch ein zweites Mal zu beginnen. Aber leider fielen ihr beim Lesen die Augen zu.

Sie träumte wieder. Klaus, wie er sie umarmt hatte. Wie er ihr erklärt hatte, dass er nach der Trauerzeit an den Arbeitsplatz zurückkehren müsse. Der Alltag bei der Kripo solle ihm helfen. Außerdem sei er davon überzeugt, dass es keine Gerechtigkeit nach Philipps Tod gebe. Man verschwende nur Kraft, wenn man versuche, Mareike hinter Gitter zu bringen. Mareike, deren Leben ohnehin versaut war, weil sie nie über das hinwegkommen würde, was sie getan hatte. Die eine Täterin war, aber zugleich auch ihr eigenes Opfer. Seltsam. Im Traum konnte Gesine alles verstehen.

Es klopfte. Sie fuhr hoch und stieß beinahe die Tasse um, die auf der Enzyklopädie stand. Wo war die Brille?

»Gesine?«

Hannes. Sie versuchte, sich zu orientieren. Der Wohnwagen, Sonntagmittag. Hannes zog bereits die Tür auf, denn sie hatte wie so oft vergessen abzuschließen.

»Moment«, rief sie.

Aber er lugte schon durch den Spalt, mit einer Brötchentüte in der Hand. »Geht es dir gut?«

Als ob sie jemals auf nüchternen Magen Besuch empfangen hätte. »Es ist Sonntag, Hannes.«

»Eben drum.« Er zog die Tür noch weiter auf, blieb aber auf der Trittstufe stehen.

Es würde nichts als Ärger geben. Sie spürte den altbekannten Schleier um den Kopf, den grauen Stoff, der sich zwischen sie und die Welt schieben wollte, wenn man ihr zu nah kam. »Komm schon rein«, sagte sie trotzdem.

Er ging an ihr vorbei, ohne sie zu berühren. Er sah sie nicht einmal richtig an, und sie wusste, dass sie sich wappnen musste: Hannes wollte reden.

Sie strich das Bettzeug glatt und ließ die Taschentücher, die sie auf den Boden geworfen hatte, im Müll verschwinden. Dann wusch sie sich das Gesicht und zog einen Pullover über, als sei sie es gewohnt, sich in Gesellschaft anzukleiden.

Hannes räumte in der Zwischenzeit die Sitzecke auf und setzte sich mit der Brötchentüte an den Tisch.

»Also gut.« Er verschränkte die Arme. »Du ziehst dich zurück. Du gehst nicht ans Handy und arbeitest zeitversetzt zu deinen Kollegen. Als ob du mir aus dem Weg gehen würdest.«

»Ich habe dir auf die Mobilbox gesprochen, dass ich ein paar Tage Ruhe brauche.«

»Soweit ich weiß, stehst du im Verdacht, deine Schwester ermordet zu haben.«

Sie setzte den Teekessel auf. »Das hat sich erledigt.«

»Inwiefern?«

»Ich war im Präsidium.«

»Du?«

»Hannes, es wird sich alles aufklären. Ich darf mich nur nicht irritieren lassen.«

Er studierte sie, als würde sie eine fremde Sprache sprechen. Seine Ohren wurden rot. »Ich bin dein bester Freund, Gesine. Warum redest du nicht offen und ehrlich mit mir?«

Sie setzte sich zu ihm an den Tisch und riss die Brötchentüte auf. Viel zu heftig, die Brötchen purzelten auf die Platte.

»Ich weiß so wenig von dir«, fuhr Hannes fort, »dass ich

nicht einmal deinen Mädchennamen kannte. Bis neulich dachte ich, du bist eine Cordes, dabei bist du eine geborene Augenthaler.«

»Ich habe dir schon vor Jahren erzählt, dass ich einmal verheiratet war.«

»Aber du hattest dich doch mit deinem Mann zerstritten, oder etwa nicht? Wie sollte ich darauf kommen, dass du nach der Scheidung seinen Nachnamen behältst?«

»Sollte ich etwa wieder Augenthaler heißen? Nach allem, was passiert war? Das kann doch nicht dein Ernst sein!«

Beinahe hätte sie mit der flachen Hand auf den Tisch geschlagen. Er registrierte es mit erhobenen Augenbrauen.

»Mit deiner Geheimniskrämerei schadest du nicht nur dir, sondern auch mir«, sagte er. »Ich habe mich von deiner Familie als Bestatter engagieren lassen, weil ich deinen Mädchennamen nicht kannte.«

Das Wort Familie setzte sich unangenehm fest. Gesine wurde lauter. »Niemand macht dir einen Vorwurf, dass du für meine Eltern gearbeitet hast.«

»Aber ich habe deine Schwester eingesargt!«

»Ja und? Von mir aus hast du sie herausgeputzt und auf weiße Seide gebettet. Es geht mich nichts an.«

Sie stand auf, nahm das Teewasser vom Herd und goss es in die Kanne. Die Hälfte ging daneben, und die Brillengläser beschlugen im Wasserdampf.

»Deine Schwester«, sagte Hannes rau, »ist von einem Zug überfahren worden. Da gab es nichts mehr herauszuputzen.«

Sie nahm die Brille ab. »Entschuldigung.« Und bitte keine Details.

Hannes trat zu ihr an die Spüle. »Ich hätte uns die Beerdigung gerne erspart. Ich möchte nicht an etwas beteiligt sein, das deine Erinnerungen wachruft.«

»Es geht mir gut.«

»Das sehe ich.«

Sie schlüpfte an ihm vorbei, um sich die Kontaktlinsen einzusetzen. Wenn das Gespräch so weiterginge, würden sie erst recht in Erinnerungen wühlen. Ihren privaten Erinnerungen. Und dann würden sie sich streiten, und zwar so richtig, weil Hannes gar nicht wissen konnte, wie sie sich dabei fühlte. Unnötig, das alles!

»Ich fand es jedenfalls schön«, rief sie ihm aus dem Badezimmer zu, »wie du dich auf der Beerdigung gegen meine Eltern gestellt hast.« Sie lauschte in die kleine Pause, die entstand.

»Das war einfach.« Seine Überraschung war nicht zu überhören. »Ich hatte die Herrschaften ja schon ein bisschen kennengelernt.«

»Und wie war es, mit ihnen zu arbeiten?«

»Ich weiß nicht, ob es gut ist, wenn ich dir das erzähle.« Er kam tatsächlich an die Badezimmertür. »Es tut mir alles so leid, Gesine.«

Sie öffnete. »Wenn du willst, dass wir ehrlich reden, dann lass uns ein paar frische Informationen austauschen. Tee zum Frühstück?«

»Gerne.«

Sie setzten sich wieder an den Tisch, und Gesine berichtete in groben Zügen, wie es ihr auf dem Präsidium ergangen war. Dass man behauptet hatte, sie habe Mareike zugesetzt. Dass von einer Anzeige die Rede gewesen war, die Mareike angeblich gegen sie erstattet und wenig später zurückgezogen hatte.

»Alles basiert auf der Lüge, meine Schwester und ich seien uns wiederbegegnet«, schloss sie ihre Erzählung und nahm sich ein Brötchen. »Und jetzt wüsste ich gern von dir, welche Rolle meine Eltern dabei spielen.«

»Deine Eltern waren mir gegenüber sehr verhalten«, erwiderte Hannes.

»Ich dachte, einem Bestatter schüttet man sein Herz aus.«

»Sie haben dich nie erwähnt. Ich bin gar nicht darauf gekommen, dass sie noch eine zweite Tochter haben könnten.«

»Interessant. Und wie haben sie sich über Mareikes Tod geäußert?«

»Entsetzt natürlich, und sie haben viel geweint.«

Hannes beschrieb, dass die Augenthalers ihn stets im Wintergarten empfangen hatten, einem eleganten, aber unpersönlichen Raum. Möbel im Kolonialstil, vielleicht aus dem alten Indien. Ausladende Sessel, ein dunkler Tisch, eine wuchtige Kommode mit einer Taschentücherbox. Offenbar hatte sich hier in den vergangenen zehn Jahren kaum etwas verändert. Kein einziges privates Bild stand herum, an den Wänden hingen nur Blumentöpfe und Orchideenkalender.

»Wir haben drei- oder viermal beieinandergesessen«, sagte Hannes, »und ich habe deinen Eltern das Übliche gezeigt. Die Kataloge mit den Sargmodellen und die Muster für die Trauerkarten, alles in der gehobenen Preisklasse, darum musste ich bei ihnen auch nicht auf die Uhr schauen.«

Stunde um Stunde hatte er den Eltern zugehört, ohne zu wissen, welchen Bruchteil der Familiengeschichte er präsentiert bekam. Man betrauerte die geliebte Tochter Mareike, und während Richard Augenthaler im Laufe der Gespräche heiser und einsilbig wurde, ließ Renate Augenthaler ihren Tränen freien Lauf. Die arme Mareike, die lange in Spanien gelebt hatte und vor gut einem Jahr erst in die Heimat zurückgekehrt war. So hübsch war sie, ein Sonnenschein, genau wie ihre süßen Zwillingsmädchen, die jetzt als Halbwaisen zurückblieben.

Beim letzten Termin hatte Hannes schließlich gefragt, ob man bei der Trauerfeier in der Kapelle nicht ein Foto von der Verstorbenen aufstellen wolle. Die Augenthalers hatten eingewilligt und ein Bild vergrößern lassen, das aber erst am Morgen der Beerdigung fertig geworden war. Als Hannes es aus dem Umschlag geholt hatte, traf ihn beinahe der Schlag. Die Verstorbene sah aus wie Gesine, und es war zu spät, um daraus noch Konsequenzen zu ziehen.

»Wenn es das Foto war, das später bei dir im Auto lag, war es nicht aktuell«, stellte Gesine klar und bestrich ihr Brötchen mit Quittengelee. »Ich habe es sofort wiedererkannt. Es ist vor vielen Jahren aufgenommen worden, bei mir im Garten, kurz bevor alles passiert ist.«

»Warum hat dein Vater ein altes Bild vergrößern lassen?«

»Vielleicht, weil er sich so gern an die damalige Zeit erinnert?«

»Oder er besitzt gar kein aktuelles Bild«, meinte Hannes. »Vielleicht waren deine Eltern mit Mareike gar nicht so vertraut, wie sie es darstellen.«

Diese Idee gefiel Gesine, auch wenn sie unrealistisch war. Mareike war doch immer die Lieblingstochter gewesen, selbst nach ihrer Tat noch, und sie musste bis zum Schluss der Augapfel der Eltern geblieben sein. Hätten sie sich sonst in diese Kosten gestürzt und Mareikes Beerdigung zum Ereignis des Jahres aufgepumpt? Über zweihundert Trauerkarten, Eichensarg, die teuerste Deko. Essen für einhundertfünfzig Personen, und nicht zu vergessen die Kränze und Gebinde.

Aber Hannes fiel noch etwas ein. »Zu Mareikes Kindern können deine Eltern jedenfalls keinen guten Kontakt haben. Ich habe kein Spielzeug im Garten gesehen, im Flur hängen keine Kindersachen, nirgendwo eine Spur von Enkelkindern.«

Frida und Marta. Gesine sah das Mahagonihaar vor sich. Die Sommersprossen, die so besonders waren, und die staubigen Sandalen.

»Und was ist mit Mareikes Mann?«, fragte sie. »Wie hast du ihn kennengelernt?«

»Erst einmal gar nicht. Er stand angeblich unter Schock und sollte sich nicht um die Beerdigung kümmern. Außerdem hieß es, er sei noch nicht lange genug in Deutschland, um sich mit den Gepflogenheiten auszukennen.«

»Komisch.«

»Ich fand es zu Anfang nett, dass man ihm alles abnehmen wollte. Ich dachte auch, er hätte vielleicht kein Geld, um die Feier zu bezahlen. Aber dann musste ich deine Eltern doch noch einmal nach diesem Jan fragen, denn für die Rentenkasse brauchte ich eine Unterschrift von ihm.«

Jan war daraufhin tatsächlich im Wintergarten erschienen, und Hannes erinnerte sich an eine erstaunliche Szene. Er hatte dem Witwer gerade sein Beileid ausgesprochen und ihm die Unterlagen überreicht, die er ausfüllen sollte, da ging Richard Augenthaler dazwischen. Er nahm seinem Schwiegersohn die Papiere ab und schlug ihm jovial auf die Schulter. »Keine Sorge, Jan, wir erledigen das für dich.«

»Typisch«, warf Gesine ein. »Er muss alles an sich reißen.«

»Es kommt noch besser«, sagte Hannes. »Mir fiel nämlich auf, dass dein Vater einen Namen benutzte, der gar nicht korrekt war.«

Hannes hatte sich in seinen Unterlagen rückversichert und darauf bestanden, dass Herr Alvarez die Papiere persönlich unterschrieb. »Als Juan Alvarez, wie es in Ihrem Ausweis steht. Das ist doch richtig?«

Als Antwort lächelte Juan verhalten, und Richard Augenthaler sagte: »Wir nennen ihn Jan. Wir sind schließlich in Deutschland.«

Daraufhin wollte Juan den Raum verlassen, aber Hannes versuchte, ihn zurückzuhalten. »Herr Alvarez, möchten Sie sich nicht anschauen, welche Trauerkarten für Ihre Frau verschickt werden? Oder welcher Text für die Todesanzeige geplant ist?«

Richard Augenthaler griff schon wieder ein. »Wir haben das längst besprochen. Jan ist froh über alles, was man ihm abnimmt.«

»Und die Trauerschleife? Soll auf der Schleife, die am Kranz hängt, wirklich Jan stehen? Marta, Frida und Jan anstatt Juan?«

Juan zuckte mit den Schultern und ging davon, ohne sich

geäußert zu haben. Richard Augenthaler sah ihm mit einer Miene hinterher, die für Hannes unschwer zu deuten war. »Ein Hauch Mitleid lag darin«, erzählte er, »und auf jeden Fall sehr viel Kritik.«

Gesine kaute schweigend an ihrem Brötchen. Dann rang sie sich zu einer Nachfrage durch. »Und meine Mutter? Was hat sie dazu gesagt?«

»Nichts«, antwortete Hannes und entwarf ein altbekanntes Bild. »Renate Augenthaler stand während der gesamten Zeit in der Ecke des Wintergartens und guckte nach draußen.« Der Rasensprenger lief, obwohl es erst Mai war. Eine Siamkatze rekelte sich auf den Terrassenplatten, und im Bachlauf, der die Terrasse begrenzte, glitzerten hellgraue Steine.

Erst später meldete Renate sich zu Wort, als Hannes schon seine Tasche packte. »Marta und Frida«, seufzte sie matt, »die armen Mädchen haben letztes Jahr erst den Schulwechsel von Spanien nach Deutschland verkraftet, und jetzt müssen sie ohne Mutter aufwachsen.«

»Aber sie sprechen sehr gut Deutsch«, ergänzte Richard barsch. »Mareike hat sie zweisprachig erzogen, obwohl es nicht einfach für sie war.«

Gesine schob den Frühstücksteller zur Seite. Mareike und Juan Alvarez. Juan anstatt Jan. Sogar der Spruch auf dem Trauerkranz war eine Lüge gewesen, aber Mareike hatte es im Grunde nicht anders verdient.

Sie bat Hannes, seine Tasse zu nehmen und mit ihr aus dem Wohnwagen zu gehen. Es war längst Nachmittag geworden, und die Sonne schien prächtig. Sie trugen den

Hocker und den Campingstuhl in den Schatten des Apfelbaums und machten es sich gemütlich. Gesine legte den Kopf zurück und blinzelte in die Lichtreflexe, die zwischen den Blättern funkelten.

»Nehmen wir einmal an, der Kontakt zwischen der Familie Alvarez und meinen Eltern war nicht der beste«, sagte sie. »Warum rennt Mareike dann zu ihnen und gibt vor, sie hätte mich getroffen?«

»Das weiß ich nicht«, antwortete Hannes. »Aber sie haben ihr geglaubt. Oder wie kommen sie sonst darauf, dass du Mareike auf dem Gewissen hast?«

»Späte Rache ist ein starkes Motiv. Außerdem habe ich bei der Polizei herausgehört, dass bei der Leiche etwas gefunden wurde, das mir zugeordnet wird.«

»Was denn?«

»Das muss ich noch in Erfahrung bringen. Es ist nur unangenehm, weil ausgerechnet Lasse Johannsen ermittelt.«

»Wer ist das?«

Gesine überlegte, wie sie auf diese Frage antworten sollte, ohne allzu viel aufzuwühlen. »Lasse Johannsen hat als Ermittler damals die Akte zum Tod meines Sohnes geschlossen. Vorzeitig, bevor Mareikes Verhalten anständig untersucht werden konnte.«

»Oh. Ich dachte, wenn ein Kind stirbt, guckt man besonders genau hin.«

»Nicht, wenn der Kripo eine rundum schlüssige Geschichte präsentiert wird.«

Hannes beugte sich vor, behutsam, als wolle er Gesine nicht verschrecken. »Handelt es sich um die Geschichte, die ich ebenfalls kenne?«

Der Campingstuhl gab ein Knacken von sich, dabei saß Gesine ganz ruhig. »Es hieß, es sei ein tragisches Unglück, dass Philipp gestorben ist. Der Junge sei nur für einen kleinen Moment unbeaufsichtigt gewesen, so etwas komme vor, bedauerlich, aber menschlich. Ich war die Einzige, die es anders gesehen hat.«

»Aber du warst doch selbst bei der Kripo, hättest du nicht veranlassen können, dass deine Schwester zur Verantwortung gezogen wird?«

Sie betrachtete das Schattenmuster, das der Apfelbaum auf die Wiese warf. Kleine und große Flecken, Linien kreuz und quer. Ein Muster ohne System, und doch war nur dieser eine Schattenwurf möglich, in dieser speziellen Sekunde, wenn die Sonne so und nicht anders zum Baum stand.

»Ich habe klein beigegeben«, sagte sie, »weil Mareikes Tat ohne meine Vorbereitung gar nicht möglich gewesen wäre. Ich war es selbst, die den Blauen Bergeisenhut an die Terrasse gepflanzt hat.«

Sie merkte, wie Hannes erschrak. »Aber damals wusstest du kaum über Pflanzen Bescheid«, sagte er.

»Meine Eltern haben mir daraus einen Strick gedreht. Für sie war ich genauso schuldig wie Mareike.«

»Als ob man das aufrechnen könnte.«

»Und jetzt ist Mareike tot, und Lasse Johannsen darf wieder ermitteln, während meine Eltern mich erneut belasten dürfen.«

»Müsste Lasse Johannsen nicht als befangen gelten?«

»Und wie. Wir waren früher sogar befreundet. Wir waren oft zu viert unterwegs: Mareike, Lasse, Klaus und ich.« Sie stockte. »Oder zu fünft, später, mit dem Kinderwagen und Philipp.«

Sie atmete durch. Eine Müdigkeit überfiel sie wie nach einem harten Arbeitstag. Sie stützte sich schwer auf die Armlehnen, um aufzustehen, aber Hannes hielt sie zurück.

»Das geht doch nicht mit rechten Dingen zu. Wir werden uns wehren, Gesine.«

Sie verzog das Gesicht. »Nett, dass du das sagst, aber an der Sachlage wirst du nichts ändern.«

»Das werden wir sehen.«

»Glaub mir, Hannes, ich kenne diese Leute, die jetzt wieder das Wort erheben. Ich kenne sie am besten.«

Zehn Jahre zuvor

Im Schatten der Fichten das Kind. Barfuß, kurze Hose, rotes T-Shirt, platt auf dem Boden. Die hellen nackten Gliedmaßen zur Terrasse gestreckt. Beim Näherkommen der Gestank. Die braunverschmierten Beine aus der verschmierten Hose ragend.

Gesine schrie jetzt nicht mehr, aber sie war immer noch langsam. Mit aller Kraft gegen den Widerstand ankämpfend, der unterdessen noch wuchs. Sie stürzte über den Rasen, am Gartenhäuschen vorbei, an der Regentonne. Die Hände voran, Sekunden wie Minuten. Der Gestank wie ein Alarmton in der Luft.

Näher, näher kommen, endlich noch näher.

»Philipp!«

Und auch seine Hände waren verschmiert, die Haare, vor dem Gesicht stand eine Lache. Die Augen hielt er weder offen noch geschlossen. Sag Mama. Heb die Hand. Atme.

Blaugrüne Brocken in der Lache, sie riss ihn heraus, schlaff hing er in ihren Armen. Sehr schlaff. Es tropfte von seinem Kopf, von seiner Hose. Der Kragen am T-Shirt war eingerissen, der Hals zerkratzt.

Sie legte ihn wieder hin, auf den Rücken, und blies Luft zwischen seine Lippen. Tastete nach einem Herzschlag unter den Rippen und fand einen. Wenn auch nur einen, der davonjagte.

»Mama.«

Ein allerletztes Mal.

Und jetzt doch schon wieder der Schrei. Aber diesmal gar nicht von ihr, sondern von Mareike, die plötzlich vor dem Gartenhäuschen stand, die Türklinke noch in der Hand.

6

Samstagmorgen auf dem Ostfriedhof. Da war der Mann im Jogginganzug, der seinen Pinscher hinter dem Eingangstor frei laufen ließ und dachte, Gesine merke es nicht. Da waren ebenso die beiden alten Damen, die Hand in Hand über das Gelände schritten, um wie an jedem Wochenende eine Kerze auf ein Grab zu stellen, in dem eine dritte alte Dame lag. Beim Pförtner waren die Gardinen zugezogen, die Loge blieb samstags leer. Und gleich käme noch der Radfahrer, um die Bierflaschen einzusammeln, die über Nacht auf der Friedhofsmauer abgestellt worden waren.

Gesine ließ den Pick-up weiterrollen, langsam, den Weg hoch, der zur Kapelle führte, und nahm die Bilder in sich auf, als sei sie ewig nicht hier gewesen. Der Wind riffelte über die Pfützen und griff durchs Gebüsch. Um die Wulste im Asphalt hatten sich Nadeln und Birkensamen gesammelt. Ein weiches, leuchtendes Ocker.

Wild war der Wechsel vom Frühling zum Sommer, wie in jedem Jahr, und man sollte sich den Genuss nicht verderben lassen. Erst recht nicht von einer unterschwellig schlechten Laune, die sich schon durch die ganze Woche zog. Man sollte einfach arbeiten, den Friedhof auf Vordermann bringen, auch wenn man sich fühlte, als sei man aus Blei.

Vor Tagen hatte sie sich dazu aufgerafft, ihrem Exmann einen Brief zu schreiben, adressiert an sein Büro im Präsidium. Egal, wenn sich seine Kollegen den Mund darüber zerrissen, dass sie von Klaus keine private Adresse mehr besaß. Es war einfach nur wichtig, Kontakt zu ihm aufzunehmen, und zwar mit knappen Worten, über die sie lange nachgedacht hatte. Jede Anspielung auf früher musste unterbleiben. Es musste ein sachlicher Brief werden mit einer kleinen Bitte am Ende: Klaus sollte ein Auge darauf haben, wie die Ermittlungen wegen Mareikes Tod geführt wurden. Er bräuchte ihr selbstverständlich keine Informationen zu verraten oder ihr beizustehen, er sollte nur die Ermittlungen begleiten, dann konnte Gesine sich wohler fühlen.

Schauderhaft. Worte, die sich nur mit Bleistift aufs Papier quälen ließen. Und natürlich hatte Klaus bis jetzt noch nicht geantwortet.

Gesine musste bremsen. Auf dem Hauptweg lag ein Ast. Als sie aus dem Wagen stieg, rutschte sie auf einem Tannenzapfen aus. Sie kickte ihn fort, warf den Ast ins Gebüsch, und von den Blättern der Sträucher spritzten Tropfen in alle Richtungen. Na also! Es war doch schön! Das Nasse und Erdige war ihr Leben, und es war immer noch etwas Besonderes, auf dem Friedhof die Verantwortung zu tragen. Eine Meise flog auf, und die jungen Zweige wippten.

Zurück im Pick-up, drehte sie das Radio lauter. Ein Popsong mit Flamenco-Gitarre. Die anderen Sender rauschten, sie drehte den Ton wieder aus.

Sie würde heute die Wege aufräumen und die Spuren beseitigen, die der Regen in der vergangenen Nacht hinterlassen hatte. Gerade am Wochenende kamen viele Leute auf den Friedhof, und es war wichtig, die Anlage instand zu halten. Sie würde die Gräber inspizieren, für die der Chef einen Pflegevertrag abgeschlossen hatte, und bei anderen Gräbern nach dem Rechten sehen, zum Beispiel bei den schwierigen Schattenlagen am Rande des Waldes. Außerdem würde sie endlich ihre Notizen auf den neusten Stand bringen. Auf einem der Urnengräber hatte sie Weißen Federmohn entdeckt, eine Staude, die im Sommer viel zu hoch aufragen würde. Die Leute würden unvorsichtig sein und Stücke von ihr abreißen, mit bloßen Händen. Der giftige Milchsaft würde ihnen über die Finger rinnen. Man musste vorbereitet sein. Das Notizheft steckte im Seitenfach der Fahrertür.

Sie legte den zweiten Gang ein, fuhr zur Kapelle und parkte auf dem Vorplatz. Feuchter Lehm und braune Pfützen. Einer der Abfallcontainer stand offen, hoffentlich hatte es nicht hineingeregnet.

Sie gähnte, öffnete die Seitenscheibe und drehte noch einmal am Radio. Die Flamenco-Gitarre steigerte sich gerade zu einem Höhepunkt. Sie ließ die Musik laufen und bückte sich nach den Gummistiefeln, die vor dem Beifahrersitz standen. Die besten Stiefel, die sie je besessen hatte, sie schlüpfte gern hinein. Als sie sich jedoch wieder aufrichtete, bekam sie einen Schreck. Die Zwillingsmädchen standen an der Fahrertür und guckten durch das offene Fenster. Sie mussten sich angeschlichen haben.

»Wir wissen, dass du unsere Tante bist«, sagte Marta laut gegen die Musik an und bohrte ihre Zunge durch eine Zahnlücke.

Abrupt drehte Gesine das Radio aus. Tante?

»Es stimmt aber nicht, dass du Mama ähnlich siehst«, fügte Frida heiser hinzu. »Du hast viel längere Haare, und außerdem kommst du nicht aus Spanien.«

Die Mädchen mussten auf Zehenspitzen stehen, der Pick-up war viel zu hoch für sie. Vier kleine Hände schoben sich vor und klammerten sich an den Fensterrahmen.

»Richtig«, sagte Gesine. »Ich komme aus Deutschland. Aber eure Mutter ist auch hier geboren.«

Die beiden guckten neugierig. Ihre Fingernägel waren rosig und sauber.

Gesine steckte das Notizheft in ihre Jackentasche, setzte sich die Kappe auf und ließ nach einer kurzen Warnung die Seitenscheibe hochfahren. Die Kinder zogen die Hände zurück und sackten ruckartig tiefer. Allerdings blieben sie immer noch dicht am Wagen stehen, so dass man sie mit der Autotür zur Seite schieben musste, um überhaupt aussteigen zu können.

»Schade, dass du keine eigenen Kinder hast«, sagte Marta.

Gesine glitt vom Fahrersitz. »Woher wollt ihr das wissen?«

»Papa hat es gesagt.«

Papa. Tante! Sie schlug die Tür zu.

»Hast du etwa doch Kinder?«, hakte Marta nach.

Sie wedelte mit den Armen. »Macht den Weg frei.«

Mit drei, vier Schlägen hieb sie die Bolzen an der Ladeklappe aus der Verankerung. Juan, dieser Feigling. Wie unverschämt, sie als kinderlos zu bezeichnen. Als hätte Philipp nie existiert. Es lag ihr auf der Zunge, die Wahrheit auszusprechen. Die Zwillingsmädchen darüber zu informieren, dass ihre Mutter schuld war. Gesines Junge, Philipp, tot.

»Vielleicht siehst du Mama doch ein bisschen ähnlich«, stellte Frida fest, die sich schon wieder näher geschlichen hatte.

Die Ladeklappe fiel krachend herunter und hätte das Kind beinahe gestreift. Schnell hob Gesine die Hand, um den kleinen Kopf zu schützen. Es war nur eine automatische Geste, aber sie spürte im selben Moment, wie Frida sich an ihrem Bein festhielt. Und dann schaute das Kind nach oben, mit großen dunklen Augen. Gesine wurde der Hals eng. Sie konnte diesen Blick nicht ertragen und wollte ihn auf gar keinen Fall verstehen.

Schon die Art, wie Frida dastand. So steif, als sei sie aus Holz. Selbst den Mund hielt sie starr, ganz anders als neulich, als sie auf dem Vorplatz der Kapelle herumgerannt war und Steinchen geschossen hatte. Sie war auf der Hut, bis in die Fingerspitzen alarmiert, und das war kein Wunder, denn ihre Mutter war gestorben. Worauf konnte sie sich jetzt noch verlassen? Ein einziger falscher Tritt, und sie würde von der Erde verschlungen. Ein einziger falscher Atemzug, und die Luft würde explodieren.

Gesine ließ den kleinen Kopf los. Am liebsten hätte sie sich weggedreht. Sie war schlichtweg die falsche Adresse für Frida. Aber die Berührung des Kindes am Bein ließ sich nicht so leicht lösen.

Marta unterbrach schließlich die Stille. »Welche Schuhgröße hast du, Gesine?«

Sie stellte ihre bunten Plastikstiefel neben die schweren Gummistiefel der Tante. Gesine probierte ein Lachen, berührte sachte Fridas Hand auf ihrem Bein und wechselte dann rasch zur gegenüberliegenden Seite der Ladefläche.

Grauenhaft. Bestimmt kannten die Kinder das nicht: dass man sich von ihnen abwandte. Bestimmt waren sie zurzeit auch besonders empfindlich. Aber was blieb Gesine übrig? Sie wurde ja förmlich gezwungen, sich sperrig zu verhalten. Als kinderlose Tante! Die gleichzeitig im Verdacht stand, die Mutter der Zwillinge ermordet zu haben. Unfassbar, in welche Situation sie geriet.

Sie lauschte. Die Mädchen kicherten hinter dem Fahrzeug. Ihre Stiefel schmatzten auf dem Lehm, als würden sie Muster stampfen.

Energisch langte Gesine auf die Ladefläche und löste den Gurt, mit dem die Gießkannen verschnürt waren, die sie heute auf dem Friedhof verteilen wollte. Die Kannen kollerten auseinander. Das Schmatzen auf dem Lehm kam näher.

»Abflug, ihr beiden, ich habe zu tun«, sagte sie. Sich beliebt zu machen war sowieso nicht ihre Stärke. Sie nahm je drei Gießkannen in eine Hand und machte sich schnurstracks auf den Weg zu den Brunnen.

Frida und Marta blieben am Wagen stehen. Ihre Regenjacken flatterten im Wind, und Gesine bildete sich ein, das Geräusch noch weithin zu hören. Kurz vor der Abbiegung warf sie einen Blick zurück. Die beiden hielten sich eng im Arm, so wie sie es am Morgen der Beerdigung getan hatten.

Und wo war der Vater der Kinder? Wollte er schon wieder keine Verantwortung tragen?

Der erste Brunnen, den sie mit den Gießkannen erreichte, lag im Schatten. Sie untersuchte das Wasser auf Algen, zum Glück war es klar. Sie stellte eine der Kannen auf den

Brunnenrand und schaute nach dem Kaninchenbau in der Nähe. Als sie sich bückte, bekam sie Kopfschmerzen. Es war wirklich nicht ihr Tag heute, trotz aller Arbeitspläne.

Vielleicht hatte sie eine Erkältung in den Knochen? Irgendetwas, das sie dünnhäutig machte? Sie nahm sich vor, Feld B noch in Gänze abzuschreiten und später nur die Ausläufer von Feld C zu besuchen, in gehöriger Distanz zu Mareikes Grab.

Als sie weiterging, kam ihr eine junge Familie entgegen. Unbekannte Gesichter, vermutlich Wochenendbesucher aus einer anderen Stadt. Der Mann schaute neugierig auf die Gießkannen, die Gesine trug. Sie packte die Henkel fester. Das dunkelblaue Plastik mit dem weißen Aufdruck der Verwaltung war begehrt. Wehe, wenn sie eines Tages jemanden erwischte, der auf dem Friedhof Gießkannen klaute!

Der Mann grüßte höflich, seine Frau war mit dem Baby beschäftigt. Kein Ansatzpunkt für einen Streit.

Im zweiten Brunnen hingen Fadenalgen. Das Schreckgespenst der Gärtner. Nicht, weil die Algen schädlich waren, sondern weil man sie mühsam beseitigen musste, damit sich die Friedhofskunden nicht beschwerten. Dieselben Leute, die dafür verantwortlich waren, dass die Algen überhaupt wuchsen, weil sie nämlich ihre dreckigen Schaufeln und Harken ins Wasser tunkten und dadurch Phosphate einbrachten.

Ungewohnt missmutig griff Gesine in die feinen Fäden. Eine Kanne würde sie hier nicht abstellen. Sollte sie nicht sowieso lieber umkehren, um noch einmal nach Frida und Marta zu sehen? Aber nein.

Sie merkte sich die Nummer des Brunnens und setzte ihren Rundgang fort. Sie spitzte nur ein klein wenig die Ohren, für den Fall, dass jemand nach ihr rief. Sie musste dem Ruf ja nicht folgen.

Aber würde sie sich jemals wieder auf diesem Friedhof entspannen? Würde sie sich jemals wieder sicher fühlen können, jetzt, da Mareike das Gelände belastete?

Vielleicht wäre es leichter, wenn Hannes bei ihr wäre. Eine Ablenkung. Aber er hatte heute eine Beerdigung irgendwo am anderen Ende der Stadt. Außerdem musste sich noch erweisen, wie er damit umgehen würde, einen neuen Einblick in Gesines Vergangenheit bekommen zu haben.

Schlimm wäre es jedenfalls, wenn die Eltern noch einmal auf dem Friedhof auftauchen würden. Am Grab ihrer geliebten Mareike. Sie würden Insignien der Trauer zur Schau tragen. Einen dunklen Schlips, eine schwarze Bluse, einen Strauß Lilien, demonstrativ aus einer anderen Gärtnerei. Vielleicht wären sie in Begleitung von Freunden oder Bekannten, Menschen von früher, die Gesine ansprechen würden. Wo sie denn all die Jahre über gesteckt habe, und wie reizend sie als Kind gewesen sei.

»Frau Cordes! Warten Sie, bitte.«

Sie wirbelte herum, aber es war nur der dünne, alte Herr Dinkelbach, den sie übersehen hatte. Er stakste vom Grab seiner Frau und bat um Feuer für seine Kerze. Sie musste sich überwinden, stehen zu bleiben, so sehr war sie in ihre Gedanken vertieft.

Der Alte bog sorgfältig den Docht der Kerze zurecht.

»Die Polizei war heute hier«, sagte er.

»An einem Samstag?«

»Der Mann trug keine Uniform, aber er hat mir seinen Ausweis gezeigt.«

»War es ein dicklicher Typ, mit einer Idiotenbrille auf der Nase?«

»Sie kennen ihn? Er hat nach Ihnen gefragt, aber eher so, als ob er nicht genau weiß, wer Sie eigentlich sind.«

Sie schnippte mit dem Feuerzeug. Lasse Johannsen und sein alter Trick. Im Alltag der Verdächtigen aufzutauchen und wahllos Fragen zu stellen, nur um sie nervös zu machen.

»Was wollte er wissen?«

Herr Dinkelbach überlegte. Sein Handrücken war blau, offenbar fror er in dem abgetragenen Anzug.

»Ob es Gräber gibt, die Sie bevorzugen. Und ob ich weiß, wie oft Sie bei den Kindergräbern sind.«

Sie schüttelte den Kopf, fassungslos.

Der Alte brachte die Kerze zum Grab. »Sie arbeiten doch nicht etwa schwarz?«, fragte er.

»Nein. Ich denke, die Polizei hat mich verwechselt.«

Er kam zurück. »Ich kann Sie nämlich gut leiden, Frau Cordes.« Seine Nasenspitze war rot und tropfte. »Entschuldigung«, sagte er und suchte nach einem Taschentuch.

Fünfundfünfzig Jahre hatte er mit seiner Ehefrau verbracht, ohne je von ihr getrennt zu sein, und plötzlich konnte Gesine das verstehen. Sie drückte seine Schulter, bevor sie weiterging.

Am nächsten Brunnen gab es keine Probleme, am übernächsten auch nicht, aber sie hatte noch immer drei Gießkannen zu verteilen, als sie ein Motorengeräusch hörte. Es stammte von einem Moped oder Mofa, das auf dem Friedhof unterwegs war. Es tuckerte langsam, wurde schneller, kurvte hinter den Büschen herum, bremste und fuhr wieder an wie auf einem Verkehrsübungsplatz. Und man hörte Kinder juchzen. Frida und Marta? Gesine beschleunigte den Schritt. Das Moped entfernte sich. Der Verdacht wurde konkreter, wurde zur Gewissheit und schon nahm sie eine Abkürzung, schnurstracks zu C-212.

Sie kam gerade noch rechtzeitig, um mit anzusehen, wie die Maschine vor Mareikes Grab abgestellt wurde. Ein Moped mit Beiwagen, aus dem tatsächlich Frida und Marta kletterten. Sie winkten Gesine fröhlich zu, während ein schlanker Mann in Lederkombi vom Sattel stieg und sich den Helm vom Kopf zog. Juan.

»Tut mir leid, wenn das nicht erlaubt ist«, rief er herüber.

Er trug eine Sonnenbrille, obwohl es bewölkt war. Gesine rang nach Luft. Das Moped war uralt, in Bordeaux lackiert, und der Überrollbügel auf dem Beiwagen sah aus, als hätte er sich verzogen.

»Warum tragen die Kinder keinen Helm?«, fragte sie scharf.

Juan schob sich die Sonnenbrille ins Haar und stülpte seinen eigenen Helm auf den Lenker. »Wir haben nur die kurze Tour von der Kapelle bis hierher gemacht, auf der Straße sind die beiden selbstverständlich geschützt.«

Aber Marta schob ihre Unterlippe vor, und man konnte daran ablesen, dass Juan schon wieder log. In allerbester Familientradition.

»Gut«, sagte Gesine, »ein Anruf bei der Polizei, und die Kollegen sind in einer Minute hier.«

Sie stellte die Gießkannen auf den Boden und tat, als

suche sie in ihren Taschen nach dem Handy. Die Kinder quiekten, eher belustigt als voller Sorge, und sie hätte gern mit eingestimmt, denn ihr Verhalten kam ihr selbst vor wie eine Farce. Wen wollte sie bitte schön anrufen? Und war es etwa ihre Angelegenheit, sich um die Sicherheit der Zwillinge zu kümmern?

»Es geht auch darum, die Totenruhe auf dem Friedhof zu wahren«, ergänzte sie. »Ich habe alle Befugnisse, die Regeln durchzusetzen.«

»Warte«, erwiderte Juan, »ich schiebe das Moped zum Eingang zurück, und dann ist die Sache in Ordnung.«

Frida hob eine der Gießkannen auf und reichte Gesine den Henkel an. »Wir brauchen gar keinen Helm im Beiwagen. Glauben wir jedenfalls.«

Marta nickte und spielte schon wieder an ihrer Zahnlücke herum. Nicht hingucken.

»Hilfst du uns heute?«, fragte Marta und stieß sie an.

»Ich?«

»Wir brauchen neue Blumen.«

Sie zeigte auf das Grab. Welke Kränze und Gebinde türmten sich auf. Hier hatte seit der Beerdigung noch niemand einen Handschlag getan. Die Blüten waren verregnet und braun, die Schleifen schmutzig. Ein Dutzend abgebrannter Grablichter stand auf dem Weg herum, zum Teil mit Regenwasser gefüllt.

»Du bist doch Gärtnerin«, beharrte Marta.

Schon wieder so ein Blick von unten nach oben, aus dunklen, großen Augen. Und wieder das Gefühl, sperrig und unzulänglich zu sein.

Gesine ging in die Hocke. »Ihr müsst das Grab aufräumen«, sagte sie, nach Kräften beherrscht. »Erst macht ihr die Schleifen von den Kränzen ab. Wenn ihr wollt, könnt ihr sie zusammenfalten und mit nach Hause nehmen. Und das Grünzeug tragt ihr zu dem braunen Container, so viel, wie ihr schafft.«

»Genau«, mischte sich Juan ein, »und Gesine und ich bringen in der Zwischenzeit das Moped zum Parkplatz.«

Von wegen. Sie richtete sich auf und sah, dass er bereits die Gießkannen in den Beiwagen lud. Eilig nahm sie die Kannen wieder an sich, da zischte er ihr zu: »Ich muss dringend mit dir reden.«

»Kein Bedarf.«

Sie zeigte den Mädchen den Weg zum braunen Container und marschierte grußlos an Juan vorbei. Nach wenigen Sekunden jedoch hatte er sein Moped gestartet und sie eingeholt.

»Bleib stehen«, rief er, »wir müssen was klären!«

Nein. Sie hatte nichts zu klären.

»Willst du jedes Mal so ein Theater machen, wenn wir uns begegnen, Gesine?«

Das Moped stank. Hoffentlich kam ihnen niemand entgegen. Zum Glück waren es nur noch wenige Meter bis zum Hauptweg, und dort musste Juan abbiegen, wenn er zum Parkplatz wollte.

Sie legte einen Zahn zu, da drückte er auf die Hupe. Laut und dreist schallte der Ton über den Friedhof, und Juan brüllte auch noch ihren Namen dazu. Sie schleuderte eine der Kannen in seine Richtung.

»Ich will mit dir nichts zu tun haben!«

Er stellte den Motor aus. »Danke, gleichfalls.«

»Deine Kinder haben mir heute schon an der Kapelle aufgelauert. Weil du dich nicht um sie kümmerst. Weil du sie ständig alleine lässt!«

»Das kannst du ja wohl nicht beurteilen.«

»Muss ich auch nicht. Aber ich brauche meine Ruhe.«

Er stieg vom Sattel. »Meinst du, mir gefällt es, dass Mareike sich ausgerechnet diesen Friedhof ausgesucht hat? Wir können froh sein, dass sie sich nicht direkt neben deinen Sohn gelegt hat.«

Es verschlug ihr die Sprache. Wie konnte er so brutal sein?

»Oder hast du gedacht, es ist alles ein Zufall?« Er rollte mit den Augen. »Wie naiv bist du denn? Mareike hat nie geglaubt, dass du deinen Sohn anonym verbrannt hast. Kaum war sie wieder in Deutschland, hat sie die Friedhofsverwaltung gelöchert, bis sie Bescheid wusste. Und dann hat sie sich hier ebenfalls ein Grab gesichert.«

Dass er so reden konnte. Als sei Philipp ein geläufiges Gesprächsthema. Als sei alles bekannt und öffentlich, der kleine Sarg, das kleine Grab, die alte Plastikbank unter dem Strauch.

»Deine Frau hat meinen Sohn umgebracht«, sagte Gesine, als müssten die Fakten noch einmal geklärt werden.

»Ja«, erwiderte er, »Mareike hat es zugelassen, dass Philipp stirbt.«

Er beschönigte die Tat, so wie sie jeder beschönigt hatte, schon immer, aber Gesine hatte es lange nicht mehr mit anhören müssen. Sie verspürte den Impuls, Juan zu schlagen, verließ jedoch klugerweise den Weg und schlug sich brachial in die Büsche. Es knackte und krachte um sie herum, aber sie hörte auch, dass Juan sie verfolgte.

»Das schlechte Gewissen hat Mareike nie losgelassen«, rief er. »Sie war besessen von ihrer Schuld und hätte alles gegeben, um deinen Sohn wieder lebendig zu machen.«

Wer hätte das nicht?

Sie schützte ihr Gesicht mit den Armen. Beinahe angenehm, wenn die Zweige über die Hände kratzten. Nur leider war das Gebüsch recht schmal, und sie stand bald schon wieder auf einem offenen Weg. Juan sprang ihr vor die Füße.

»Ich möchte dich um Verzeihung bitten«, sagte er. »Ich entschuldige mich aus tiefstem Herzen für das Leid, das dir angetan wurde, Gesine.«

Sie schwitzte und sah ihn wie benommen an. Er, in seiner schwarzen Lederkombi, schwitzte ebenfalls und hatte seine Sonnenbrille verloren.

»Ich kann dich sogar verstehen«, fuhr er fort. »Ich hätte Mareike damals auch vor Gericht zerren wollen, genauso wie du. Aber wir können jetzt nicht mehr ändern, wie es gelaufen ist.«

Gleich würde sie ihn doch noch schlagen müssen. Oder sich vorbeugen und übergeben müssen, denn da kam zu allem Überfluss die junge Familie anspaziert, die sie vorhin schon einmal getroffen hatte, als sie die Gießkannen verteilte. Man äugte neugierig herüber, und Juan machte eine schnelle Bewegung. Sie hielt sich die Hand vor den Mund und schüttelte den Kopf, um zu verhindern, dass er näher kam, aber er stemmte bloß seine Hände in die Seiten und stellte sich breit auf den Weg, so dass sie ein wenig vor den Blicken der Familie geschützt war und ins Gras spucken konnte.

»Ich glaube auch deinen Eltern nicht«, sagte er schließlich, als sie wieder allein waren. »Du hast Mareike nicht umgebracht. Aber sie hat es auch nicht selbst getan. Da bin ich sicher.«

Sie wischte sich über den Mund. »Hast du die Kripo darüber informiert, dass sie sich ihr eigenes Grab gekauft hat?«

»Nein, denn es hat mit ihrem Tod nichts zu tun.«

»Es liegt auf der Hand, Juan.«

»Nein! Sie hätte sich nie selbst auf die Schienen geworfen, allein schon wegen der Kinder nicht. Außerdem hat sie keinen Abschiedsbrief hinterlassen.«

»Weil sie feige war.«

»Du kennst sie doch gar nicht.«

»Feige wie du. Du hast dich auch nicht getraut, deinen Töchtern die Wahrheit zu sagen. Du hast stattdessen behauptet, ich hätte kein Kind.«

Wie er die Augen aufriss und mit den Händen fuchtelte. Wie er mit seinen hellblauen Turnschuhen auf dem Weg scharrte.

»Ja und?«, rief er. »Was hätte ich denn sagen sollen?«

»So viel zum Thema: glaubwürdige Entschuldigung.«

»Du bist selbstgerecht.« Seine Stimme überschlug sich fast. »Ich soll also den Mädchen sagen, was ihre Mutter für eine war?«

Die Worte blieben für einen Moment in der Luft hängen, dann verschwand Juan blitzschnell im Gebüsch. Gesine setzte sich auf den Boden, mit jagendem Herzen. Auf dem Parallelweg sprang das Moped an und fuhr wieder los, aber nicht Richtung Parkplatz, sondern zum Grab zurück, um vermutlich die Kinder einzusammeln. Gut so. Ruhe auf dem Friedhof, für den Rest des Tages.

Gesine zog ihr Notizheft aus der Jackentasche und schlug die letzte Seite auf. *Was ihre Mutter für eine war*, notierte sie, daneben *Juan Alvarez* und das Datum.

Für eine war. Was Mareike für eine war.

Eine seltsame Wortwahl für einen trauernden Ehemann.

7

Marina Olbert zerrte an ihrem Sportbustier. »Wenn du ehrlich bist«, sagte sie, »ist zwischen uns nie etwas Richtiges gewesen.«

»Etwas Falsches aber auch nicht.«

Lasse Johannsen zog die Bettdecke über seinen Bauch. Er wirkte eher gekränkt als schockiert. Vielleicht hatte sie sich unklar ausgedrückt?

»Ich brauche nur an die Ermittlungen im Fall Alvarez zu denken«, sagte Marina, »und schon weiß ich, dass wir Schluss machen müssen.«

»Du willst mich zum einfachen Kollegen degradieren?«

Er angelte nach ihr, als sie am Bett vorbeikam, aber sie wich mit einem Hüftschwung aus.

»Du hast dich stärker in die Ermittlungen eingemischt, als dir zusteht, Lasse.«

»Weil ich Mareike und Gesine besser kenne als du.«

»Ich will jetzt nicht wieder über die beiden reden«, erwiderte sie. »Erst recht nicht in meinem Schlafzimmer.«

Sie klappte den Kleiderschrank auf und suchte nach ihrem Fahrradtrikot. Lasse rekelte sich.

»Es war doch praktisch, dass ich dir so viele Informationen liefern konnte. Und wenn ich dich an die Vorladung neulich erinnern darf: Es war deine Idee, Gesine in mein Büro zu bestellen.«

Ja, das war ein Fehler gewesen, aber Marinas Neugier hatte gesiegt. Sie hatte beobachten wollen, wie Lasse und Gesine Cordes aufeinander reagierten. Es war vorher so viel getratscht worden, überall im Präsidium. Nervig. Die Cordes als tragische Lichtgestalt von früher, als ehemalige Talentbestie der Kripo. Attraktiv wie ihre Schwester, die man übrigens auch gerne eingeladen hatte, wenn damals im Hof des Präsidiums gefeiert und gegrillt wurde. Obwohl die Schwester keine Polizistin war. Aber sie brachte ja ihre Gitarre mit.

»Ist es eigentlich von irgendeiner anderen Dienststelle bekannt«, fragte Marina, »dass die Schwester einer jungen Kriminalistin vorbehaltlos in den Kollegenkreis aufgenommen wird, wie ihr es vor zehn, zwölf Jahren mit Mareike Augenthaler getan habt?«

»Ich bitte dich! Damals war das normal. Du kannst das nicht mit heute vergleichen.«

Richtig. Heute wurde Berufliches und Privates voneinander getrennt. Marina fand das Trikot und zog es über den Kopf. Es war eng, sie musste sich winden.

»Du benimmst dich, als ob du eifersüchtig wärst«, hörte sie Lasse sagen. »Dabei ist das alles Schnee von vorgestern. Gesine, Mareike und ich waren nur Freunde.«

Sicher. Die Augenthaler-Sisters hatten keine fleischlichen Gelüste gehabt. Marina funkelte Lasse an.

»Wir beenden jetzt das Thema. Ich muss los. Und wenn

du die Wohnung verlässt, wirf mir bitte den Schlüssel in den Briefkasten.«

Lasse riss die Augen auf. »Meinst du das ernst?«

»Worüber rede ich denn die ganze Zeit?«

»Über den Job.« Er stieg aus dem Bett, nackt wie er war. Sie mochte seine blanke Brust. »Marina«, sagte er und angelte schon wieder nach ihr, »wir können uns durch den Job doch nicht unser Privatleben verderben lassen.«

»Wir wollten es sowieso locker handhaben. Das waren deine eigenen Worte.«

»Auf der Weihnachtsfeier!«

»Für mich gilt es immer noch.«

Sie nahm ihre Schuhe und ging in die Küche. Eigentlich wollte sie nicht so reden, nicht so persönlich, so beziehungsmäßig, das hatte sie sich ein für alle Mal geschworen.

Als sie an der Spüle stand und ein Glas mit Wasser füllte, umschlang Lasse sie von hinten. »Komm wieder ins Bett.«

Da schulterte sie ihr Rennrad und verschwand durch die Wohnungstür.

In der City rauschte noch der Feierabendverkehr. Marina Olbert reihte sich in den Strom ein und musste sich zügeln, um nicht ständig zu klingeln und zu schimpfen. Anfahren, anhalten, anfahren, anhalten. Gut, dass sie fit war. Und gut auch, dass sie ihre Gedanken im Zaum halten konnte. Wenn Lasse tatsächlich etwas für sie empfand, würde er den Wohnungsschlüssel sowieso nicht abgeben.

Oder? Und wenn doch? Egal.

Die Geschichte mit der Cordes machte Marina langsam nervös. Der kaum verhohlene, bewundernde Unterton, wenn im Präsidium über diese Frau gesprochen wurde. Über ihr Talent und ihre Schwester Mareike. Die gute alte Zeit. Herrgott noch mal, sie musste ermitteln!

Neulich war ein Brief im Präsidium angekommen. Gesine Cordes an Klaus Cordes. Eine winzige Sekunde lang war sie in Versuchung gewesen, den Brief zu öffnen, aber natürlich hatte sie es nicht getan. Sie war stattdessen so freundlich gewesen, ihn in einem Extraumschlag zurückzuschicken, versehen mit einer Notiz:

Ich habe den Brief für Sie sichergestellt, Frau Cordes, und muss ihn zu unserer Entlastung zurückleiten. Ihr Exmann hat sich bereits vor Jahren versetzen lassen und arbeitet derzeit wohl in Osteuropa. Über die zuständige Abteilung in Brüssel können Sie seine neue Büroadresse recherchieren.

Sachlich, hilfreich, aber nicht übereifrig. Und als Nebeneffekt würde die Cordes erfahren, dass Marina Olbert alles mitbekam, was sich im Präsidium tat.

Sie erreichte die Ringstraße und kam jetzt schneller voran. Sie konnte hochschalten, versteifte die Schultern und machte die Hüften locker. In den vergangenen zehn Tagen hatte sie ein ganzes Kilo zugenommen, reine Muskelmasse. Man sah es an den Beinen, unter der leichten Bräune, die sich über die Schenkel zog, mit dem scharfen Rand dort, wo die Trikothose begann. Sie hob sich aus dem Sattel und trat energisch durch.

Ein Vorteil der aktuellen Ermittlungen: Sie hatte diesen Radweg kennengelernt, der am Ostfriedhof entlangführte, und sie hatte besser trainiert. Schon gleich würde sie den Friedhof erreichen, und dann ging es ins Bergische, raus aufs Land.

Lasse (schon wieder!) hatte ihr gezeigt, wo Gesine Cordes tagsüber aufzufinden war und mit wem sie sich umgab. Der Bestatter zum Beispiel, Hannes van Deest, war von Bedeutung. Ein gutaussehender Kerl, den man durchaus im Fitnessstudio antreffen könnte. Oder auch Juan Alvarez. Sie hatten ihn am Grab beobachtet. Er hatte telefoniert, sehr aufgeregt und überhaupt nicht traurig. Ein möglicher Täter?

Marina war die Einzige gewesen, die von Anfang an erkannt hatte, dass es Ermittlungsansätze für ein Tötungsdelikt gab. Die Analyse des Kinderlöffels, den man neben den Gleisen gefunden hatte, war noch nicht abgeschlossen, aber sie würde jede Wette eingehen, dass der Löffel mindestens zehn Jahre alt war. Ein zersplitterter Porzellangriff. Lasse hatte sich sofort daran erinnert, dass der kleine Cordes-Sohn damals einen solchen Löffel besessen hatte. Und dass Gesine Cordes sich nach dem Unglück schier an den Löffel geklammert hatte, quasi als letztes Verbindungsstück zu ihrem Sohn. Schrecklich.

Trotzdem wollte Lasse, dass man auch in Betracht zog, Mareike könne sich selbst umgebracht haben. Ein Selbstmord aus Schuldgefühlen, wegen der Sache mit dem Cordes-Kind. Aber warum jetzt? Warum sollte Mareike sich erst zehn Jahre später vor den Zug werfen? Nein, das war unlogisch. Schuldgefühle brauchten nicht so lange, um sich durchzusetzen. Rachegefühle dagegen schon, denn Rache konnte warten.

Aber Lasse hatte von Frauen ja keine Ahnung.

Da war der Ostfriedhof. Marina Olbert bremste. Auf dem Parkplatz stand der Wagen des Bestatters. Er fuhr einen schicken SUV, schwarz, mit dem Logo seines Instituts, und daneben, in trauter Eintracht, parkte der Pick-up der Cordes. Was die beiden wohl gerade trieben?

Und jetzt fuhr ein Cabrio vor, rasant, das Verdeck geschlossen. Ein teurer Schlitten, Zweisitzer vermutlich, und trotzdem saßen drei Personen darin. Marina schob das Fahrrad halb hinter die Friedhofsmauer. Die Beifahrertür des Cabrios ging auf, und die Alvarez-Zwillinge hüpften heraus, während auf der Fahrerseite ein Typ ausstieg, der mindestens zwei Meter groß war. Elegant, sehr männlich und doch geschmeidig. Wie er sich bückte und zwei Sporttaschen aus dem niedrigen Wagen zog. Wie er den Kindern die Taschen anreichte. Als ob er das öfter machte. Als ob die Kinder ihn sehr gut kannten. Dabei war von diesem Mann in der Akte gar keine Rede.

Sie zückte ihr Handy und schoss ein Foto. Noch eins, sie zoomte auf das Nummernschild. In Gedanken ging sie die Liste durch, die ihr die alten Augenthalers gegeben hatten, erstellt in Zusammenarbeit mit Juan Alvarez: Personen, mit denen Mareike, Juan oder ihre Kinder in Kontakt gestanden hatten. Der Zweimetertyp war nicht dabei. Schlampig! Wieso war das niemandem aufgefallen?

Sie klickte ihre Sohlen wieder auf die Pedale. Ab morgen würde sie den Fall noch härter angehen. Hatte man sie nicht auch einmal Talentbestie genannt, auf der alten Dienststelle, bevor alles schiefgelaufen war?

Weißer Federmohn

Imposante Blattschmuckstaude.
Hintergrundbepflanzung oder Solitärpflanze ohne besondere Ansprüche.
Familie der Mohngewächse.
Krautig mit aufrechtem Wuchs, bis 3 Meter hoch.
Pflegeleicht, winterhart.
Sommerblüher. Verzweigte, fedrige Blütenrispen in Weiß oder Rosa.
Kapselfrüchte ab Herbst.
Gelappte, wechselständige Laubblätter in Blaugrün, bis zu 30 cm lang, an der Unterseite grau behaart.
Im Winter kahl.
Bildet unterirdische Rhizome, neigt zum Wuchern.
Giftstoffe aus dem Bereich der Isochinolin-Alkaloide.
Gift enthalten in allen Pflanzenteilen.
Hautreizender Milchsaft im Stängel: Rötung, Blasenbildung.
Nach Verzehr von Samenkapseln oder anderen Pflanzenteilen: Brennen der Schleimhaut, Durchfall, Bauchkoliken und Atembeschwerden möglich.
Großzügige Flüssigkeitszufuhr, in Ausnahmefällen Zufuhr von Sauerstoff.

8

Eine halbe Flasche Rotwein plus eine Tablette. Trotzdem kein Schlaf oder nichts, was es wert gewesen wäre, Schlaf genannt zu werden. Gesine hockte in der Sitzecke, das Bett am anderen Ende des Wohnwagens war zerwühlt, sie wollte es nicht mehr sehen. Sie löschte das Licht.

Das Mondlicht fing sich in der Weinflasche, ein schwaches grünes Signal. Die Flüssigkeit, beinahe schwarz, schmeckte schlechter als eben. Ein paar Sterne standen am Himmel, der Sonnenaufgang war noch weit entfernt.

Sie stellte ein Fenster auf. Mit einer Wolldecke um die Schultern versuchte sie, auf dem Sitzpolster eine bequeme Position zu finden. Wenn sie lange genug wartete, müsste sie doch schläfrig werden, müssten die Gedanken aufhören, im Kreis zu rennen.

Am Nachmittag war Marina Olbert in der Gärtnerei erschienen, hinten im Treibhaus, während Gesine die Fleißigen Lieschen verlud. Die Plastikpalette wäre ihr fast aus der Hand gerutscht. Marina Olbert im lachsfarbenen Trenchcoat, mit einer Umhängetasche aus Segeltuch. Draußen auf dem Hof hatten sich die Kollegen zusammengerottet.

»Ich störe nur ungern«, sagte die Olbert, »aber ich war mir nicht sicher, ob Sie noch einmal einer Vorladung Folge leisten würden.«

»Sie kommen allein?« Gesine brachte die Palette zum Transportwagen. Rote und weiße Impatiens. Die Ungeduldigen, die Explosiven.

Die Olbert öffnete ihre Umhängetasche und zog ein kleines braunes Buch hervor. »Schauen Sie mal. Der Kalender Ihrer Schwester.«

»Sicher?« Gesine brauchte nicht näher hinzuschauen. Schon vor zehn Jahren hatte Mareike ihre Termine digital organisiert, auf schicken Geräten, angeberisch, mit viel Gepiepe und Gebimmel.

Die Olbert blätterte in dem Büchlein. »Witzig, dass Ihre Schwester so altmodisch war, oder? Vielleicht hatten Sie beide mehr gemeinsam, als Sie denken.«

Der Chef tauchte draußen auf dem Hof auf und scheuchte die Kollegen von der Scheibe weg. Dann zeigte er Gesine den gereckten Daumen, als sei sie auf mentale Unterstützung angewiesen.

Sie streifte sich die Handschuhe ab und nahm der Olbert den Kalender weg, bevor sie es verhindern konnte. Als Ermittlerin war die Frau wirklich nicht auf Zack.

Die Schrift im Kalender allerdings verblüffte Gesine. Es wirkte, als habe tatsächlich Mareike hineingeschrieben. Dieselbe alberne Mädchenschrift wie früher, mit kleinen und runden Buchstaben ohne Charakter.

»Frau Cordes, geben Sie her, es handelt sich um ein Beweismittel.«

»Dann passen Sie das nächste Mal besser darauf auf.«

Sie drehte Marina Olbert den Rücken zu und schlug die Seiten um. *Marta und Frida Geburtstag* stand da am 24. Mai. Warum musste eine Mutter sich das notieren?

Marina Olbert seufzte. »Wenn schon, dann gucken Sie sich den Jahresanfang an. Zwei Monate vor dem Tod Ihrer Schwester.«

Gesine blätterte zum Februar. Dienstag: *Gesine 17 Uhr.* Und am Dienstag danach wieder: *Gesine 17 Uhr.* Im Februar gab es für jeden Dienstagnachmittag dieselbe Notiz.

»Das ist ein schlechter Scherz«, sagte sie. »Und es bedeutet auf keinen Fall, dass ich Mareike getroffen habe.«

»Es ist ein Indiz«, entgegnete die Olbert, »und da Sie einmal eine tolle Polizistin waren, wissen Sie wohl, was das bedeutet.«

Gesine stieg nicht auf den spitzen Beiklang ein. »Haben Sie denn in Mareikes Handy nachgeschaut, ob dort dieselben Termine stehen wie in diesem Kalender?«

»Heutzutage stelle ich die Fragen.«

»Ihr sogenanntes Indiz wird sich in Luft auflösen, wenn ein gegenteiliges Indiz auftaucht, wie zum Beispiel ein Terminkalender im Handy, der anders lautet.«

Mit einer lässigen Geste überreichte sie Marina Olbert das Büchlein, so als sei es nichts wert. Die Olbert ließ es in ihrer Umhängetasche verschwinden.

»Es gibt keine anderslautenden Termine.« Sie lächelte Gesine maliziös an. »Im Handy steht das Basketballtraining der Kinder. 16 Uhr 30 bis 18 Uhr. Frau Alvarez hat die Kinder zur Sporthalle gebracht und wieder abgeholt. Aber wo ist sie in der Zwischenzeit gewesen?« Marina Olbert legte eine Kunstpause ein. »Gesine 17 Uhr. Wie

Mareike es in ihrem geheimen, kleinen Lederkalender notiert hat.«

»Und warum geheim?«, fragte Gesine. »Wo haben Sie den Kalender denn her?«

»Ich hatte jedenfalls gehofft, Sie würden uns heute einiges erklären, in Ihrem eigenen Interesse.«

Gesine biss die Zähne zusammen. Die Olbert war als Typ so leicht zu durchschauen. Der gebügelte Mantel, verräterisch perfekt. Der Auftritt einer Frau, die sich ihrer nicht sicher war.

»Es gibt Graphologen und Kriminaltechniker, Frau Olbert, die können Ihnen sagen, wann die Kalendereinträge gemacht worden sind. Sie sind entweder gefälscht, oder Mareike hat sich den Kalender als Phantasie angelegt. Als eine Art zweites Leben, das sie sich gewünscht hat, mitsamt der Möglichkeit, mich zu treffen.«

Die Olbert griff sich ins blonde Haar. »Oh ja! Ein Treffen mit Ihnen, davon kann man wirklich nur träumen. Und danke auch für die Nachhilfe in Kriminologie.«

»Ich habe das Recht, mich zu verteidigen.«

»Langsam wird es Zeit für einen Anwalt, denn wissen Sie, unsere Graphologen und Kriminaltechniker haben längst bestätigt, dass die Einträge von Frau Alvarez stammen. Und nach unseren Erkenntnissen war Ihre Schwester auch nicht so verschroben, sich ein zweites Leben herbeizusehnen. Im Gegenteil: Mareike Alvarez war bodenständig, sozial gut eingebunden und gesellig.«

»Sehnsucht hat nichts mit Ungeselligkeit zu tun.« Gesines Stimme wurde härter.

Marina Olbert nickte. »Stimmt. Wenn jemand Ahnung

davon hat, dann Sie.« Erneut fischte sie in ihrer Umhängetasche. »Sehnsucht bedeutet auch Erinnerung, nicht wahr?«

Plötzlich hielt sie einen Löffel in der Hand, und Gesine riss es beinahe den Boden unter den Füßen weg. Ein Kinderlöffel mit Porzellangriff, Philipps Löffel, nein, gerade noch rechtzeitig erkannte sie, dass der Löffelgriff grün war und nicht weiß. Nicht Philipps Löffel, nicht das Besteck, das er sich zuletzt in den Mund gesteckt hatte.

»Keine Sorge, das ist nur ein Anschauungsmodell für mich«, sagte die Olbert. »Ich habe ja keine Kinder, und als Ermittlerin brauche ich manchmal etwas zum Anfassen.«

Sie hielt Gesine den Löffel hin. Das Sterntaler-Motiv, nagelneu und ohne Kratzer. Dasselbe Motiv, nur auf grünem Grund, eine Gemeinheit der Ermittlerin, ein Schockmoment. Warum?

»Die Kriminaltechnik«, sagte die Olbert, »ist noch immer damit beschäftigt, den Löffel zusammenzusetzen, den wir an den Gleisen gefunden haben. Dutzende Splitter. Ein Vorläufermodell dieses Löffels hier, aber mit einem hellen Griff.«

»Philipps Löffel«, hörte Gesine sich sagen.

»Das ist zu vermuten.«

»Aber was wollte Mareike damit an den Schienen?«

»Vielleicht hatte der Mörder ihn dabei. Jemandem muss er aus der Tasche gerutscht sein.«

»Haben Sie Fingerabdrücke gefunden?«

»Das geht Sie nichts an.«

»Der Löffel hat eine lange Geschichte. Aber nicht jeder Abdruck lässt sich damit erklären.«

Die Olbert ließ ihr Anschauungsmodell wieder verschwinden. »Sie haben aus Ihrer Zeit als Mutter bestimmt einige Andenken aufbewahrt, Frau Cordes, oder?«

»Nein.«

»Man sagt, Sie haben am Abend, nachdem Ihr Sohn verunglückt war, alles eingesammelt, was im Garten lag. Den roten Plastikteller, den Löffel mit dem Sterntaler-Mädchen. Niemand durfte die Sachen anfassen, heißt es, nur Sie.«

»Haben Sie mit meinen Eltern gesprochen?«

»Kein einfaches Gespräch, das können Sie sich vorstellen. Aber äußerst informativ.«

»Meine Eltern wissen nicht, dass ich überhaupt nichts mitgenommen habe, als ich bei meinem Mann ausgezogen bin. Nur die Klamotten, die ich am Leibe trug.«

Warum sprach sie so schwächlich? Warum jagte sie die Ermittlerin nicht aus der Gärtnerei? Wie kam sie dazu, über damals zu reden und sich zu rechtfertigen, als sei es an ihr, den lächerlichen Verdacht ihrer Eltern zu entkräften?

»Gehen Sie weg.«

Und tatsächlich drehte die Olbert sich auf dem Absatz um und durchquerte das Treibhaus, zurück zur Tür. Der lachsfarbene Trenchcoat wehte um ihre Hüften, und sie sah aus wie ein Vogel, der Anlauf nimmt.

Gesine trank einen weiteren Schluck Rotwein. Im Wohnwagen war es inzwischen noch dunkler geworden, der Mond versackte hinter dem Wald. Sie sah ihm zu, bis ihre Augen brannten und der Schädel sich anfühlte wie ausgebeult. Dann stellte sie die Weinflasche außer Reichweite.

War Mareike eigentlich verrückt gewesen? Hatte sie, bevor sie nach Spanien ging, noch Philipps Löffel an sich genommen und all die Jahre lang mit sich herumgetragen? Als Symbol ihrer Schuld? Masochistisch? Wie vermessen, wie unverschämt auch, sich an den Kindersachen zu vergreifen.

Und wie konnte sie sich überhaupt wünschen, Gesine zu treffen? Dienstags, um 17 Uhr, während Frida und Marta ahnungslos dem Basketball hinterherjagten. Die Zwillinge. Am 24. Mai hatten sie Geburtstag gehabt.

Gesine lauschte in die Nacht. Ulkig. Ihr war, als habe sie das Quietschen der Sportschuhe auf dem Turnhallenboden gehört. Es musste am Wein liegen, plus der Tablette.

Plus der Erkenntnis, dass Klaus so weit weggezogen war. Eine jähe Enttäuschung. Natürlich hatte Klaus als Exmann keine Verpflichtung gehabt, in der Stadt zu bleiben. Aber warum hatte Gesine sich so lange mit der Frage gequält, ob sie ihn um Hilfe bitten könnte? Zum Beispiel hätte er jetzt eine wichtige Aussage zum Verbleib des Löffels treffen können.

Aber Klaus hatte schon immer internationale Ambitionen gehabt. Osteuropa. Brüssel. Und Gesine? War geblieben. Abgeschnitten von den alten Geschichten, und zugleich ganz nah dran. Auf dem Friedhof.

Fast so wie Mareike. Es war doch irre, dass sie aus Spanien zurückgekehrt war und tatsächlich angefangen hatte, sich mit Gesine zu beschäftigen. In kruden Gedanken, dienstags um 17 Uhr.

Was war da los gewesen?

Im Februar machte der Friedhof um 17 Uhr zu. Meist spülte Gesine dann in der Pförtnerloge ihre Teetasse aus und stellte sie ins Regal, bevor sie in die Gärtnerei zurückfuhr. Der Pförtner schloss zur selben Zeit die Tore ab.

Aber nein. Anfang dieses Jahres hatte die Frau des Pförtners im Krankenhaus gelegen, und er musste wochenlang früher Feierabend machen. Auch im Februar, ja, Gesine hatte ihn im Februar entlastet und an seiner Stelle den Friedhof abgeschlossen. Um 17 Uhr war sie also allein gewesen, auch dienstags! Und sie hatte keine Zeugen dafür, jedenfalls keine Zeugen, an die sie sich noch erinnern konnte.

Verdammte Mareike.

Gesine warf die Wolldecke von den Schultern, hellwach und elektrisiert, so wie man nur nachts um drei sein konnte. Und warum hatte sie schon wieder den Eindruck, das Quietschen der Basketballschuhe auf dem Hallenboden zu hören?

Sie lauschte. Da war es wieder, das Geräusch. Allerdings war es kein Gummiquietschen. Es klang eher nach Metall auf Metall, und es kam von der Weide. Jemand trennte die Zaundrähte durch.

Sie spähte durchs Fenster. Gleich würde jemand am Wohnwagen auftauchen. Oder hatte er es auf den Bauernhof abgesehen?

Sie erhob sich leise vom Sitzpolster und vergewisserte sich, dass ihre Tür abgeschlossen war. Das Handy hing ausgeschaltet am Ladekabel in der Kochnische. Sie tastete danach, wagte aber nicht, es zu aktivieren, denn das Display würde aufleuchten und auffallen. Sie kroch mit dem Gerät unter die Wolldecke zurück, zog den Stoff fest um sich und drückte erst dann die Tasten. Noch nie war ihr der Bildschirm so hell erschienen.

Und schon hörte sie jemanden an der Wohnwagentür. Die Klinke knarrte, als werde sie in Zeitlupe heruntergedrückt und genauso langsam wieder nach oben bewegt.

Sie tippte auf die Notruftaste. »Gesine Cordes«, flüsterte sie, so leise sie konnte. »Von wo rufen Sie an?«, drang es laut zurück. Sie presste das Handy an die Brust, um den Ton zu ersticken.

Der Einbrecher nestelte am Schloss, es ratschte und klickte, und bei der Vorstellung, was dort alles kaputtging, wurde Gesine heiß. Wer war der Idiot? Bildete er sich ein, sie überwältigen zu können, hatte aber Probleme, ein Wohnwagenschloss zu knacken?

Sie unterbrach die Verbindung zur Notrufzentrale, warf die Decke fort und löste die Arretierung am Fenster. Kriporegel Nummer eins: Die eigene Sicherheit erhöhen. Kriporegel Nummer zwei: Den Angreifer in die Defensive bringen.

Als er die Tür öffnete und Gesine meinte, er sei schon halb im Raum, stieß sie das Plexiglasfenster auf und hechtete mit einer Seitwärtsrolle aus dem Wagen. Ein paar Schritte lief sie noch, dann warf sie sich ins hohe Gras.

Im Wohnwagen ging ein Licht an. Eine Taschenlampe, aber bald wurde sie wieder gelöscht. Der Einbrecher hatte verstanden, was passiert war.

Sie schlängelte sich bäuchlings über die nasse Wiese, mit nackten Füßen und im kurzen Schlafanzug, das Handy fest im Griff. Sie wollte die Wohnwagentür ins Sichtfeld bekommen, denn der Idiot würde den Wagen bald verlassen.

Auf dem Hof nebenan bellte der Hund. Ein anderes Tier schrie in der Ferne, schrill und ohne Hoffnung.

Gesine stützte sich auf ihre Arme, hob den Kopf zentimeterweise aus dem Gras und prüfte die Sicht. Die Bäume ragten hinter der Wiese auf wie ein schwarzes Massiv. Der

Wohnwagen selbst schwamm grau in einem dunkelgrauen Meer.

Plötzlich hörte sie die Trittstufe knacken. In der Tür war eine Bewegung zu erahnen. Sie rechnete damit, dass der Einbrecher jetzt seine Lampe anknipsen würde, um über die Wiese zu leuchten, unerfahren, wie er war. Aber es blieb dunkel, stattdessen raschelte das Gras. Der Kerl kam tatsächlich Schritt für Schritt näher, genau auf sie zu, und er schien keinen Wert darauf zu legen, leise zu sein. Im Gegenteil, er wirkte merkwürdig sicher. Besser ausgerüstet als gedacht. Er hatte ein Nachtsichtgerät!

Sie sprang auf und lief los. Sie konnte nicht wissen, was er sonst noch bei sich trug. Eine Waffe? Konnte er schießen? Ihre blanken Fußsohlen glitschten über das Gras, Steine lagen im Weg, und Disteln kratzten über ihre Knie.

»Josef!«, schrie sie, so laut sie konnte, und kämpfte sich näher an den Hof. »Josef!«

Der Hund bellte kräftiger, freudig, weil er Gesine erkannte. Sie ballte die Hände und versuchte, noch schneller zu laufen. Sie schien durchaus eine Chance zu haben, denn der Einbrecher schien zurückzufallen. Sie wagte nicht, sich umzudrehen und nachzugucken, aber sein Getrampel wurde leiser.

»Josef! Hilfe!« Aber der alte Bauer reagierte nicht.

Um nicht stehen zu bleiben, musste Gesine einen Haken schlagen und zum Kuhstall weiterlaufen. Sie riss die Stalltür auf und warf sie hinter sich zu. Der Riegel klemmte, sie zerrte daran, vergeblich, und sie fand auch den Lichtschalter nicht. Sie musste also über den dunklen Gang nach hinten vor die Futterrinnen huschen.

Der Einbrecher schlich in den Stall, gefolgt vom Hund. Der Hund winselte, blieb aber zunächst bei dem Fremden. Gesine orientierte sich, so gut sie es konnte. Rechts und links Futterrinnen und Gitter, dahinter standen die malmenden Kühe.

Plötzlich jaulte der Hund. Seine Krallen rutschten über den Boden, und er holperte in Gesines Richtung, als habe ihn jemand getreten. Ein nützlicher Spion für den Einbrecher. Als er sich an ihre Beine drängte, tätschelte sie ihn, packte dann das Drängelgitter und stieg hinüber zu den Kühen. Wenn sie sich hier versteckte, würden sowohl Nachtsichtgerät als auch Schusswaffen an ihre Grenzen stoßen.

Die Kühe bewegten neugierig die Köpfe. Gesine glitt langsam, mit ausgestreckten Armen, zwischen die großen Leiber. Weiche Mäuler stießen nach ihr, und die Tiere schaukelten hin und her. Sie widerstand dem Impuls, beruhigend auf sie einzureden, sondern legte bloß ihre Hände auf das warme Fell. Die Flanken drückte sie sanft von sich weg.

Vom Einbrecher kam unterdessen kein Laut. Nur der Hund streunte winselnd an der Futterrinne entlang. Gesine fand einen sicheren Stand und harrte aus. Vielleicht würde der Kerl einfach verschwinden? Wer war er? Mit Hightech ausgerüstet, aber ungeübt an banalen Türschlössern. Nicht einzuschätzen und darum gefährlich.

Eine Kuh schleckte an ihrem Arm. Die Schrammen an Füßen und Beinen fingen an zu brennen. Bis zu den Waden reichte der Mist. Es roch streng und sie atmete flach, um einen Hustenanfall zu vermeiden.

Der Hund allerdings wurde zunehmend ungeduldig. Das Gitter ärgerte ihn, weil es ihn von Gesine fernhielt. Er stellte sich an der Futterrinne auf und bellte in ihre Richtung. Die Kühe zuckten und stampften. Er bellte noch drängender, da muhte eine der Kühe, und die anderen fielen im Nu mit ein. Im gesamten Stall brach ein Lärm aus, der Gesine Angst machte. Die Leiber begannen zu wogen, und es wurde eng.

Sollte sie versuchen, zurück über das Gitter zu klettern, oder sollte sie besser zur Stallwand flüchten? Irgendwo an der Wand müsste doch der Ausgang zu finden sein, den das Vieh nahm, wenn es auf die Weide durfte.

Kurzentschlossen zwängte sie sich durch die Herde zur Wand. Jetzt, inmitten des Lärms, konnte sie es wagen, die Kühe mit lauten Rufen und Klapsen zu dirigieren. Sie machten ihr tatsächlich etwas mehr Platz, und sie hatte die Stallwand schon fast erreicht, als sie ausglitt und hinfiel. Dann spürte sie nichts mehr.

Zehn Jahre zuvor

»Mama.« Ein allerletztes Mal »Mama« und danach das Schweigen.

Das Schweigen des Kindes: schlaffe Lippen, stilles Herz, Augen ohne Blick.

Das Schweigen von Gesine: kalte Haut, lahme Lider, atmen gegen Widerstand.

Kein Wort mehr zu sprechen.

Kein Laut mehr zu hören, auch wenn Gesine die Hand unter das T-Shirt des Kindes schob und den Stoff des Kragens noch weiter einriss, während sie suchte.

Was denn? Nichts.

Sie hob den Jungen noch einmal aus der stinkenden Lache, legte sich seinen Arm um den Hals und drückte seinen Leib an ihren Leib. Fester als sie es sich zu anderen Zeiten getraut hätte, sehr viel fester drückte sie ihn.

Und nichts.

Sie drückte, hielt den Leib noch enger, noch fester. Nichts.

Dann wieder der Schrei, gellend, spitz. Nicht von dem Jungen, noch immer nicht, sondern schräg von hinten, von Mareike.

Mareike, die vor dem Gartenhäuschen stand und über den Rasen schaute, auf das Kind und auf Gesine.

Mareike, die mit der Ferse die Tür des Gartenhäuschens hinter sich ins Schloss drückte. Knapp und entschieden.

»Philipp!« Zweimal schrie Mareike den Namen des Kindes.

Sieht sie es nicht?, dachte Gesine und drückte seinen Leib an ihre Brust. Dass es zu spät ist?

Und als Mareike dann loslief, mit kraftvollen Schritten und überhaupt nicht langsam, fiel drinnen im Gartenhaus, hinter der geschlossenen Tür, etwas um. Oder zumindest kollerte etwas über die Bohlen.

9

Gesine schob das Gestell mit dem Tropf beiseite, drehte sich über die Hüfte zur Bettkante und zog sich am Galgen hoch. Sie wollte aufrecht sitzen, die Beine baumeln lassen oder noch besser auf den Boden stellen.

Das Zimmer schwankte. Aus dem Nachbarbett sah ihr eine alte Frau entgegen, die erst in der Nacht eingeliefert worden war. Die Frau hatte keine Minute geschlafen, sondern ohne Unterlass nach dem lieben Herrgott gejammert, bis Gesine die Nachtschwester angefleht hatte, der Frau ein stärkeres Schlafmittel zu geben. Jetzt setzte die Alte an, etwas zu sagen, und schlief dann doch weiter.

Gesine dagegen saß. Zwar musste sie sich rechts und links auf der Matratze abstützen, und die Wunde unter ihrem Kopfverband schien zu glühen, aber wenn sie die Beine streckte, konnte sie mit den Zehenspitzen das Linoleum berühren, und das fühlte sich gut an. Der Arzt würde zugeben müssen, dass ihrer Entlassung kaum noch etwas im Wege stand.

Sie versuchte, ruhiger zu atmen. Gern hätte sie die Thrombosestrümpfe heruntergerissen. Sie schwitzte in dem scheußlichen Material. Die Zehenspitzen, die herausguckten, waren geschwollen und rot, und damit nicht genug. Unter den Fußnägeln klebten schwarze Ränder. Die letzten Spuren von dem Kuhmist, in dem Gesine gestanden hatte, und die Krankenschwestern hatten keine Zeit gehabt, sich darum zu kümmern.

Zu Hause bei Bauer Josef, bald also, würde sie um ein Vollbad bitten.

Auf dem Gang war schon die Visite zu hören. Gemurmel, Getrappel im Nachbarzimmer. Ein paar Minuten musste Gesine noch durchhalten und sitzen, dann würde sie den Oberarzt begrüßen, und zwar demonstrativ beim Frühstück. Vital, fröhlich, aber auch kooperativ, denn nur so konnte sie in dieser Klinik etwas erreichen.

Sie zog den Tisch heran, auf dem das Tablett stand. Als sie den Tee in die Tasse füllen wollte, zitterten ihre Hände, und als sie die Butter auswickelte, fiel sie ihr auf den Schoß und hinterließ einen Fleck. Und schon klopfte es, und der Arzt marschierte herein, gefolgt von seinem Trupp.

»Guten Appetit«, sagte er, und Gesine wollte antworten, aber mit einem Schlag wich jede Spannung aus ihrem Körper. Sie sackte über dem Geschirr zusammen. Es klirrte. Sie wollte die Tasse auffangen, aber zu spät. Jemand packte ihre Beine, jemand packte ihre Schultern, und sie wurde wieder auf die Matratze gelegt, zurück in die alte Stellung, wie ein Löffel, der sich in der Schublade quergelegt hat und mit einem Schubs dazu gebracht wird, sich wieder ins Fach einzufügen.

Das Beste aber war die heimliche Erleichterung, als sie wieder auf dem Rücken lag. Schwester Monika kühlte ihr den Kopf, am Venentropf wurde gedreht und gegluckert. Niemand schimpfte. Sie entspannte sich.

Sie hatte sogar Lust, Schwester Monika die komische Geschichte zu erzählen, wie die schwarzen Bänder unter ihre Zehennägel gekommen waren. Aber Monika drückte sie ins Kissen: »Wir sind froh, dass Sie einen Dickschädel haben, Frau Cordes. Andere Leute wären gestorben, wenn sie unter eine Kuh gerutscht wären. Aber Sie müssen uns jetzt trotzdem einmal gehorchen.«

Als Hannes ins Zimmer trat, bekam Gesine kaum die Augen auf. Er setzte sich nah an ihr Bett.

»Ich war auf dem Präsidium«, flüsterte er. »Ich habe versucht, Druck zu machen.«

»Marina Olbert.« Gesines Zunge war schwer.

»Genau.« Hannes strich über das Betttuch. »Die Olbert hat mir die Sache mit dem Kalender erzählt. Eine unglaubliche Nummer.«

»Olbert immer noch?«, murmelte Gesine und hoffte, dass Hannes sie verstand.

»Ja, sie belastet dich immer noch. Es beeindruckt sie gar nicht, dass du jetzt selbst in Gefahr gewesen bist.«

Er wagte sich zu ihrer Hand vor, und die Lider fielen ihr zu.

»Ruh dich aus.« Seine Stimme wurde noch leiser. »Ich passe auf dich auf. Und wenn es dir bessergeht, überlegen wir, wie du in Zukunft wohnen kannst.«

Sie schrak auf. »Bitte?«

»Aha. Es steckt also doch noch Leben in dir.«

»Ich bleibe im Wohnwagen!«

»Sicher«, erwiderte Hannes. »Aber wir müssen aus dem Einbruch Konsequenzen ziehen.«

»Das ist meine Sache.«

Sie zwang sich, den Oberkörper zu heben und mit dem Kissen in eine aufrechtere Position zu rutschen.

»Bitte halt dich wenigstens von der Familie Alvarez fern«, sagte Hannes.

»Als ob ich das nicht tun würde.«

»Ich habe neulich auf dem Friedhof mit den Zwillingen geredet. Sie haben mir etwas über Fadenalgen und Gießkannen erzählt.«

»Kannst du mir einen Schluck Wasser geben?«

Hannes reichte ihr das Glas. »Gesine. Wenn ich mir vorstelle, dass deine Schwester ermordet wurde, und wenn ich dann sehe, wie du hier im Krankenhaus liegst, wird mir angst und bange.«

»Ich werde mich nicht aus dem Tritt bringen lassen.« Gesines Zunge funktionierte wieder. »Vor allem nicht von Leuten, die im Dunkeln kommen.«

»Okay. Gut.« Unzufrieden stand er auf. »Aber dein Handy bleibt in Zukunft angeschaltet, rund um die Uhr, und zwar mit Kurzwahl zu mir.«

Sie versuchte zu nicken, aber das tat zu weh.

Der alte Bauer Josef hatte sich schick gemacht, um Gesine im Krankenhaus zu besuchen. Eine Krawatte hing vor seinem Oberhemd, die Cordhose war frisch gebügelt. Die eigentliche Überraschung aber waren die Zwillinge, die er vor sich herschob.

»Frida und Marta! Guten Morgen.« Gesine sah auf die

Uhr. Halb drei am Nachmittag. Vier Stunden lang hatte sie geschlafen, kein Wunder, dass sie sich ausgeruht fühlte. Nur der Kopf schmerzte noch immer.

Die Kinder schauten zu Boden und grüßten nicht.

»Hallo Josef.« Gesine streckte ihre Hand aus. »Was machen die Kinder hier?«

»Wir haben schulfrei«, antwortete Marta etwas zu laut, und Frida nickte dazu. Ein Ausbund an schlechtem Gewissen. Den Kindern fehlte beim Lügen die Übung, ganz im Gegensatz zu ihrem Vater.

Josef nahm Gesines Hand. »Du siehst schon besser aus.«

»Und du? Hast du dich von dem Schrecken erholt?«

»Längst. Nur die Kühe fragen ständig nach dir.«

Er legte eine Tafel Schokolade auf ihren Nachttisch und streichelte vorsichtig ihre Wange, als könnten seine harten, breiten Finger noch etwas kaputtmachen.

Frida und Marta drückten sich an der Wand herum, weit entfernt, fast am Nachbarbett, in dem inzwischen niemand mehr lag. Waren sie scheu? Vielleicht ekelten sie sich vor Gesines Hämatom? Aber was wollten sie dann hier, und wie kam Josef überhaupt dazu, sie ins Krankenhaus mitzubringen?

Gesine nahm die Fernbedienung und fuhr das Kopfteil ihres Bettes hoch. Ihr Schädel pochte während der Bewegung, aber als sie aufrecht saß, konnte sie die Mädchen besser sehen. Flip-Flops und bunte Hotpants, magere Beine und Arme. Und Frida hielt etwas in der Hand, den Blütenstängel einer Akelei. Krebserregende Blausäure.

»Ich habe Frida und Marta heute Vormittag an deinem Wohnwagen gefunden«, sagte Josef und lächelte. »Sie haben auf der Trittstufe herumgesessen und hatten schreckliche Langeweile.«

»Ihr wart an meinem Wohnwagen?« Gesine hielt sich an der Fernbedienung fest. Die Akelei war unmöglich.

»Wir wollten mit dir sprechen«, antwortete Marta, und es klang überhaupt nicht scheu. Es klang eher böse. »Die Polizei hat uns verraten, wo du wohnst.«

»Wie bitte?«

Marta trat einen Schritt vor. »Wir wussten überhaupt nichts von deinem Wohnwagen, und trotzdem hast du der Polizei erzählt, Papa hätte bei dir eingebrochen!«

»Aber das habe ich nicht!«

»Doch. Oder warum war der Polizist bei uns?«

Josef machte eine beschwichtigende Geste, aber Gesine hatte das Gefühl, ihr platze gleich der Kopf.

»Frida, leg bitte die Blume auf den Tisch, und geh dir die Hände waschen«, sagte sie streng. »Das ist eine Akelei, und die ist giftig.«

Frida kniff die Lippen zusammen und schickte einen empörten Blick durch den Raum. Dann rannte sie mit der Blume in der Hand aus dem Zimmer. Die Tür knallte, und Gesine betastete den Verband an ihrem Hinterkopf, aber Marta baute sich umgehend vor ihrem Bett auf.

»Ich will wissen, was du gegen uns hast!« Sie presste ihre Fäuste an die Hotpants. Ihre Knie waren schmutzig.

Gesine ließ sich langsam auf das Kissen zurücksinken. »Welcher Polizist war denn bei euch?«, fragte sie. »Ein dicker Mann mit einer großen Brille?«

»Auf eine Frage antwortet man nicht mit einer Gegenfrage«, schnappte Marta.

Josef gluckste, aber Gesines Miene fror ein. Wie dieses Kind dastand, mit den Fäusten und dem vorgereckten Kinn. Die Sommersprossen schienen zu leuchten. Aus dem Nichts zog eine Erinnerung auf und ließ sich nicht verscheuchen.

Sonntagmittag vor langer Zeit, nach dem Kirchgang. Gesine und Mareike als Kinder bei Tisch. Das weiße Tischtuch, der dunkelrote Bratensaft. Mareike hatte Hunger gehabt. Sie hatte sich eine Kartoffel in den Mund gesteckt und geschmatzt. Der Vater hatte sein Besteck zur Seite gelegt und ausgeholt. Seine Hand klatschte gegen Mareikes Wange, einmal, zweimal, bis Gesine ihren Stuhl zurückstieß. »Schmatzen ist vielleicht nicht fein«, sagte sie fest, »aber Ohrfeigen sind auch kein gutes Benehmen.« Sie sah dem Vater in die Augen, obwohl ihr Herz trommelte. Genauso wie jetzt vermutlich Martas Herz einen Wirbel machte.

»Marta«, Gesine bemühte sich um einen ruhigen Tonfall, »ich habe in der Nacht, in der bei mir eingebrochen wurde, niemanden gesehen. Ich habe gehört, wie der Einbrecher hinter mir herlief, aber ich habe ihn nicht an seinen Schritten erkannt, und genau das habe ich der Polizei gesagt. Kein Wort über deinen Vater.«

Marta blieb hartnäckig. »Aber neulich auf dem Friedhof hast du dich mit Papa gestritten. Du magst ihn nicht.«

»Ich gebe dir mein Ehrenwort, dass ich mit der Polizei nicht über ihn gesprochen habe.«

Sie hielt dem Kind die Hand hin, und noch während es überlegte, ob es einschlagen sollte, kehrte Frida ins Zimmer zurück. Sie schleppte eine hohe Vase herbei, in die sie die Akelei gestopft hatte.

»Bitte schön.«

So groß war die Vase, dass der Stängel abgesoffen war.

»Wunderbar.« Gesine nahm das Gefäß entgegen. »Und wenn du willst, kann ich dir noch etwas zu dem Gift erklären.«

Aber Frida marschierte schon wieder hinaus auf den Flur, und Marta lief ihr nach. »Wir sind in fünf Minuten zurück!« Dann knallte die Tür zum zweiten Mal.

»Die Kinder sind ja völlig durcheinander.« Josef schüttelte den Kopf. »Ich hätte sie gar nicht mitbringen dürfen.«

Gesine winkte ab. »Meinst du denn, es stimmt, dass Juan Alvarez von der Polizei verhört worden ist?«

Er zuckte mit den Schultern. »Du hast eben einen dicken Polizisten mit einer großen Brille erwähnt. Den kenne ich inzwischen auch. Er war schon zweimal auf dem Hof, um den Einbruch zu untersuchen.«

»Also doch. Lasse Johannsen. Eigentlich ermittelt er wegen Mareikes Tod.«

»Gibt es denn da einen Zusammenhang?«

»Möglicherweise.«

Lasse Johannsen war gestern auch im Krankenhaus gewesen, gemeinsam mit Marina Olbert. Er hatte unverschämte Fragen gestellt, als könne er nicht glauben, dass Gesine sich wirklich zwischen die Kühe gezwängt hatte, um einem Einbrecher zu entgehen. Es war ihm auch merkwürdig vorgekommen, dass sie ihren Anruf bei der Notrufzentrale unterbrochen hatte. Wie viel Rotwein hatte sie an diesem Abend getrunken? Litt sie an Angstzuständen, wenn sie allein im Wohnwagen saß?

Gesine hatte sich geweigert, auf diese Fragen zu antworten, und schließlich hatte Marina Olbert das Gespräch an sich gezogen. Für sie waren ganz andere Details interessant als für Lasse. Vor allem wollte sie über die seltsame Position sprechen, in der Gesine aufgefunden worden war. Blutüberströmt in der Futterrinne am Gang. Wie war sie in die Rinne gekommen, wenn sie doch hinten bei den Kühen das Bewusstsein verloren hatte?

Gesine suchte Josefs Blick. »Was hast du gedacht, als du mich in der Nacht im Stall gefunden hast?«

»Das weiß ich doch jetzt nicht mehr.«

»Doch. Was war dein allererster Gedanke? Du bist in den Stall gekommen, hast das Licht angemacht und mich in der Futterrinne gesehen. Und dann?«

Josef plusterte die Wangen auf und sah aus dem Fenster. »Wir müssen nicht darüber reden. Alles war voller Blut. Das Stroh, dein Schlafanzug. Keine schöne Sache.«

»Aber wenn wir dem Einbrecher auf die Spur kommen wollen, sind deine ersten Gedanken sehr wichtig. Hat Lasse Johannsen dir das nicht erklärt?«

»Nein. Und ich hätte ihm auch nichts über meine Gedanken erzählt.« Der Bauer hielt inne. Sein Kinn zitterte. »Ich bin nämlich ganz arglos in den Stall gekommen, weil die Tiere so einen Lärm gemacht haben. Ich hatte an einen Fuchs gedacht oder an einen Marder. Aber dann habe ich das Licht angeschaltet und musste etwas Fürchterliches in der Futterrinne sehen. Der Hund hat gewinselt. Ich habe ihn gerufen und das Bündel in der Rinne erkannt. Das warst du. Nass vor Blut. Und dann habe ich etwas Blödes gedacht.«

»Nämlich?«

»Dass du entspannt aussahst. Du warst nicht verkrampft oder gekrümmt, sondern hast locker auf dem Rücken gelegen. Die Arme längs, wie tot, oder eher wie im Schlaf. Das habe ich gedacht, und das hat mich im Nachhinein ganz verrückt gemacht.«

»Danke, Josef.«

»Nein! Du warst dabei zu verbluten, und mir schießt durch den Kopf: Sie sieht so entspannt aus!«

»Aber genau das ist eine wichtige Information. Weil es darauf hindeutet, dass ich nicht in die Rinne gestürzt bin, sondern dass mich jemand hineingelegt hat, um mich zu retten.«

»Abgelegt hat er dich. Ja, das ist das richtige Wort. Und er hat dich alleingelassen, anstatt einen Notarzt zu rufen.«

»Vielleicht wusste er, dass du im Anmarsch warst und dich um mich kümmern würdest?«

»Willst du dem Einbrecher unbedingt etwas Positives andichten? Gesine!« Josef rutschte auf dem Besucherstuhl nach vorn. »Da war ein gefährlicher Kerl unterwegs, und in Zukunft werden wir auf dich aufpassen!«

Sie nickte halb, halb lehnte sie ab. Sie wollte ja aufpassen, allerdings auf ihre eigene Art.

»Hast du eigentlich eine Handynummer von Frida und Marta?«, fragte sie. »Die fünf Minuten sind um.«

Er schnaubte verärgert. »Ja und? Ich rühre mich nicht vom Fleck, bis du versprichst, nicht leichtsinnig zu sein.«

»Ich weiß, wie heikel meine Lage war, keine Sorge, Josef. Aber die Kinder haben sich vielleicht im Krankenhaus verlaufen und finden nicht zurück.«

Er stand auf. »Für mich ist das Thema noch nicht erledigt«, warnte er.

Sie hörte zu, wie seine Schritte auf dem Flur verhallten,

und suchte nach einer bequemen Position auf der Matratze. Die Bettdecke roch schwach nach Essig, und es war viel zu warm. Das Kissen hatte einen Fleck, der vom Kopfverband stammte.

Wenn der Einbrecher sich im Stall tatsächlich um sie gekümmert hatte, als sie bewusstlos im Stroh lag, war er vielleicht gar kein Fremder. Ihm hatte etwas an ihr gelegen. Er hatte Nerven gezeigt, als sie zu Boden ging. Oder konnte man sagen: Er hatte Gefühle?

Gefühle, mit denen er kurz zuvor wohl nicht gerechnet hatte, als er in den Wohnwagen eingebrochen war, um etwas zu stehlen. Oder war es gar nicht um Diebstahl gegangen, sondern darum, Gesine im Bett zu überfallen, niederzuschlagen oder sonst wie zu verletzen? Nein, das passte weder zu den Geschehnissen später im Stall noch zu ihrem Gesamteindruck. Für sie wirkte der Ablauf der Tat eher, als sei der Einbrecher mehrfach überrascht worden. Vor allem dadurch, dass sie persönlich im Wohnwagen gewesen war. Dass sie dort übernachtet hatte.

Aber dann musste der Kerl ja doch ein unwissender Fremder sein und die logische Kette ließ sich nicht schließen. Schade.

Auf dem Flur wurde ein Geschirrwagen vorbeigerollt, ein Telefon klingelte. Jemand lachte. Glückliche Menschen, die sich bewegen konnten, wohin sie wollten.

Gesine wartete, bis es ruhig war, dann schob sie die Bettdecke beiseite und rollte im Liegen die Thrombosestrümpfe herunter. Nur Luft an die Beine, nur eine kleine Pause.

Sie vermisste die Geräusche, die sie zu Hause hören konnte, wenn sie im Bett lag. Die Sommergeräusche aus der

Wiese. Das Zirpen der Heuschrecken und das Rufen der Bodenbrüter. Sie war sich sicher, dass sie im Wohnwagen viel schneller gesund werden würde als hier im Krankenhaus.

Vorsichtig streckte sie sich, längs auf dem Rücken, dachte kurz an die Futterrinne und verscheuchte das Bild. Ruhig und tief atmen.

Bestimmt konnten die Kinder und Josef ihr gleich etwas Heimeliges vom Wohnwagen erzählen. Zum Beispiel, wie dreckig die Fenster waren. Wie hoch das Gras um die Deichsel stand, und ob die Trittstufe rostete.

Oder auch: ob die Spurensicherung im Wohnwagen gewesen war. Mit Marina Olbert dazu, oder, noch schlimmer, mit Lasse Johannsen.

Ja, es war gut vorstellbar: Die Olbert und Lasse hatten alles durchsucht. Offiziell taten sie es, um wegen des Einbruchs zu ermitteln, aber in Wahrheit hatten sie die Gelegenheit ergriffen, wegen Mareikes Tod in Gesines Sachen zu schnüffeln. Sie wollten Indizien finden, Beweise dafür, dass Gesine sich mit Mareike getroffen hatte, dienstags um 17 Uhr.

Und das alles, während sie tatenlos in der Essigbettwäsche der Klinik lag!

Mit beiden Händen packte sie den Griff, der über ihrem Bett baumelte, und zog sich hoch. Raus, bloß weg und nach Hause.

Doch sie rutschte ab. Sie prallte mit dem Hinterkopf auf die Matratze, und ihr blieb nichts anderes übrig, als die Schwester zu rufen.

10

Marina Olbert legte die Füße auf die Brüstung ihres Balkons und schob die Träger des Bikinis beiseite. Sie konnte sich keine weißen Streifen leisten, jedenfalls nicht, solange in ihrem Schrank Kleider mit solch tiefen Ausschnitten hingen.

Sie tupfte sorgfältig Sonnencreme auf ihre Haut und verstrich sie. Bei den Füßen angekommen, bemerkte sie zum ersten Mal, dass der Lack auf ihren Zehennägeln mit dem Korrosionsschutz auf dem Geländer harmonierte. Sie nahm die Füße herunter.

Auf dem Balkontisch lag das Fotoalbum. Sie würde es sich heute Vormittag in Ruhe zu Gemüte führen, Seite für Seite. Gestern Abend hatte sie es leider viel zu schnell wieder zugeklappt.

Lasse würde schreien, wenn er wüsste, dass sie das Album mit nach Hause genommen hatte. Aber er war selbst schuld, sie band ihm nichts mehr auf die Nase. Sein Auftritt im Krankenhaus war das Letzte gewesen. Wie er die Cordes in die Mangel genommen hatte, als sei er der Chefermittler.

Beinahe lustig war allerdings gewesen, wie die Cordes

ihn angegiftet hatte, allein mit ihren Augen. Dass diese Frau noch so viel Energie hatte. Blau und grün war ihr Gesicht, völlig zerbeult.

Ob sie eigentlich ahnte, was ihr alles passiert war? Zum Beispiel die Zungen-Details in der Futterrinne? Nein, viel zu abscheulich, niemand hätte ihr davon berichtet. Obwohl sie es sich auch selbst zusammenreimen konnte, dass die Mäuler der Viecher bis in die Futterrinne gereicht hatten. Jeder wusste, dass Kühe gerne herumschleckten, vor allem wenn es etwas Salziges gab.

Marina wedelte sich mit der einen Hand Luft zu und wollte gerade mit der anderen Hand nach dem Fotoalbum greifen, da wurde im Hinterhof ein Garagentor geöffnet und Flaschen klirrten. Durch die Streben des Geländers war zu sehen, wie die Studentin aus der ersten Etage die Reste ihrer Party verstaute. Einwegflaschen. Sekt, Wein, in rauen Mengen.

»Hallo!«, rief Marina über die Brüstung, denn auch wenn sie den Partytermin verpasst hatte, wegen der Ermittlungen, war sie ja immerhin eingeladen gewesen. Leider hatte die Studentin Kopfhörer in den Ohren und bekam nichts mit.

Der Umschlag des Fotoalbums war in der Sonne weich geworden, und Marinas Finger hinterließen Flecken. Sie wischte mit dem Handtuch darüber. Nicht, dass das Album noch Schaden nahm, denn so alt und stinkig es auch war, so heilig schien es den Kollegen von der Gewerkschaft zu sein. »Es ist nicht mehr viel übrig von damals, von den glorreichen Zeiten«, hatten sie gesagt und ihr das Album nur widerwillig ausgehändigt.

Sie schlug die erste Seite auf. Ein Grill auf dem Hof des Präsidiums. Der Grillrost bot Platz für Dutzende Würstchen. Ein Polizist in Uniform, in der alten, schlechtsitzenden Uniform natürlich, denn das Fest lag gut zehn Jahre zurück. Er zündete die Kohle an. Um ihn herum Bürostühle, überall auf dem Hof verteilt. Man hatte die Stühle wohl einfach aus dem Präsidium geholt und nach draußen gestellt. Kaum zu glauben. Dazu Biertische und Lautsprecherboxen. Eine Zapfanlage wurde aufgebaut, direkt unter dem Fenster, das heute zur Kantine gehörte.

Marina blätterte um.

Unvorteilhafte Fotos vom damaligen Chef, der sich mit fremden Personen unterhielt. Hier und da war vielleicht ein heutiger Kollege zu erkennen, aber man konnte nicht sicher sein. Nur bei Lasse gab es keinen Zweifel. Auch wenn er schlanker war als heute, sportlicher und fröhlicher. Auf einem der Bilder präsentierte er einen ziemlich knackigen Hintern. Richtig gut hatte er damals ausgesehen. Und der Mann neben ihm musste wohl sein Freund Klaus Cordes gewesen sein, der Ehemann von Gesine. Attraktiv, allerdings, auch er.

Einige Gruppenfotos folgten. Der Hof des Präsidiums füllte sich, und endlich tauchten die Augenthaler-Sisters auf, in Extraaufnahme.

Gesine sprang förmlich aus dem Album. Oder war es Mareike? Nummer eins jedenfalls, mit Sommersprossen und mahagonifarbenen Locken. Kaum geschminkt, aber strotzend vor Frische. Sie trug eine schwarze Hose und ein geringeltes Shirt. Und einen Push-up?

Dann stellte sich Nummer zwei neben sie. Die gleichen

Haare, die gleiche Haut und die gleiche Figur. Nummer zwei aber trug einen Rock anstelle der Hose. Und jetzt hielten sich die beiden Frauen im Arm, lachend, als würden sie ihre Ähnlichkeit zelebrieren. Wer war Mareike, wer war Gesine? Und schämten sich die Kerle nicht, sie so unverhohlen aus dem Hintergrund anzuglotzen? Marina blätterte hin und her.

Wenige Bilder weiter. Lasse stellte sich zwischen die Sisters. Seine Hände an den Frauenhüften, ganz eng drückte er sie an sich. Alle sperrten den Mund auf und grölten.

Lasse, wie er der Frau im Rock ein Bier brachte. Zwei Bilder weiter spielte dieselbe Frau Gitarre. Also handelte es sich hier um Mareike.

Mareike im kurzen Rock, beim Singen, und immer ein Bier neben sich auf der Bank. Ein halbvolles Glas als Abstandhalter, denn es war nicht nur Lasse, der sich mit ihr fotografieren ließ, sondern das gesamte Kollegium schien Mareikes Nähe zu suchen. Bild für Bild. Und doch kam niemand dichter an sie heran als Gesine.

Gesine hob das Glas von der Bank und trank es aus. Mareike gab ihr einen Kuss auf die Wange. Am Ende wurde getanzt. Die Augenthaler-Sisters Stirn an Stirn. Der Fotograf war immer dabei, und gegen Ende seiner Bilderserie erschienen sogar noch die Eltern auf dem Hof. Richard und Renate Augenthaler, munter lachend im Präsidium, einen kleinen Jungen an der Hand. Philipp Cordes? Wenige Wochen vor seinem Tod? Marina hielt das Album auf Armeslänge von sich weg.

Wie war es möglich, dass die Kollegen sich auf dem Gelände der Dienststelle so gehenließen? Dass eine Betriebsfeier so wirkte, als sei sie privat? Dass eine Frau den Ton angab, die gar nicht zur Behörde gehörte, sondern nur die Schwester einer Polizistin war? Und als echte Krönung feierten noch die Eltern mit. Während Lasse heute so tat, als sei das alles normal gewesen.

Aufs Geratewohl schlug sie eine weitere Seite auf. Die Sisters.

So viel Vergnügen, auch so viel Körperlichkeit, man musste blind sein, um nichts davon zu sehen.

Und dann war dieses kleine Kind gestorben, und zehn Jahre später war auch eine der Schwestern tot, während die andere grün und blau im Krankenhaus lag.

Ein Zufall? Marina Olbert schloss die Augen. Nein, das konnte nicht sein. Hier streckte etwas seine langen Finger aus und umklammerte die Jahre.

Akelei

Robuste Gartenstaude, auch Schnittblume.
Halbschatten bis Sonne, offener Boden ohne Wurzelkonkurrenz.
Familie der Hahnenfußgewächse.
Reiches Farbenspektrum möglich.
Wild- und Zuchtformen.
Krautig, bis 80 cm, mit kräftigen, fleischig verdickten Wurzeln.
Pflegeleicht, winterhart, vermehrt sich leicht.
Früher Sommerblüher. Langgestielte, nickende Blüten, bis 5 cm. Kelchblätter mit Sporn. Zum Teil behaarter Stängel.
Laubblätter doppelt dreiteilig, unten gestielt, oben sitzend.
Behaarte Balgfrüchte.
Giftstoffe aus dem Bereich der Glykoside, ebenso Isochinolin-Alkaloide.
Gift enthalten vor allem im Samen, aber auch in Blättern und anderen Pflanzenteilen.
Hautreizung bis zur Blasenbildung oder Bildung von Nekrosen. Übelkeit, Erbrechen, Durchfall, Atemnot.
Nach Verzehr von Pflanzenteilen Erbrechen herbeiführen, ggf. medizinische Kohle verabreichen.
Gereizte Hautstellen mit kaltem Wasser abspülen.

11

»Martin Braumüller.«

Gesine öffnete die Augen. Ein fremder Mann stand an ihrem Krankenbett. Riesengroß und elegant, trotz der langen Haare. Seine Stimme war ungewöhnlich tief und überdeckte das Radioprogramm, das Gesine gerade hörte.

»Es tut mir leid, wenn ich Sie geweckt habe«, sagte der Mann.

Sie streifte den Kopfhörer ab. »Sehe ich so hinfällig aus?«

»Eher erhaltenswert, würde ich sagen.« Er überreichte ihr ein verpacktes Geschenk, der Größe nach ein Buch. »Haben Frida und Marta schon von mir erzählt? Oder von unserem Verein?«

»Dem Basketballverein?«

»Nein«, sein Lächeln wurde breiter, »ich komme von Radix e.V., dem Verein für trauernde Kinder und Erwachsene.«

»Aha.« Sie legte das Geschenk auf den Nachttisch. Radix, die Wurzel.

»Ich kümmere mich ein bisschen um Frida und Marta.« Er zog den Besucherstuhl heran, ohne dass sie ihn dazu eingeladen hätte, und setzte sich. »Unfassbar, wie sehr Sie den beiden Mädchen ähnlich sehen.«

»Wie war noch Ihr Name?«

»Martin Braumüller.«

»Ich habe einmal ein Flugblatt von Radix gesehen«, sagte sie. »Auf dem Friedhof.« Der Pförtner hatte ihr das Blatt gezeigt, und sie hatte es in den Müll geworfen. Floskeln und Smileys, entsetzlich.

»Schön.« Martin Braumüller nickte bedächtig. »Aber wir machen kaum noch Werbung, weil wir überlaufen sind. Wobei, Frida und Marta können natürlich bei uns mitmachen. Darum bin ich ja hier.«

»Ich verstehe nicht.«

»Die Kinder haben mich gebeten, mit Ihnen zu reden. Sie möchten von Ihnen die Erlaubnis bekommen, an unserer Kindergruppe teilzunehmen.«

»Aber dafür ist der Vater zuständig, Juan Alvarez.«

»Zu Herrn Alvarez finde ich leider keinen Kontakt.« Martin Braumüller zog ein bedauerndes Gesicht. »Er hält nichts von der Trauerarbeit, oder besser gesagt, er kennt sich damit nicht aus.«

Er strich über seine Anzughose, als müsse er Fusseln entfernen. Glatte Hände, wie frisch manikürt. Feinporig, langgliedrig, der gesamte Mann war reich beschenkt. Gesine spitzte die Lippen. Reich war nicht gleichbedeutend mit sympathisch.

»In unserer Kindergruppe«, sagte er, »betreuen wir derzeit fünf Mädchen und vier Jungs. Bei jedem dieser Kinder ist der Vater oder die Mutter gestorben. Frida und Marta würden da prima hineinpassen.«

»Sofern man bei Halbwaisen von ›prima‹ sprechen kann.« Gesines Stacheln stellten sich auf.

»Mareike hätte es jedenfalls gewollt, dass ihre Töchter zu uns kommen«, sagte er.

»Ach was! Sie kannten Mareike?«

»Mareike hat doch bei Radix mitgearbeitet!« Er zögerte. »Sie hat die Erwachsenengruppe geleitet.«

Er forschte in Gesines Gesicht. Strahlend blau waren seine Augen, mit geschwungenen Lidern. Sie unterdrückte den Wunsch, auf die andere Bettseite zu rücken.

»Aber wenn Mareike eine Vereinskollegin von Ihnen war«, sagte sie, »verstehe ich erst recht nicht, warum Sie nicht mit ihrem Ehemann reden.«

»Juan Alvarez hat keine Erfahrung mit dem Tod. Sie, Gesine, sind da auf einem ganz anderen Level.«

Jetzt rückte sie doch weg, ein kleines Stück zur Seite. »Ich bin bloß eine Friedhofsgärtnerin, wie Sie sicher wissen. Und vielleicht haben Sie auch gehört, dass ich keinerlei Kontakt zu meiner Schwester hatte, geschweige denn zu ihrem Mann oder ihren Kindern.«

»Kommen Sie. Frida und Marta können Ihnen doch nicht egal sein. Die beiden machen auf mich einen sehr, sehr schlechten Eindruck. Sie sind einsam, sie trauern, und sie wissen instinktiv, dass sie bei Radix gut aufgehoben wären.«

»Noch einmal: Sie sind bei mir an der falschen Adresse, Herr Braumüller.« Auf dem Nachttisch lag das verpackte Geschenk. Sie musste es ihm zurückgeben.

Er berührte die Bettdecke. »Gesine, ich bin mir sicher, dass Sie etwas bewirken wollen. Sie wissen, wie ein Verlust sich anfühlt, innen drin, selbst wenn man es nicht zeigen will.«

Jetzt wurde es widerlich. Verlust, innen drin. Womöglich hatte Mareike mit diesem Mann geredet? Hatte ihm sogar alles erzählt? Alles über früher, alles über sie und Philipp und über die Zeit danach.

Sie packte das Geschenk und hielt es Martin Braumüller entgegen. »Hier. Es gibt bestimmt Beratungsstellen, an die Sie sich wenden können, und dort wird den Kindern geholfen.«

»Das war zu befürchten.« Er nahm ihr das Geschenk aus der Hand. »Sie haben sich verkapselt, genau wie Ihre Schwester es getan hat. Mareike war tief in sich selbst gefangen, bevor sie zu Radix gekommen ist.«

»Gegen Vergleiche mit meiner Schwester bin ich immun.«

»Gut. Dann sage ich es so: Ihr Sohn Philipp hat zwei kleine Cousinen, und über die sollten Sie nachdenken.«

Mit einem knappen Gruß verließ er das Zimmer und räumte nicht einmal den Besucherstuhl weg, sondern ließ ihn neben dem Bett stehen. Eine graue Gemeinheit aus Metall.

Gesine kramte nach ihrem Handy, mit plötzlichem Gesprächsbedarf, wusste dann aber doch nicht, wen sie anrufen sollte. Gerne wäre sie aufgestanden.

Sie hielt sich am Galgen fest und stieß mit dem Fuß nach dem Stuhl. Es war albern, welch lautes Geräusch er dabei machte.

Sie rollte sich zusammen und legte sich die Fäuste an die Stirn.

Dieses Essigbett. Ein Bett ohne Privatsphäre, für jeden

erreichbar, der ins Zimmer spazieren wollte. Für jeden fremden Mann, der Philipps Namen in den Mund nehmen wollte. Der sie provozieren und ihr unter die Nase reiben wollte, dass er alles über sie wusste, und zwar von Mareike ausgerechnet von Mareike.

Und was war mit Frida und Marta? Waren sie für Martin Braumüller nicht nur ein Mittel zum Zweck? Ein Vehikel, mit dem er sich aufspielen konnte? Als Alleswisser, als Trauerversteher. Ja, denn wenn es ihm ernsthaft um die Kinder gegangen wäre, würde er nicht davor zurückschrecken, sich mit Juan Alvarez auseinanderzusetzen. Er würde auf direktem Weg dafür kämpfen, dass Frida und Marta in die Trauergruppe durften, und er würde nicht versuchen, die Verantwortung auf Gesine abzuwälzen. Warum war Braumüller also in Wahrheit im Krankenhaus gewesen?

Sie zog sich kurzentschlossen das Nachthemd aus. Wo war ihre Jeans? Sie schob sich an die Bettkante, stellte sich auf die Füße und stützte sich vornüber auf dem Besucherstuhl ab. Im Kopf ein glühendes Stück Kohle. Konnte man sicher davon ausgehen, dass unten vor dem Krankenhaus ein Taxi stand, oder musste man das organisieren?

Sie stieg in ihre Hose und zog sich ein Shirt über. Dann setzte sie sich hin, um neue Kraft zu schöpfen, und bückte sich zum Abschluss nach der Reisetasche. Es gelang ihr tatsächlich, sie aufs Bett zu heben, trotz der Schmerzen und der zunehmenden Schwäche. Alles war besser, als hier im Krankenhaus zu bleiben.

»Was machst du da?«

»Hannes!«

»Was ist passiert?«

»Bist du mit dem Auto gekommen?«, fragte sie und hielt sich am Bettgestell fest.

»Darfst du nach Hause?«

Ohne zu antworten, stopfte sie das Nachthemd in die Reisetasche und stakste zum Bad. Ein unerwartet weiter Weg, immer an der Wand entlang. Die Schmerzen im Kopf wechselten von Rot zu einem schrillen Hellblau.

Hannes warf seinen Blumenstrauß auf den Tisch und umschlang sie mit beiden Armen. »Hattest du Besuch?«, fragte er. »Wer war denn hier?«

»Ich muss mich nur kurz ausruhen«, antwortete sie.

Er führte sie zum Bett zurück und gab acht, dass sie ihren Kopf sanft auf das Kissen legte. Dann deckte er sie zu, obwohl sie noch immer die Jeans trug. Er brachte den Besucherstuhl ans andere Ende des Zimmers und stellte keine weiteren Fragen.

Sie nickte ein. Er hielt Wache.

Als Schwester Monika ins Zimmer kam, um den Nachmittagstee zu bringen, stieß Hannes die Reisetasche mit dem Fuß unters Bett. Monika ließ sich allerdings nicht täuschen. Sie beugte sich über Gesine.

»Ich gehe davon aus, dass Sie brav sind, Frau Cordes«, sagte sie, »oder würden Sie sich mit der Krankenkasse anlegen und abhauen?«

»Das könnte ich mir nicht leisten«, erwiderte Gesine matt und seufzte, als die Krankenschwester gegangen war.

Hannes setzte sich auf den Rand des Bettes. »Ich habe schon wieder die Zwillinge an der Kapelle getroffen. Sie haben gefragt, wann du wieder gesund bist. Hast du etwa vor, dich mit ihnen zu verabreden?«

»Nein, natürlich nicht.«

»Sie scheinen dich aber schon im Krankenhaus besucht zu haben.«

»Es ist alles im Lot, Hannes. Josef hatte die beiden mitgebracht.«

»Bauer Josef? Mareikes Kinder?«

»Er hat sich von den beiden irgendwie um den Finger wickeln lassen.«

»Aha.« Hannes zog ein skeptisches Gesicht. »Hoffentlich lassen sie dich in Zukunft in Ruhe. Sie sind wirklich dauernd auf dem Friedhof, und ihr Vater, Juan Alvarez, auch.«

»Du kennst das doch. Erst rennt man täglich ans Grab, dann wöchentlich, und nach einiger Zeit nur noch alle paar Monate.«

Hannes sah sie an, besorgt und warmherzig, und sie stellte sich vor, wie er den Kindern und Juan auf dem Friedhof begegnet war. Mit Sicherheit hatte er die richtigen Worte gefunden, um einen seiner Schutzzäune um Gesine zu ziehen.

»Hast du schon einmal etwas von Radix gehört?«, fragte sie.

»Dem Trauerverein? Es gab einmal Flugblätter beim Bestatterverband.«

»Mareike hat bei Radix mitgearbeitet. Einer ihrer Kollegen war eben bei mir. Martin Braumüller. Und ich glaube, sie hat ihm alles über mich erzählt.«

»Was alles?«

»Alles, was damals passiert ist, vor zehn Jahren.«

»Im Ernst? Hat er dich darauf angesprochen?«

»Nein, aber er hat es durchblicken lassen. Und er kennt

Frida und Marta. Er will, dass die beiden in seine Trauergruppe kommen. Er hat sogar verlangt, dass ich es ihnen ermögliche.«

Hannes rutschte vom Bett. »Du hast doch damit gar nichts zu tun.«

»Das habe ich auch gesagt.«

»Und?«

»Nichts und. Das Gespräch war dann zu Ende.«

»Bist du dir sicher?«

»Selbstverständlich.« Sie lächelte. »Ich habe doch meinen Verstand beisammen, oder hast du einen anderen Eindruck?«

Zehn Jahre zuvor

Mareike, die nicht hörte, dass etwas im Gartenhaus umfiel. Oder das Fallen und Kollern nicht hören wollte. Mareike, die mit großen Schritten über den Rasen lief, als ginge sie das Geräusch in ihrem Rücken nichts an.

Gesine, den Leib des Jungen mit aller Kraft an sich gepresst, sah Mareike entgegen. Flehentlich? Bittend oder voller Erwartung?

Dass Mareike noch etwas abwenden könnte. Dass etwas in ihrer Macht liegen könnte, womit die Dinge zu ändern wären. Das Schweigen.

Und Mareike rannte ja wirklich über den Rasen und kam nicht etwa zäh voran, nicht lahm oder schlaff, wie Gesine sich selbst dem Sohn genähert hatte. War es nicht logisch, auf sie zu hoffen?

Insekten am Rand der Lache. Das Grüne und Braune. Der Geruch schien verschwunden zu sein, aber Gesine saß noch immer mittendrin.

Und auch Mareike fiel jetzt auf die Knie, vor Philipp und Gesine, und das war nicht richtig. Sie sollte doch etwas ändern und nicht einfach nur dabei sein.

Gesine rutschte zur Seite, mit dem Jungen im Arm, mit seinem Haar zwischen den Lippen. Fort von Mareike, die plötzlich selbst so schlaff aussah.

Der Leib des Jungen. Die Fichten, der Rasen. Die Terrasse und dahinter die weiße Hauswand. Still.

Und das Gartenhaus, aus dem kein weiterer Laut drang.

Mareike, die flüsterte: »Was hast du getan?«, und Gesine, die ihre Stirn runzelte, denn ihr fiel keine Antwort auf diese Frage ein.

Das Haar des Jungen, feucht. Um es zu streicheln, müsste man eine Hand von seinem Leib lösen.

Ein Stoß von Mareike.

Mareike, die das Gesicht des Kindes packte, zu sich drehte und ansah. Die anfing, lautstark zu hecheln, und würgte.

Anstatt einen Arzt zu rufen.

Gesine, deren Stimme durch den Garten schepperte: »Warum hast du keinen Arzt gerufen? Wo bist du überhaupt gewesen?«

»Er hat deine Pflanzen gegessen.« Mareike, die an jeder einzelnen Silbe würgte: »Deine Scheißpflanzen, Gesine.«

12

Endlich wieder zu Hause. Der erste Morgen nach dem Krankenhaus. Gesine trat vor die Wohnwagentür. Bauer Josef hatte die Wiese in diesem Monat noch nicht gemäht, sondern nur einen Streifen rund um den Wagen platt gewalzt. Campingstuhl und Hocker standen schon seit dem Vorabend bereit.

Sie stellte die Thermoskanne auf den Boden und setzte sich, sehr vorsichtig, dabei tat ihr kaum noch etwas weh. Rund um die Narbe am Kopf waren die Haare stoppelig kurz, und sie trug das Veilchen unterm Auge, aber die Prellungen und Quetschungen verheilten gut.

Gestern Nachmittag hatte Hannes sie aus der Klinik abgeholt, aus organisatorischen Gründen mit dem Leichenwagen. Die Leute, die vor dem Eingang herumstanden und rauchten, ließen ihre Zigaretten fallen, als er vorfuhr. Gesine aber riss die Beifahrertür auf und stieg ein.

Bauer Josef hatte zu Hause schon am Hoftor gewartet. Feierlich überreichte er ihr den Schlüssel für das neue Schloss am Wohnwagen und zog sich dann taktvoll zurück. Auch Hannes ließ sie allein, »schon klar, dass du dir dein

Zuhause in Ruhe zurückerobern musst«, und sie war sehr froh darüber gewesen. Sehr zuversichtlich, sich rasch wieder einleben zu können. Auch dann noch, als sie die Klinke der Wohnwagentür drückte.

Die Luft hatte sich im Wagen gestaut, stickig und warm. Es roch nach Sommer und trockenem Holz, auf eine altbekannte Art. Sie setzte die Krankenhaustasche ab, zog die Tür hinter sich zu und sah sich um, ohne auch nur ein Fenster zu öffnen.

Auf dem Tisch stand noch immer die Weinflasche. Ebenso das Glas, aus dem sie am Abend des Einbruchs getrunken hatte. In der Sitzecke wirkte alles unverändert, die Wolldecke lag unordentlich auf dem Polster.

In der Kochnische dagegen hatte jemand herumgeräumt. Das Ladekabel für das Handy, das in die Steckdose eingestöpselt gewesen war, hing jetzt zusammengerollt am Handtuchhaken. Vermutlich war es Josef gewesen, der es vorsichtshalber vom Strom getrennt hatte, aber das war in Ordnung.

Bloß das Bett. Die Decke war glatt zurückgeschlagen und nicht mehr zerwühlt wie am fraglichen Abend. Offenbar hatte jemand Decke und Betttuch untersucht. Ihr Betttuch! Außerdem lag die Packung Schlaftabletten offen herum. Die Enzyklopädie der Pflanzen war zugeklappt, ohne dass ein Lesezeichen darin steckte, und der Zeitungsartikel über das Artensterben, der auf dem Ablagebrett aufbewahrt wurde, war zerknittert.

Der Einbrecher, die Spurensicherung, Marina Olbert, Lasse Johannsen. Hannes und Josef. So viele Leute waren durch den Wohnwagen marschiert. Und wem war zuzutrauen, dass er schamlos im Schlafbereich gewühlt hatte?

Und jetzt? Wie sollte Gesine hier wieder einziehen?

Sie räumte die Tablettenschachtel weg und brachte die Bettdecke durcheinander. Sie schlug die Enzyklopädie wieder auf und strich über den Zeitungsartikel, aber sie konnte sich nicht beruhigen. Sie befingerte Weinflasche und Glas. Sie würde Lasse Johannsen erklären, wie eine anständige Spurensicherung durchzuführen war. Sie würde ihn fragen, ob er sich die Pfoten gewaschen hatte, bevor er an ihr Kissen gegrapscht hatte, oder ob er bei der Arbeit wenigstens Handschuhe trug.

Ihr Wohnwagen! Ihr Einbruch, ihre Rechte.

Sie stieß die Fenster auf. So sinnlos das Ganze, oder hatte sich das Schnüffeln der Polizei etwa gelohnt? Man hatte mit Sicherheit keine Spur gefunden, die im Todesfall Mareike weiterhalf. Ebenso wenig wie man eine Spur entdeckt hatte, die zum Einbrecher führte. Aber die Privatsphäre war trotzdem dahin.

Sie verließ den Wohnwagen und durchquerte mit großen Schritten die Wiese. Kniehoch standen wilde Blumen zwischen den Halmen. Es summte mehrstimmig. Da hinten war die Feuerstelle, fast komplett überwuchert. Sie hockte sich davor und roch die kalte Asche.

Der Apfelbaum trug schwer an unreifen Früchten. Die Weißdornbüsche weiter hinten waren gut gewachsen, dicht, so wie erwartet, und folglich stand die Außendusche in diesem Jahr genau am richtigen Platz. Sie prüfte den Wasserhahn. Er funktionierte. Wenn man wollte, konnte man sofort eine ausgiebige Dusche nehmen, im Freien, mitten in der Natur, umgeben von Büschen. War nicht auch das ein Zuhause?

Sie verließ die Büsche, und während sie zum Wohnwagen zurückging, näherten sich vom Hof aus Hannes und Josef. Sie trugen eine schwere Kiste zwischen sich und lachten.

»Du musst die Milch in den Kühlschrank stellen, bevor sie kippt«, rief Hannes und wuchtete die Kiste auf die Trittstufe.

Lebensmittel, ein Vorrat für mindestens zwei Wochen. Gemüse, Nudeln, Brot, Käse und Bier. Gesine sah die Männer an, wollte etwas sagen, aber nichts schien ihr das Richtige zu sein. Erst als Josef sich das Kinn rieb und brummte, und als Hannes ihr verwegen einen Kuss auf die Wange gab, löste sich etwas in ihr.

»Kommt nicht mit dreckigen Schuhen in den Wohnwagen, und überhaupt, ich danke euch.«

Ausgelassen und lärmend half Hannes mit, den Wohnwagen auf Vordermann zu bringen. Der Bauer setzte sich hin und sah zu. Die Weinflasche kam weg, das Glas wurde gespült. Tisch und Ablagebretter mussten abgewischt werden. Sämtliches Geschirr musste aus dem Schrank genommen und ebenfalls gesäubert werden. Wer konnte schon wissen, was alles von den fremden Fingern berührt worden war? Besser, man ging auf Nummer sicher.

Nur beim Bett wollte Gesine sich nicht helfen lassen. Sie schickte Josef und Hannes zurück auf den Hof und riss die benutzten Bezüge herunter. Sie suchte sich die schönste frische Wäsche heraus und bezog in Ruhe die Matratze, die Decke und das Kissen.

Und dann war alles erledigt. Alles neu sortiert. Gesine

schloss den Wohnwagen ab, ging rüber zum Hof ins alte Badezimmer und füllte dort die große Wanne. Das Wasser duftete, ein Berg aus Schaum schwamm obenauf, und als sie hineinglitt, kam ihr der kitschige Gedanke, dass vor jedem Neuanfang eine Reinigung stehen sollte.

Das Abendessen musste sie nach dem Vollbad leider ausfallen lassen, denn sie war so müde, dass sie sich nur noch in den Wohnwagen schleppen und einschlafen konnte, zufrieden in die frische Wäsche gekuschelt.

Nach acht oder neun Stunden jedoch schreckte sie hoch, warf die Decke von sich und wusste plötzlich, dass im Wohnwagen etwas fehlte. Sie musste im Schlaf darüber nachgedacht haben. Sie öffnete den Kleiderschrank, durchwühlte die Taschen ihrer Arbeitsjacke, und tatsächlich: Die Taschen waren leer. Ihr Notizheft war verschwunden.

Nicht zu verstehen. Für wen waren die Notizen interessant, außer für sie persönlich?

Ob der Einbrecher das Heft genommen hatte? Oder jemand von der Polizei? Jemand, der sich beim Schnüffeln einen falschen Reim auf die Giftpflanzen-Notizen gemacht hatte und jetzt darauf lauerte, ob sie den Diebstahl anzeigen würde? Wie ärgerlich und lästig.

Und so kam es, dass Gesine an ihrem ersten Morgen daheim schon wieder früh auf den Beinen war und einen Sonnenaufgang erlebte. Sie fühlte sich ein wenig gebeutelt, dachte noch einige Zeit über das Notizheft nach, aber trotzdem saß sie wieder im Campingstuhl vor ihrem Wohnwagen und hatte die Thermoskanne neben sich wie früher.

Die taufrische Wiese duftete. Die Sonne klemmte noch

hinter dem Wald, aber der Himmel wurde schon heller. Die Schafgarbe hielt die gelben Teller bereit, die Wilde Möhre stopfte ihre Dolden dazu. Drüben am Waldrand sangen die letzten Amseln. Gesine rückte sich in Position.

Die Kanne, der Kaffee. Die Ketten im Stall klirrten, ein hartes Geräusch, das sie künftig wohl weniger beachten sollte. Am Hofgebäude wurde ein Rollladen geöffnet. Der Hund blieb still, aber Josef würde gleich über die Wiese kommen.

Plötzlich, wie losgelassen, sprang die Sonne aus den Bäumen. Jedes Mal das Gleiche: Man wartete und war dann doch überrascht.

Gesine hielt ihre blasse Haut in die Strahlen, und die Narbe am Kopf fing an zu kribbeln. Schwere Schritte näherten sich, und sie schloss die Augen.

Der Geruch der Seife, mit der Bauer Josef sich rasierte. Das Knarren des Hockers. Der Kaffee plätscherte aus der Thermoskanne in den Becher. In den schwarzweißen Becher vermutlich, das Geschenk der Molkerei, das aus unerfindlichen Gründen niemals zu Bruch ging.

»Wie schön, dass du wieder da bist«, flüsterte Josef.

»Pssst.«

Die Amseln schwiegen jetzt, da es hell war. Tauben gurrten, stereo vom Wald und von der Weide. Sie gurrten so laut, als seien sie diejenigen, die einige verpasste Sonnenaufgänge nachholen mussten. Dann aber brach ihr Gurren ab, wie auf Kommando, und ein Kuckuck war zu hören, sehr leise und sehr weit weg.

»Was ist das für ein Ding unter meinem Wohnwagen?«, fragte Gesine schließlich.

»Eine Überraschung«, antwortete Josef.

»Sieht aus wie ein zusammengerolltes Transparent.«

»Dann weißt du ja alles.«

»Aber ich möchte keine Party, Josef.«

»Es wird ein spätes Frühstück, mehr nicht. Weil wir uns freuen, dass du wieder gesund bist. Und außerdem kommen deine Gäste erst um elf. Bis dahin hast du noch genügend Zeit für deine Eigenbrötlerei.«

Doch die Zeit vor elf Uhr wurde trotzdem knapp. Um kurz nach zehn fuhr nämlich ein Polizeiwagen vor. Der alte Bauer stand gerade auf der Leiter und war damit beschäftigt, das Transparent über die Einfahrt zu spannen. Die Polizei fuhr über die Leinen, die noch zu Boden hingen, und parkte kurz vor der Wiese. Lasse Johannsen und Marina Olbert stiegen aus.

»Das nenne ich einen ordentlichen Empfang«, sagte Lasse und wies auf das Transparent.

»Guten Morgen, Frau Cordes.« Marina Olbert setzte ihre Riemchensandaletten ins Gras. »Gut, dass Sie uns angerufen haben.«

»Ich habe allerdings nicht damit gerechnet, dass Sie gleich zu mir nach Hause kommen«, erwiderte Gesine und ging ihr entgegen.

»Aber ja! Sie müssen uns mehr über das Buch erzählen, das Sie vermissen.«

»Kein Buch. Es ist ein ganz normales Notizheft.«

»So wie der Kalender Ihrer Schwester, den wir uns neulich angeguckt haben?«

»Nein.«

»Gut.« Marina Olbert klatschte in die Hände. »Lasse, du kontrollierst noch einmal die Futterrinne im Stall. Frau Cordes und ich setzen uns zusammen und machen Brainstorming.«

Zielstrebig steuerte sie auf den Campinghocker zu, der unter dem Apfelbaum stand, setzte sich, zupfte an ihrem Rock und schlüpfte aus den Riemchensandaletten.

»Herrlich haben Sie es hier«, meinte sie und schob ihre Zehen durchs plattgewalzte Gras. »Ich kann mir gut vorstellen, wie Sie hier Ihre Zeit verbringen und über das Leben nachdenken, Frau Cordes.«

»Ich denke höchstens über Ihre Ermittlungen nach«, sagte Gesine.

»Ja, das kann ich verstehen. Mir liegen diese mysteriösen Februartage auch im Magen. Dienstags, 17 Uhr mit Ihrer Schwester Mareike.«

»Genau das meine ich. Sie kommen nicht voran, Frau Olbert.«

»Manchmal nützt es auch nichts, voranzugehen. Manchmal liegt die Lösung eher hinten.«

»Und manchmal erschlägt man sich mit seinen eigenen Phrasen.«

Marina Olbert wiegte den Kopf. »Wir haben den Löffel mit dem Porzellangriff weitgehend zusammengesetzt. Was meinen Sie, wer könnte ihn am besten identifizieren?«

»Ich möchte ihn nicht sehen.«

»Schade. Ich wäre sogar bereit, mit Ihnen gemeinsam zu spekulieren: Wer könnte den Löffel zu den Gleisen getragen haben, wenn Sie es nicht waren?«

»Ich war es nicht.«

»Dann muss ich Sie jetzt bitten, einmal weit zurückzudenken, Frau Cordes, sehr weit. Erinnern Sie sich, dass Sie Ihrer Schwester einmal ungewöhnlich nahestanden?«

»Sie wollten doch mit mir über das Notizheft reden, das mir gestohlen worden ist.«

»Das tue ich ja, aber im Zusammenhang der Ereignisse. Erklären Sie mir, welche Bedeutung es hat, dass Sie sich Notizen über Giftpflanzen machen. Bei Ihrer Vorgeschichte.«

Gesine reagierte nicht. Die Olbert setzte so billig auf Assoziationen, und das war keine Ermittlungsarbeit, die man ernst nehmen musste.

Jetzt beugte sich die Olbert vor. »Geben Sie es zu. In dem Heft hatten Sie noch etwas anderes notiert als bloß den Pflanzenkram.«

»Nein«, antwortete Gesine hart und sah vor ihrem geistigen Auge die kleine Bemerkung, die sie auf der letzten Heftseite notiert hatte. *Was Mareike für eine war. Juan Alvarez.* Aber sollte sie mit der Olbert über diese Notiz reden? Auf keinen Fall. Sie rupfte stattdessen ein Blatt Papier aus ihrer Hosentasche. »Hier, so sehen alle meine Notizen aus. Diese Seite habe ich im Krankenhaus geschrieben, um sie nachträglich in das Heft zu kleben.«

Marina Olbert nahm das Papier. »Die Akelei? Die ist giftig?«

»Glykoside, Isochinolin-Alkaloide.«

Aufmerksam las die Ermittlerin die Zeilen durch. »Hübsch geschrieben. Aber warum sollte das jemand stehlen? Könnte Ihre Handschrift ein Fetisch sein?«

»Unbedingt.«

»Oder wir müssen noch extremer denken.« Die Olbert

gab das Blatt zurück. »Der Einbrecher wollte nicht das Heft. Er wollte Sie vergewaltigen.«

»Mich?« Gesine lachte ironisch auf. »Dann weiß der Kerl wohl nicht, wer ich bin.«

»Oh. Sie halten sich für hässlicher, als Sie es müssten.«

»Ich bin im Nahkampf ausgebildet! Das wollte ich damit sagen.«

Die Olbert lächelte auf ihre nervtötende Art, und dann stellte sie auch noch ihre Sandaletten unter den Hocker, ordentlich nebeneinander, als habe sie vor, länger zu bleiben.

»Ich erwarte Gäste«, sagte Gesine.

»Wunderbar. Ich lerne gern die Menschen kennen, mit denen Sie sich umgeben.«

»Nein, Sie werden hier niemanden belästigen.«

»Frau Cordes! Wer hat sich je von mir belästigt gefühlt? Heutzutage geht man als Ermittlerin auf die Menschen zu und schafft eine angenehme Gesprächsatmosphäre.«

»Das ist Ihnen bei mir nicht gelungen.«

»Vielleicht sollte ich Ihnen meine Gedanken zum Fall noch genauer veranschaulichen?«

»Bitte nicht.«

»Also.« Marina Olbert bewegte die Hände durch die Luft. »Der Tod Ihrer Schwester sieht für mich aus wie ein Kreis. Am Anfang war die Liebe zwischen Mareike und Ihnen, dann kam der Hass, und am Ende haben Sie sich wiedergefunden. Zumindest dienstags.«

Gesine zuckte mit keiner Wimper. »Ein Kreis hat keinen Anfang und kein Ende.«

»Ach richtig.« Marina Olbert ließ die Hände sinken. »Sie sind ja eher der mathematische Typ.«

»Ich nehme es gern genau, und früher war man mit Genauigkeit bei der Kripo gut aufgehoben.«

Schließlich, um elf Uhr, kamen die Gäste. Zuerst Hannes in dem schwarzen SUV mit dem Logo des Bestattungsinstituts. Er strahlte mit dem Autolack um die Wette, und Gesine wusste im selben Moment, dass die Idee, ein Willkommensfest zu feiern, auf seinem Mist gewachsen war. Er stutzte, als er die Polizei erkannte, aber er ließ sich in seinem Schwung nicht bremsen. Mit großer Geste öffnete er die Heckklappe und präsentierte eine Platte mit belegten Brötchen.

Als Zweites knatterte tatsächlich das Moped von Juan Alvarez heran. Gesine hielt es zuerst für einen unangenehmen Zufall, dass er auftauchte, als er aber in die Runde grüßte, und als Bauer Josef auf ihn zuging wie auf einen alten Bekannten, blieb ihr die Luft weg. Juan Alvarez als Gast auf dem Hofgelände?

Im Beiwagen saßen die Zwillinge, mit Helmen auf den Köpfen. Josef beeilte sich, ihnen beim Herausklettern zu helfen. Hatte er sein Opa-Gen entdeckt? Und wie fröhlich die Kinder ihm entgegensprangen. Eine Szene wie aus einem absurden Bilderbuch. Sie vergrub die Hände in den Taschen.

Juan klappte das Visier an seinem Helm hoch und öffnete den Reißverschluss seiner Lederjacke. »Wann soll ich die Kinder wieder abholen?«, rief er Gesine zu, und sie fühlte, wie alle Blicke auf ihr ruhten, auch die Blicke von Frida und Marta. Prüfend, durchdringend. Jedes Wort würden sie auf die Goldwaage legen.

Marina Olbert war inzwischen in ihre Sandaletten geschlüpft. »Warum bleiben Sie nicht hier, Herr Alvarez?«, fragte sie in die kleine Pause. Sofort winkte er ab, und er holte dazu übertrieben weit mit dem Arm aus. Gesine schnaubte. Es stand ihm überhaupt nicht zu, über seine Anwesenheit zu entscheiden.

Da spürte sie Hannes an ihrer Seite. »Ich habe das nicht gewusst«, sagte er leise in ihr Ohr. »Josef muss die Mädchen eingeladen haben. Hast du ihm denn nicht erzählt, wie anstrengend der Kontakt für dich ist?«

»Wieso muss ich etwas erzählen? Jeder kann sich die Dinge selbst denken«, gab Gesine zurück.

»Dann werde ich mit Josef reden.«

»Das nützt doch nichts mehr. Man müsste sich an Juan Alvarez halten. Er hätte seine Töchter nicht hierherbringen dürfen.«

Sie hatte große Lust, Juan vom Moped zu zerren und zu Fuß davonzujagen. Aber andererseits musste sie auch Rücksicht auf die Kinder nehmen. Sie brauchte nur daran zu denken, wie sie im Krankenhaus nachgebohrt hatten, warum Gesine sich immerzu mit dem Vater stritt. Wie empört Marta geguckt hatte, für einen Moment verblüffend vertraut.

Gesine blieb also stehen, die Hände in den Taschen, und sagte nichts mehr. Sie sehnte sich nur nach ihrem Alltag, nach dem Friedhof, nach ihrer Arbeit unter den hohen Bäumen und nach der stillen Erde. Nach ihrer Freiheit, die ihr im Privatleben in diesen Tagen offenbar nicht mehr zur Verfügung stand.

Und der Trubel dehnte sich sogar noch aus. Kaum waren

Marina Olbert und Lasse Johannsen davongefahren, stand plötzlich die Mitarbeiterin von Hannes in der Einfahrt, Natascha. Sie wollte Gesine zur Begrüßung umarmen, aber der große Strauß Nostalgierosen, den sie bei sich trug, war schwierig zu balancieren. Hannes nahm die Blumen entgegen und freute sich über seinen Überraschungsgast. Und Juan, der eigentlich längst vom Hof verschwunden sein sollte, stellte sich bei Natascha vor, als sei es wichtig, sich kennenzulernen.

Gesine nippte am Sekt und lächelte den Kindern zu, aber dann, als alle beschäftigt waren, konnte sie nicht mehr anders. Sie huschte in den Wohnwagen, um eine Pause zu machen.

Sie erfrischte sich über der Spüle und nahm eine Tablette. Die Chancen standen schlecht, ins Bett kriechen zu können, aber sie wollte sich wenigstens in der Sitzecke ausruhen. Den Kopf anlehnen, die Augen schließen und an nichts mehr denken. An gar nichts. Später vielleicht sogar die Kontaktlinsen herausnehmen.

Wenn nicht nach wenigen Minuten laute Stimmen zu hören gewesen wären. Männerstimmen, von draußen.

Sie schaute durchs Fenster und erstarrte. In der Einfahrt, neben dem Moped, standen ihre Eltern, Richard und Renate Augenthaler. Sie stritten, und zwar mit Juan, der auf dem Sattel saß und Widerworte gab. Gesine stieß die Wohnwagentür auf und lief los.

»Du wirst uns die Zwillinge nicht versauen!«, drohte der Vater und rüttelte am Lenker des Mopeds.

»Was macht ihr hier?«, rief Gesine schon von weitem.

Die Eltern fuhren herum. »Du kannst sogar rennen?«

Die Stimme der Mutter schwang sich klagend empor. »Wir dachten, du bist im Krankenhaus!«

»Ja und?«

»Wir wollten dich dort besuchen.«

»Ihr? Mich?«

»Man hat uns nur noch deine Adresse geben können. Und jetzt finden wir das hier vor. Du feierst mit Jan und den Kindern eine Party!«

Juan stieß einen höhnischen Laut aus. Frida und Marta standen nur wenige Meter entfernt und mussten alles mit anhören. Gesine entschied, sich zu ihnen zu stellen.

Sie schnappte nach Luft. »Mutter, ihr verlasst sofort den Hof.«

Der Vater verzog den Mund. »Sieh an. Gesine und die Zwillinge, harmonisch beieinander. Bist du etwa diejenige, die die Kinder in den Trauerverein geschickt hat?«

Frida und Marta zuckten zusammen. Juan hob die Hand. »Meine Töchter gehen nicht in den Trauerverein«, stellte er klar. »Ich habe es ihnen verboten.«

»Und warum treiben sie sich mit Martin Braumüller herum?«, fragte der Vater. »Wir haben Freunde, die sie beobachtet haben.«

»Es geht euch nichts an«, fuhr Gesine dazwischen, »und im Übrigen weiß Martin Braumüller genau, dass die beiden nicht an der Gruppe teilnehmen dürfen.«

»Moment!«, rief Juan. »Was hast du mit Braumüller zu tun?«

»Ich habe nur mit ihm gesprochen.«

Der Vater lachte auf. »Tja, Jan, das kommt dabei heraus, wenn man nicht wahrhaben will, wie Gesine wirklich ist. Du solltest nicht bei ihr sein, und die Kinder sollten erst recht auf Abstand bleiben.«

Er ruckelte erneut am Mopedlenker, und plötzlich rangelte er mit Juan, packte ihn am Kragen, bis Juan den Motor anwarf und mit Vollgas davonfuhr.

Die Kinder blieben in einer Staubwolke zurück, Frida mit der Hand an Gesines Bein, Marta wie vom Donner gerührt.

»Keine Sorge, das klärt sich wieder«, sagte Gesine und wusste selbst nicht, wie sie das meinte. Sie wusste auch nicht, warum sie den Mädchen auf einmal ihre Arme um die Schultern legte, aber sie tat es, hölzern und vorsichtig.

»Wenn Mareike das sehen müsste«, sagte Richard Augenthaler, »dass du ihre Kinder anfasst. Ausgerechnet du.« Und auch die Mutter zog ein abfälliges Gesicht. »Aber eigentlich war genau das zu befürchten, oder, Richard?«

»Und darum seid ihr hier?«, fragte Gesine. »Um nachzugucken, mit wem ich Kontakt habe?«

»Wir machen uns Sorgen, wenn du mit Mareikes Kindern umgehst, als sei nichts gewesen. Neulich sollen sie sogar bei dir im Krankenhaus gewesen sein.«

»Wir treffen uns, wann wir wollen.«

»Nein«, der Vater wurde wieder lauter, »wir bieten dir einen Kompromiss an. Du lässt die Kinder in Ruhe, und wir finanzieren dir dafür einen guten Anwalt.«

»Ich brauche keinen Anwalt!« Gesine senkte die Stimme, bebend vor Wut. »Ihr seid nämlich die Einzigen, die glauben, dass ich Mareike umgebracht habe.«

Aber sie selbst machte mit dieser Bemerkung alles kaputt. Sie merkte es, noch bevor sie die letzten Silben ausgesprochen hatte. Die Schultern der Zwillinge verkrampften sich. Mareike umgebracht? Gesine?

Sie ließ die Arme sinken. »Kommt, wir lassen eure Großeltern allein und gehen etwas trinken.«

Frida und Marta zögerten, aber als sie voranging, liefen sie ihr doch hinterher. Sie führte sie zum Apfelbaum und holte Wasser und Saft. Aus dem Augenwinkel beobachtete sie, dass die Eltern inzwischen auf Bauer Josef einredeten. Er schüttelte energisch den Kopf und wies sie offenbar vom Hof.

Die Kinder setzten sich ins Gras. Gesine hockte sich dazu. »Euer Papa kommt bestimmt gleich wieder und holt euch ab«, sagte sie. Aber die beiden schwiegen. Marta rupfte an den Grashalmen und Frida spielte mit ihrem Saftbecher.

Gesine suchte angestrengt nach Worten. »Ich will euch natürlich nicht loswerden, sondern ich meine nur, dass ihr euch keine Sorgen zu machen braucht.«

Schweigen.

»Du bist nicht schuld, dass Mama tot ist«, sagte Frida plötzlich.

»Nein, natürlich bin ich das nicht.«

Frida machte den Rücken gerade. »Wir sind schuld«, flüsterte sie.

»Wer?« Gesine meinte, sich verhört zu haben.

»Wir sind schuld«, wiederholte Frida, und tatsächlich rollte ihr eine Träne über die Wange.

»Hör auf!« Marta stieß ihre Schwester an, aber Frida fing dadurch nur stärker an zu weinen. Sie ließ den Kopf hängen und schluchzte. Ihre Locken fielen wie ein Vorhang nach vorn.

Gesine beugte sich zu ihr. »Frida, du hast da was falsch verstanden.«

Aber Frida weinte weiter. Marta rutschte an sie heran, nahm sie in den Arm und wiegte sie. Gesines Hände waren taub.

»Ihr könnt nicht schuld sein, dass eure Mutter tot ist«, sagte sie, »obwohl man manchmal denkt, man hätte etwas falsch gemacht, gerade, wenn man ein Kind ist.«

»Schon klar«, erwiderte Marta, »danke«, und es klang wie: Halt die Klappe.

»Was mit eurer Mutter passiert ist, hat mit euch gar nichts zu tun!«

»Nein?« Frida hob das Gesicht, Haarsträhnen klebten an ihrer nassen Haut. »Woher willst du das wissen, Gesine?«

Ja, woher wollte sie das wissen? Wusste sie überhaupt irgendetwas? Über diese beiden Kinder, über ihre Trauer und über das, was sich rund um Mareike abgespielt hatte?

»Kinder sind nie schuld«, sagte sie schließlich klar.

»Genauso wenig wie Tanten«, ergänzte Marta, und wenn ihre Miene dabei nicht so düster gewesen wäre, hätte Gesine möglicherweise erleichtert sein können.

Zehn Jahre zuvor

»Deine Scheißpflanzen, Gesine.«

Blaue Blüten, die vielen kleinen Glöckchen. Hier musst du anfassen, hier an den Stängeln, und schütteln. Das ist der Daumen.

Mareike, die versuchte, den Leib des Jungen an sich zu ziehen. »Lass ihn los, verdammt noch mal.«

Gesine, die Philipp umklammerte und sicher war, den Jungen für die Ewigkeit zu halten.

Gesine, die eigentlich noch einmal nachfragen müsste: Warum hast du keinen Arzt gerufen, Mareike?, die aber nur schluckte und schluckte und zurück zur Dienstmarke blickte, die auf dem Terrassentisch lag, im grünblauen Schmutz.

Hatte sie nicht eben noch geglänzt?

Ein Glied der Kette hatte sich bei der Arbeit geöffnet, und Gesine hatte es nicht repariert, sondern die Kette mit der Dienstmarke lose in die Tasche gesteckt. Sie musste doch möglichst schnell nach Hause, zum kleinen Philipp, den sie diese Woche schon wieder viel zu selten gesehen hatte, und zur lieben Mareike, die ihr schon wieder viel zu oft unter die Arme greifen musste.

Nach Hause, ans Ende des Arbeitstages, ans Ende der Überstunden. Philipp baden, mit ihm kuscheln und auf Klaus warten, der ja leider auf einer Konferenz mit den Großkopferten herumsitzen musste. Die Dienstmarke und die kaputte Kette hatten verheißungsvoll geklimpert. Und jetzt lagen sie im grünen und blauen Matsch auf dem Tisch.

Das ist der Daumen. Der schüttelt die Pflaumen. Der hebt sie auf. Der bringt sie nach Haus. Und der hier, der isst sie alle auf, alle Scheißpflanzen.

Gesine, die trotzdem ein letztes Mal versuchen wollte, auf Mareike zu hoffen.

»Willst du ihn baden?«, fragte sie, als Mareike nicht aufhörte, an Philipps Leib zu ziehen.

»Spinnst du total?«

»Du hättest ihn doch eben schon baden können.« Gesine hörte sich selbst wie aus der Ferne. »Dann wärst du wenigstens bei ihm gewesen.«

»Halt den Mund.«

Aber das ging jetzt nicht mehr.

Gesine, für die sich mit jedem Wort ein neuer Gedanke ergab. Die ihren Jungen wiegte und ihre Nase in sein feuchtes Haar bohrte. Die ihre Lider schloss, in der Hoffnung, dass auch seine Lider inzwischen geschlossen waren. Aber sein Kopf baumelte ja nach unten und sie konnte nicht sicher sein.

Mareike, die schrie.

Gesine, die in Philipps Haar murmelte. »Ganz allein bist du gewesen, ganz allein. Und keiner hat auf dich aufgepasst oder einen Arzt gerufen.«

13

Marina Olbert würde nie wieder in einem Dienstwagen der Polizei knutschen. Auf der alten Arbeitsstelle hatte der ganze Ärger damit angefangen. Erst wurde während der Fahrt herübergeschielt, auf die Beine, auf die Brust, dann wurde heruntergeschaltet, dass der Motor schnurrte. Wie durch ein Wunder war meist ein Feldweg in der Nähe, und Marina erinnerte sich noch gut an das Geräusch, das die Reifen machten, wenn der Wagen abbog. Das Prasseln von Lehmbrocken und Steinchen, die an den Unterboden sprangen, während obenrum verlegen gegluckst wurde. Das Knirschen und Knistern, während der Wagen ausrollte und man wusste, jetzt war es so weit. Schlüssel herumdrehen, seufzen. Herüberlangen.

Am Ende fehlte immer irgendwas, in einem selbst jedenfalls, und diese Lücke ließ sich nicht stopfen, selbst wenn man es noch mal und noch mal probierte. Und wenn man Pech hatte, schaltete sich sogar noch der Sprechfunk ein.

Lasse war zum Glück nicht verheiratet. Aber trotzdem fand Marina es unangenehm, dass jetzt der Feldweg unter den Reifen des Dienstwagens knirschte. Der Motor ging aus, und Lasse seufzte. Marina schaute nach vorn.

Die Kühlerhaube knackte. Ein Jogger trabte vorbei, mit neugierigem Blick in den Wagen.

Sie griff nach rechts, öffnete die Beifahrertür und spürte die laue Abendluft an den Beinen. Die Sonne lag rot auf dem Horizont, und die gelben Felder rekelten sich auf den Hügeln.

Sie stieg aus und strich das Kleid glatt. »Komm raus, Lasse, der Abend ist wunderschön«, sagte sie.

Aber er blieb sitzen. »Was hast du damit gemeint, dass du Hannes van Deest gern allein befragen würdest?«

»Nimm es wörtlich, Lasse, dann weißt du Bescheid.«

»Der Typ gräbt dich an!«

»Ach was.«

Ein Mäusebussard segelte über das Feld. Es roch nach Raps. Marina spreizte die Finger. Wie gern hätte sie in die Abendstimmung hineingegriffen, aber die bloße Luft bot ihr zu wenig Widerstand.

Sie drehte sich zum Wagen und lehnte sich mit dem Bauch gegen die hintere Tür. Ihre Arme schob sie platt auf das Autodach, auf das herrlich sonnengewärmte Blech. So ging es gut, so konnte sie sich und den Abend spüren.

»Es steht dir im Übrigen nicht zu, eifersüchtig zu sein, Lasse!«, rief sie.

»Aber ich darf dich fragen, wo wir mit unseren Ermittlungen gelandet sind und warum du private Verhöre führst.«

»Der Einbruch bei der Cordes hat alles verändert. Ich muss jetzt in einem größeren Umfang nachdenken.«

»Der Einbruch hat vor allem dich verändert, Marina.«

Und immer noch blieb er sitzen. Sie lächelte. Er hatte seine Emotionen nicht im Griff.

»Warum sagst du eigentlich nichts zu diesem Notizheft?«, fragte sie. »Die Cordes hat doch wohl einen interessanten Schatten.«

»Ein Trauma. Was soll ich dazu noch sagen?«

»Sie geißelt sich selbst. Der Sohn stirbt an einer Giftpflanze, und sie macht das Grünzeug zu ihrem Hobby.«

»Du verlierst zu viel Zeit mit Psychologie, Marina.«

»Man muss sich in die Leute hineinversetzen, wenn man diesen Fall lösen will.«

»Aber ich bin ein Mann. Ich gehe am liebsten geradeaus.«

Marina spitzte die Lippen. Privat könnte ihr dieser Satz gefallen. Beruflich jedoch nicht.

»Was den Kinderlöffel angeht, tappe ich allerdings im Dunkeln«, sagte sie. »Wir können nicht nachweisen, dass er sich im Besitz von Gesine Cordes befunden hat, und die Fingerabdrücke sind nicht brauchbar.«

»Spinnst du?«

Sie schlug auf das Autodach. »Wie redest du mit mir?«

»Marina! Wir haben so viele Augenzeugen befragt, die Gesine erlebt haben, nachdem ihr Sohn gestorben war. Jeder hat sich daran erinnert, welches Theater sie um den Löffel gemacht hat.«

»Das reicht nicht, Lasse. Theoretisch könnte seitdem auch Mareike das Ding genommen haben. Oder Klaus Cordes oder einer von den Augenthalers. Es sind so viele Jahre vergangen, so viele Spuren hinterlassen worden.«

»Und warum sollten die Augenthalers nachts mit Besteck durch die Gegend gehen und Mareike ermorden?

Dazu gehört eine psychische Störung, das erkenne sogar ich, und damit sind wir wieder bei Gesine.«

»Wir kriegen es nicht rund.«

»Na gut, wie du meinst. Aber wenn du meine Einwände abwimmeln willst, solltest du wenigstens noch einmal über Selbstmord nachdenken. Diese Möglichkeit ist bisher viel zu kurz gekommen.«

»Ach was.« Sie hob ihren blonden Pferdeschwanz aus dem Nacken. »Wir gehen noch mal an die Eltern ran. An Richard und Renate Augenthaler.«

»Bitte?« Jetzt klackte die Fahrertür, und Lasse stieg aus. »Damit überspannst du den Bogen.«

»Ich habe meine Strategie.«

Sie ließ den Pferdeschwanz los. Im Lack auf dem Autodach spiegelte sich das Abendrot. Lasse, ihr gegenüber, nahm die Brille ab.

»Tu mir einen Gefallen«, sagte er, »verschon diese armen, alten Eltern.«

»Nichts da. Und Martin Braumüller wird auch noch einmal befragt. Wir packen es gründlich an. Aber vielleicht ist es besser, wenn du nichts mehr damit zu tun hast?«

Lasse setzte die Brille wieder auf. »Inwiefern?«

»Für dich könnten die Ermittlungen beendet sein, wenn du so weitermachst. Du bist sowieso viel zu eng mit den Augenthalers verwoben.«

»Bist du verrückt geworden?«

Marina Olbert spannte die Bauchdecke an. Sie hatte gar nicht vorgehabt, heute Abend schon auf diese Weise mit Lasse zu reden, aber jetzt, wo er sie provozierte, würde sie ihn aus der Reserve locken.

»Ich weiß Bescheid«, sagte sie. »Die Augenthaler-Sisters waren das schärfste Gespann, das euer Präsidium je erlebt hat. Sie haben dich spitzgemacht, und du bist ihnen nachgelaufen. Wer weiß, wie lange.«

Seine Stimme wurde kratzig und laut. »Das ist an der Grenze zur Verleumdung.«

»Aber es stimmt, oder?«

»Marina! Die Schwestern und ich sind Freunde gewesen. Und wenn du mich deswegen von den Ermittlungen ausschließen willst, wirst du das gesamte Präsidium ausschließen müssen. Wir alle waren damals befreundet, wir alle haben die Zeit genossen.«

»Freunde. Und trotzdem gehst du so grob an den Fall heran? Du willst hier nichts lösen, du willst eher kämpfen, und ich weiß gar nicht, wogegen.«

»Ja, ich kämpfe!« Er hieb mit der Faust auf den Wagen, dass es rumste. »Weil ich Frust schiebe! Weil mich deine ganze Art, an Mareikes Tod heranzugehen, auf die Palme bringt!«

Dann kam er ums Heck. Sein Hemd stand offen, und die Abendbrise trug seinen Duft heran, aber Marina musste sich nicht rühren. Sie hatte ihn immer gut lenken können, selbst wenn er die Beherrschung verlor.

»Du hast mir zu gehorchen«, stellte sie klar. »So ist das bei der Polizei.«

»Kapierst du nicht, dass ich dich nur schützen will?«, fragte er schneidend. »Nicht ich sollte von dem Fall abgezogen werden, sondern du.«

Jetzt schaute sie ihn doch an. »Ich?«

»Wegen deiner Eifersucht. Dir geht es gegen den Strich,

dass Gesine und Mareike früher im Präsidium so beliebt waren. Ständig fragst du danach. Sogar wenn du mit mir im Bett warst, hast du dich nach den Schwestern erkundigt. Als Ermittlungsleiterin!«

»Ich habe recherchiert. Jemand wie ich ist immer im Job.«

»Beim Vögeln? Nichts da. Du bist eifersüchtig, und zwar sowohl auf Mareike als auch auf deine Tatverdächtige, auf Gesine. Die Gefühle, die du für mich hast, sind dir in die Quere gekommen, und ich Idiot habe das bisher vor unseren Kollegen vertuscht.«

»Ich habe keine Gefühle, Lasse. Ich hatte mit dir höchstens ein Arrangement, und ich habe Schluss gemacht.«

»Zu spät, Marina. Als du Schluss gemacht hast, übrigens nicht sehr überzeugend, steckten wir beide schon mitten im Fall.«

Mit einem spöttischen Lächeln wandte sie sich ab und blickte über die Hügel. Die Einschätzung von Lasse stimmte überhaupt nicht, sie hatte die Ermittlungen bestens im Griff. Und erst recht hatte sie sich selbst im Griff.

Lasse trat dicht an ihren Rücken. »Jetzt will ich wissen, was du mit Hannes van Deest hast. Wenn wir schon reinen Tisch machen.«

»Nichts«, antwortete sie und spürte seinen Atem im Nacken, »ich nutze ihn für die Recherche.« Dabei wäre es gar nicht verwerflich, Schwachstellen zu haben. Wenn man die Stellen kannte und im Auge behielt. »Hannes van Deest ist der Letzte, der Mareike gesehen hat«, fuhr sie fort, »wenn auch nur im verstorbenen Zustand. Ich kann ihn nach allen Details zur Leiche befragen, und das werde ich auch weiterhin tun.«

Lasse packte mit der einen Hand ihren Hals, die andere Hand legte er an ihre Hüfte und zog sie zu sich heran. Mutig, vielleicht sogar nicht schlecht, unter anderen Umständen. Aber inzwischen: nicht mehr gut genug.

»Gib dir keine Mühe«, sagte Marina und versuchte, sich zu befreien.

»Doch«, raunte Lasse, »ich kriege dich. Und solltest du es wagen, mich von den Ermittlungen auszuschließen, werde ich allen erzählen, wie gierig du bist. Gierig und viel zu befangen, um diesen Fall zu leiten.«

14

Der Friedhof sah verboten aus. Was hatten die Gärtner in der Zeit getrieben, in der Gesine im Krankenhaus gewesen war?

»Wenig«, sagte Hannes und klappte den Zollstock auseinander. »Erst hatten wir die große Hitze, und sie kamen nicht mit dem Bewässern nach, dann hatten wir die Unwetter, und die Räumfahrzeuge waren ausgebucht. Also haben die Gärtner beschlossen abzuwarten.«

»Räumfahrzeuge?« Gesine nahm Harke und Spaten von der Schulter. »Die meisten Äste kann man mit der Hand an die Seite schaffen.«

»Nein, nicht du. Nicht an deinem ersten Arbeitstag!«

Sie standen an einer Grube, die frisch ausgehoben war. Das Morgenlicht fiel schräg durch die Bäume, auf den Rhododendren glitzerte Tau. Ein friedlicher Frühsommertag, ideal, um sich wieder auf dem Friedhof einzuleben. Man durfte nur nicht nachrechnen, wie lange das Gestrüpp schon herumlag, über Wege und Gräber verstreut. Blätter, Zweige und Äste, die der Sturm aus den Kronen gerissen hatte. Der Sturm vor fünf Tagen.

Hannes steckte den Zollstock in die frische Grube und las auf der Skala. Er schüttelte den Kopf.

»Ein Tiefgrab.«

»Und was war bestellt?«, fragte Gesine.

»Ein normales Grab. Morgen ist die Beerdigung.«

Der Kollege mit dem Friedhofsbagger war natürlich nicht mehr zu sehen. Hannes zückte sein Handy. Gesine sammelte die Plastikhüllen einiger Grablichter ein, die umgeweht worden waren, und brachte sie zum Container.

An der Ecke entdeckte sie den alten Herrn Dinkelbach. Er war am Grab seiner Frau in die Arbeit vertieft, und so wie es aussah, kämpfte auch er mit Sturmschäden.

»Probleme?«, rief sie.

Herr Dinkelbach drehte sich um und lachte übers ganze Gesicht, als er Gesine erkannte. »Ich dachte schon, Sie kommen nie wieder!«

»Mich werden Sie doch nicht los.«

Sie reichte ihm die Hand. Er schien noch magerer geworden zu sein, aber er trug ein offenbar neues Jackett. Und er wollte ihre Hand gar nicht mehr loslassen.

»Wo waren Sie denn? Hat man Sie verhaftet?«, fragte er.

»Nein! Ich war krank, sonst nichts.«

»Aber die Polizei war doch hinter Ihnen her. Wir hatten noch über den Polizisten gesprochen, der hier auf dem Friedhof ermittelt hat.«

Sie winkte ab und bückte sich. Auf dem Grab lag Totholz, das aus einer Kiefer gestürzt war. Man musste es vorsichtig aus den Margeriten klauben, um die letzten Blüten nicht zu beschädigen. Herr Dinkelbach liebte Margeriten. Seine Frau hieß mit Vornamen Gerda M., M wie Margret?

Er trat auf das Nachbargrab und suchte Gesines Aufmerksamkeit, während sie arbeitete. »Mich hat inzwischen noch jemand nach Ihnen ausgefragt, Frau Cordes.«

»Noch ein Polizist?«

»Nein. Jemand aus Spanien. Wir begegnen uns neuerdings oft am Brunnen, und eines Tages hat er gefragt, ob ich eine Frau Cordes kenne, und ob ich ihm zeigen kann, wo ihr Sohn begraben liegt.«

»Das gibt es nicht!« Sie richtete sich auf, einen Zweig in der Hand.

Herrn Dinkelbachs Wangen liefen rot an. »Habe ich etwas falsch gemacht?«, fragte er.

»Nein.«

Doch der alte Mann war besorgt. »Ich kann Ihnen den Spanier bestimmt einmal vorstellen, er kommt jede Woche auf den Friedhof.«

»Nicht nötig!«

Sie warf den Zweig fort und bückte sich wieder. Juan Alvarez konnte etwas erleben.

»Es tut mir leid, das mit Ihrem Sohn.« Herr Dinkelbach verließ das Nachbargrab und stieg auf den Weg zurück. »Ich wusste bisher gar nichts davon.«

Gesine schwieg. Ein Stechen in der Brust, aber das ging vorbei.

»Ihr Grabstein setzt Moos an«, sagte sie schließlich. »Wir könnten ihn nächste Woche sauberschrubben.«

»An Ihrer Stelle würde ich auch nicht darüber reden wollen.« Herr Dinkelbach hüstelte. »Das ist wie bei mir und meiner Frau.«

Er wartete, bis sie ihn anguckte, ging mühsam in die Knie

und hob einen Zapfen auf. Dann spuckte er den Zapfen an und schleuderte ihn in die Bäume, so hoch er konnte.

»Versuchen Sie das auch einmal bei Gelegenheit.« Er lächelte. »Es tut gut, Frau Cordes.«

»Sieht so aus.« Sie lächelte zurück.

Gegen Mittag rumpelte der Friedhofsbagger heran, um die frische Grube zu korrigieren. Hannes führte eine scharfe Aufsicht, und Gesine zog sich auf den Vorplatz der Kapelle zurück. Es gab hier einiges zu räumen und zu fegen, aber wie sie zugeben musste, wurden ihr langsam die Arme lahm. Viel zu lange war sie krank gewesen.

Sie dachte an den Tag vor einigen Wochen, an dem sie Frida und Marta zum ersten Mal hier auf dem Vorplatz getroffen hatte. Den Tag von Mareikes Beerdigung. Den Tag, an dem sie ihre Eltern wiedergesehen hatte, und an dem sie zum ersten Mal mit Juan Alvarez sprechen musste. Wie elend ihr zumute gewesen war, als sie die Kränze verlud. Sie spürte noch das Anthurium crystallinum unter den Fingern und hörte den Gitterwagen klirren, durchdringend, alarmierend noch heute.

Und die dünne Frida, wie sie am Pick-up gestanden hatte und Steinchen in die Sträucher schoss. Frida, die zu Marta schaute. Marta, die vor der Kapelle hüpfte. Beide Mädchen im weißen Rock. Hatten sie schon an diesem Tag geglaubt, sie seien schuld am Tod ihrer Mutter?

Und was hatten sie gefragt, als sie im Rhododendron saßen: »Tut es weh, wenn man stirbt, oder ist man tot, bevor es weh tun kann?« Eine Frage, die mittlerweile in neuem Licht erschien.

Was war bloß zwischen den Kindern und Mareike vorgefallen? Und warum hatte Mareike ihre Töchter verlassen? Verlassen müssen?

Wenn man sich vorstellte, wie sie auf den Gleisen stand, bevor der Zug sie erwischte. Gepeinigt von Angst, bis der Koloss aus Stahl auf ihren weichen Körper traf, im Bruchteil einer Sekunde.

Aber nein, nicht gepeinigt. Sie könnte auch erleichtert gewesen sein, dass ihr verkorkstes Leben ein Ende fand. Vielleicht hatte sie sich sogar bedankt, falls jemand sie zu den Schienen begleitet hatte.

Gesine dehnte ihre Schultern. Morgen würde sie Muskelkater haben, sie sollte sich lieber ein wenig schonen.

Langsam und scheppernd kratzte der Laubbesen über den feuchten Lehm. Immer wieder blieben die Zinken an den Steinen hängen, und weil Gesine keine Ruhe und keine Kraft mehr hatte, um geschickt damit umzugehen, waren die Zinken bald verbogen.

Wie gern wäre sie jetzt zum Pick-up gegangen und hätte sich auf die Sitze gelegt. Aber wenn Hannes sie dort fände, würde er sie umgehend nach Hause schicken. Sie arbeitete weiter.

Endlich holte Hannes sie zur Mittagspause ab. Sie steckte ihre Handschuhe in die Tasche und begleitete ihn zu seinem SUV. Der Picknickkorb, den er heraushob, schien besonders schwer zu sein, und Gesines Magen knurrte. Sie nahmen sich trotzdem die Zeit, zu der Bank zu spazieren, auf der sie schon seit Jahren gemeinsam Mittag machten, wann immer es möglich war.

Die Bank stand am Rand von Feld A, in der Nussecke kurz vor den Kindergräbern, einem Plätzchen zwischen Haselsträuchern und einem Walnussbaum. Halbschattig im Sommer, im Frühjahr und Herbst windgeschützt, und im Winter war es ein Ort, an dem man sich gut an die anderen Jahreszeiten erinnern konnte.

»Herrlich, wieder hier zu sein«, sagte Hannes.

Er breitete ein Tuch über die Hälfte der Bank und verteilte Teller und kleine Schalen. Hühnersalat, Nudelsalat. Gefüllte Weinblätter und Kichererbsen-Püree. Baguette und Brioche. Der Feinkostladen ließ grüßen.

Sie setzten sich, Seite an Seite, und reichten sich die Speisen an, bis jeder von jedem etwas hatte.

»Benehmen wir uns wie ein altes Ehepaar?«, fragte Hannes.

»Von mir aus«, antwortete Gesine, »ich mag ohnehin keine Veränderungen.«

Sie begannen zu essen. Genüsslich und schweigend, so wie früher. So als ob nicht ein paar hundert Meter weiter Mareike in der Erde läge.

Eine Wespe kam und nahm den Hühnersalat ins Visier, aber sie ließ sich von Hannes verscheuchen. Ein Kaninchen hoppelte bis vor die Bank und erschrak von ganz allein. Das Eichhörnchen vom vergangenen Jahr blieb aus.

Vogelgezwitscher, Besteck, das auf Porzellan traf, Flaschen, die auf- und zugedreht wurden, sonst nichts. Erst beim Nachtisch war es erlaubt, das Schweigen zu brechen.

»Haben Frida und Marta eigentlich feste Tage, an denen sie auf den Friedhof kommen?«, fragte Gesine.

»Leider nein«, antwortete Hannes, »und manchmal kommen sie sogar ohne ihren Vater hierher, dann scharwenzeln sie überall herum. Schwierig, ihnen auszuweichen.«

Gesine kostete den Fruchtquark und ließ sich Zeit, bevor sie weitersprach. »Man könnte ihnen ja ruhig mal ›Hallo‹ sagen.«

Hannes nickte. »Von mir aus.«

Nanu? Gesine blieb vorsichtig. »Nur kurz grüßen, meine ich. Man muss es ja nicht übertreiben.«

»Neulich, auf dem Fest am Wohnwagen, hast du dich gut mit ihnen unterhalten, oder?«

»Gezwungenermaßen.«

Hannes nahm sich ebenfalls etwas von dem Quark und fing an zu löffeln, als sei das Gespräch für ihn nicht weiter interessant. Merkwürdig. Wo blieben seine Ermahnungen, man solle sich von der Familie Alvarez fernhalten?

»Dass ich mich mit den Kindern gut unterhalten habe, ist natürlich relativ«, hob Gesine wieder an.

Hannes betrachtete seinen Löffel. »Ich sehe es so: Man kann sich nicht an dem einen Tag mit Frida und Marta unterhalten, und ihnen am anderen Tag die kalte Schulter zeigen.«

»Bitte?« Gesine stellte ihre Schale weg. »Suche ich mir das etwa aus? Habe ich die Kinder zu mir nach Hause eingeladen, zu einem Willkommensfest, oder bin ich etwa dafür verantwortlich, dass sie hier auf dem Friedhof herumlaufen?«

»Nein, natürlich nicht. Aber ich frage mich, wie es weitergehen soll. Ständig gibt es Kontakt, und ständig reden wir darüber, dass du dich in nichts verwickeln lassen darfst.«

»Ich bin längst verwickelt! Frida und Marta haben sogar

mitgekriegt, dass ich verdächtigt werde, Mareike umgebracht zu haben.«

»Ich weiß. Sie haben mir erzählt, wie das Gespräch mit deinen Eltern gelaufen ist.«

Gesines Herzschlag stolperte. »Wann haben sie das erzählt?«

Hannes wägte seine Worte ab. »Du solltest nicht sauer sein. Aber ich habe mit ihnen Fußball gespielt.«

»Auf dem Fest am Wohnwagen?«

»Nein, neulich hier auf dem Friedhof. Das heißt allerdings nicht, dass ich meine Meinung geändert habe. Wir sollten zu ihnen auf Abstand bleiben.«

»Erzähl mir sofort, was passiert ist, Hannes!«

Seine Miene wurde trotzig. »Keine große Sache. Ich musste in der Kapelle ein Blumengesteck auseinandernehmen, da standen die Mädchen plötzlich neben mir.«

»Mit einem Fußball?«

»Nein. Sie haben mich gefragt, wie gut du dich eigentlich mit Mareike verstanden hast. Ich wusste nicht, was ich antworten sollte, also habe ich Marta die Styroporkugel zugeworfen, die ich aus dem Blumengesteck geholt hatte. Und schon ging es los.«

»Das glaube ich nicht. So einfach lassen sie sich nicht ablenken.«

Er zögerte. »Sie haben ihre Frage später natürlich wiederholt.«

»Und dann?«

»Habe ich ihnen gesagt, dass es zwischen Mareike und dir nichts Besonderes gegeben hat, weder in die positive noch in die negative Richtung.«

»Hannes!« Gesine sprang auf. »Warum hast du gelogen?«

»Du brauchst dich gar nicht aufzuregen.« Er blieb bei seinem trotzigen Ausdruck. »Du redest doch selbst andauernd mit den Kindern, ohne zur Sache zu kommen. Was wäre denn gewesen, wenn ich jetzt die Wahrheit gesagt hätte? Ich hätte dich vor Frida und Marta bloßgestellt, mehr nicht.«

»Zwischen meinem und deinem Verhalten den Kindern gegenüber gibt es einen großen Unterschied! Ich verschweige notgedrungen Teile der Wahrheit. Aber du verbiegst die Wahrheit.«

»Es gibt also gutes Lügen und schlechtes Lügen?« Hannes stand auf. »Wie lügt man denn gut vor kleinen Kindern, wenn die Frage lautet: Konnte Tante Gesine unsere Mama gut leiden?«

Kampflustig sah er sie an, und es war jetzt nicht angebracht zu heulen. Auch nicht vor Wut, und erst recht nicht vor Wut über die missliche Lage.

In welche Sackgasse war sie bloß geraten? Zog das Verschweigen der Wahrheit immer nur Lügen nach sich, und das Lügen eine immer noch größere Schweinerei?

»Ich will nicht mit dir streiten, Hannes, aber mir geht es komplett gegen den Strich, dass du nun auch nicht mehr ehrlich sein kannst.«

»Mir doch auch. Das einzig Richtige wäre gewesen, sich gegen die Kinder abzugrenzen. Ohne Kompromisse, von Beginn an.«

»Das habe ich doch versucht, Himmel noch mal!«

»Nein. Du bist schon am Tag der Beerdigung mit Frida und Marta durch die Büsche gekrochen.«

Sie biss die Zähne zusammen und fing an, das Geschirr in den Picknickkorb zurückzupacken. Die Teller klirrten. Eine Gabel fiel unter die Bank, Hannes hob sie auf und reichte sie ihr, schweigend, abwartend, aber sie konnte ihn jetzt nicht mehr ansehen.

Ob Frida und Marta ihm geglaubt hatten? Nichts Besonderes zwischen ihr und Mareike, weder positiv noch negativ. Infam! Wem hatten die Kinder noch ihre Frage gestellt?

Sie kratzte im Stehen die Quarkschale aus und schluckte den Nachtisch achtlos hinunter. Hannes faltete das Tuch zusammen und nahm ihr den Korb aus der Hand.

»Unsere Mittagspause hatte ich mir schöner vorgestellt«, sagte er.

Sie gingen zurück, in Richtung Kapelle. In den schattigen Ecken am Wegesrand hing immer noch Feuchtigkeit. Die Sonne schaffte es nicht, den Friedhof an einem einzigen Tag zu trocknen. Von einer Birke hing ein schwerer Ast tief in den Rhododendron hinein.

Gesine trat hart mit den Fersen auf und suchte nach einer Möglichkeit, sich zu beruhigen. Das Schlimme war, dass Hannes mit seiner Sicht der Dinge nicht nur unrecht hatte. Aber er hatte gelogen, und es fühlte sich an, als habe er sie verleugnet. Als habe er sich auf die Seite der anderen geschlagen, die seit zehn Jahren behaupteten, es sei nichts Besonderes, sondern nur ein Unglück gewesen.

»Ich hätte nie gedacht«, sagte sie zu Hannes, »dass ausgerechnet wir beide uns einmal über den Begriff der Wahrheit in die Haare kriegen.«

»Ich schon«, erwiderte er bitter.

»Warum?«

»Weil ich dich immerzu beschützen will, und weil ich mir inzwischen gar nichts mehr dabei denke, wenn ich die Wahrheit für dich zurechtbiegen muss.«

»Du musst überhaupt nichts. Ich werde meine Probleme alleine lösen.«

Hannes schritt ebenso schnell aus wie sie und sah starr nach vorn. »Es geht nicht nur um Frida und Marta«, sagte er. »Es gibt noch etwas, das ich dir verschwiegen habe. Es geht um Philipps Grab.«

»Was ist mit dem Grab?

»Jemand stellt am Grab deines Sohnes weiße Kerzen auf.« Seine Stimme war belegt.

Sie blieb wie angewurzelt stehen. »Seit wann?«

Auch er blieb stehen und drehte sich zu ihr um. »Anfang des Jahres wurden die ersten Kerzen aufgestellt, drei oder vier Wochen lang. Dann war einige Zeit Pause, und seit neulich geht es weiter, nur nicht mehr so regelmäßig. Alle paar Tage steht eine neue weiße Kerze dort.«

»Seit Anfang des Jahres? Und ich erfahre es erst jetzt?«

»Genau das meinte ich: Ich will dich vor einem gewissen Thema beschützen, aus den bekannten Gründen, und mache dadurch alles falsch.«

»Hast du der Polizei von den Kerzen erzählt?«

»Natürlich nicht.« Er setzte den Picknickkorb auf den Asphalt. »Ich habe am Anfang ja gedacht, dass du es selbst bist, die zum Grab geht. Und ich dachte, man darf dich nicht darauf ansprechen. So wie immer.«

»Das ist gemein!«, rief sie aus.

»Sicher, entschuldige.«

Sie marschierte den Weg hoch, ohne ihn mitzunehmen. War das der Hannes, den sie kannte? Der immer darauf bedacht gewesen war, sie zu unterstützen?

Er wusste doch ganz genau, wie sehr sie unter ihrer Unfähigkeit litt, an Philipps Grab zu gehen. Vor Jahren wäre sie an dieser Unfähigkeit beinahe verreckt! Aber damals hatte er sie getröstet: »Philipp weiß, dass du bei ihm bist. Immer.« Und jetzt? Jetzt tat er so, als könne sie mal eben zum Grab spazieren und eine Kerze anzünden. Er fände es sogar normal, wenn man darüber kein Wort verlieren würde. Als sei sie kommunikativ verstümmelt! Was war denn das für eine Freundschaft?

Sie drehte sich um und ging zu ihm zurück. »Ich will wissen, was an Philipps Grab los ist!«

Hannes kam ihr entgegen. Den Picknickkorb ließ er auf dem Asphalt stehen. »Die Kerzen Anfang des Jahres«, meinte er, »das könnte Mareike gewesen sein!«

»War es im Februar?«

»Ja, das kann sein.«

»Und später, nach Mareikes Tod, hat es eine Zeitlang keine Kerzen mehr gegeben?«

»Nein, es gab eine Pause, und vielleicht ist es Juan Alvarez, der seit neulich damit weitermacht.«

»Das glaube ich nicht«, erwiderte Gesine. »Juan wusste zwar, dass das Grab existiert, aber er hat offenbar keine Ahnung, wo es genau liegt.«

»Wer war es sonst?« Hannes schien erleichtert zu sein, dass sie wieder miteinander sprachen. »War dein Exmann auf dem Friedhof? Oder waren es deine Eltern?«

Sie schüttelte den Kopf. »Klaus ist in Osteuropa unterwegs, und meine Eltern hätten es mir längst unter die Nase gerieben, wenn sie Philipp gefunden hätten.«

Und Martin Braumüller von Radix, dem Trauerverein? Wenn er ein Vertrauter von Mareike war, könnte er schon im Februar mit ihr auf dem Friedhof gewesen sein, um Philipps Grab zu besuchen. Um dort Kerzen abzustellen in einem perversen Ritual, dienstags um 17 Uhr. Einem Ritual, das er inzwischen in memoriam weiterführte.

»Gesine, ich helfe dir auf jeden Fall, die Sache zu klären«, sagte Hannes.

Sie lächelte dünn. Wie er vor ihr stand, schwer atmend und eifrig. Seine Augen glänzten.

»Wichtig ist nur, dass du mir glaubst«, drängte er. »Ich habe dir wirklich nichts aus bösem Willen verschwiegen. Im Gegenteil. Als ich merkte, dass du es gar nicht sein kannst, die zum Grab geht, wollte ich nicht, dass du dir Sorgen machst.«

»Ja. Es ist gut, Hannes. Ich kann das nachvollziehen.«

Sie sahen sich an, zögerten, und Gesine wusste, dass sie ihn jetzt eigentlich umarmen müsste. Nur kurz, und auch nur, um sich weitere Worte der Versöhnung zu ersparen. Sie hob eine Hand, legte sie ihm auf die Schulter und zog ihn näher. »Danke«, sagte sie und ließ ihn wieder los. Ein nervöses Gefühl in den Beinen.

Hannes nickte verlegen und ging zurück, um den Picknickkorb zu holen.

Würde er eines Tages aufhören, den Beschützer zu spielen? Hätte er eines Tages die Nase voll von den Komplikationen, die Gesine mit sich brachte, und von der mageren Ausbeute, die er für sich persönlich verbuchen konnte?

Seit ihrer ersten Begegnung hatte er sich angestrengt, sie für sich zu gewinnen. Rein platonisch, auf ihr Bitten hin. Er hatte sich um sie gekümmert. Er hatte dafür gesorgt, dass sie ihre Tage auf dem Friedhof verbringen und gleichzeitig Geld verdienen konnte. Dass sie den Wohnwagen bei Josef beziehen durfte und den schwarzen Pick-up bekam. Er hatte ihr zugeredet, sich mit sich selbst auszusöhnen: »Philipp weiß, dass du bei ihm bist. Immer, auch wenn du zweihundert Meter vor seinem Grab stehen bleiben musst.« Es war immer verlockend gewesen, sich auf Hannes zu verlassen.

Vielleicht sollte sie einmal den Spieß herumdrehen und sich ihrerseits um ihn kümmern? Ihn ein einziges Mal aus ihren Problemen heraushalten, damit er es einfacher hatte?

Er kehrte mit dem Picknickkorb zurück, und sie griff nach dem Henkel, um den Korb mit ihm gemeinsam zu tragen. Hannes belohnte die Geste mit einem Lächeln. Sie schaute weg. Das Lächeln stand ihm gut.

Zehn Jahre zuvor

Philipp auf dem Rasen. Philipp, neben dem ein Sarg abgestellt wurde. In einiger Entfernung abgestellt, denn die Lache um Philipps Körper musste im Originalzustand erhalten bleiben.

Ein Sarg aus Metall.

Philipp, der fotografiert wurde. Von oben, von jeder Seite, mit jedem Detail. Mit Brei auf dem T-Shirt und im Gesicht. Mit klebrigen Haaren.

Sein Mund stand vermutlich offen. Von der Terrasse aus war es nicht zu erkennen.

Das Diktiergerät, das laut besprochen wurde, während man um Philipp herumging: »Die Lage mehrfach verändert durch die Mutter. Erbrochenes bis weit in den Nacken. Ursprüngliche Lage bei Eintritt des Todes vermutlich flach auf dem Rücken.«

Die Spurensicherung in weißen Anzügen. Die Blicke gesenkt.

Der alte Kripochef auf dem Rasen und Klaus. Klaus, der sich auf den Chef stützte. Klaus, der noch nicht ein einziges Mal zur Terrasse herübergeschaut hatte.

Gesine auf der Terrasse. Eine Polizistin links, eine rechts. Sie hatten ihre Mützen auf. Sie schwitzten, sie stanken, und doch blieben sie nah bei Gesine.

Bei Philipp dagegen blieb man auf Abstand. Von uns gegangen, entschlafen.

Ihn noch einmal aufheben. Ihn noch einmal in die Arme nehmen und drücken.

»Bleiben Sie hier.« Die Polizistin legte nun doch die Mütze ab.

Mareike, die vor dem Gartenhäuschen stand. Ein Polizist links, Lasse Johannsen rechts. Mareike, die weinte und heulte, immer wieder wie eine Sirene zwischen den Sätzen.

»Ich wusste doch nicht, dass er im Garten gespielt hat.«

Nicht? War denn kein schönes Wetter?

»Sie hat keinen Arzt gerufen«, sagte Gesine, und die Polizistinnen nickten eilig, in der Hoffnung auf Schweigen.

Kein Arzt, keine Aufsicht. Und Überstunden.

Klaus, der auf Mareike zeigte und brüllte: »Der Junge hat immer im Garten gespielt, Mareike!«

Klaus, der ebenfalls weinte. Das hatte sie noch nie gesehen.

»Keiner hat mir Bescheid gesagt.« Mareikes Stimme überschlug sich. »Ich wusste gar nicht, dass er zu Hause ist. Ich wusste auch nicht, dass bei euch giftige Pflanzen wachsen!«

Hier musst du schütteln, hier an den Stängeln.

Gesine, die sich hinstellen wollte, an der aber die Polizistinnen zogen.

Der Arzt, der sich hinkniete und mit den Zähnen eine Verpackung aufriss.

Drüben auf dem Rasen der Sargdeckel, der hochgehoben wurde. Beiseitegestellt. Die Spurensicherung, die jetzt in die Fichten schaute. Klaus, der auf die Knie ging. Der Chef, der ihm auf die Schulter klopfte, und Mareike, die endlich verstummte.

Ein Leib, der sich offenbar kaum fassen ließ. Schlaff, glitschig und doch so hübsch. Philipp.

Zwei Männer an seinen Beinen, zwei an den Oberarmen, und niemand hielt seinen Kopf, der nach hinten kippte.

Der Schleim zog Fäden von der Lache bis zum Kopf, und von der Lache bis zur Hose. Und es tropfte von Klaus, der sich wegdrehen musste.

Nicht so Gesine. Gesine streifte die Polizistinnen ab. Ein letztes Mal lief sie los, geradeaus über den Rasen. Mühsam, erneut gegen Widerstände, aber diesmal kam sie zur rechten Zeit.

Philipps Hand, die noch über den Rand der Metallwanne hing.

Sie nahm sie, drückte sie zärtlich an ihren Mund und reichte sie ihm in die Wanne. »Ich habe dich lieb.«

15

Mareikes Haus duckte sich in der Sommerhitze. Zögernd betrat Gesine das Grundstück. Das Dach hing tief herunter, die Rollläden waren geschlossen. Ein Rosenbeet im Vorgarten war sich selbst überlassen worden. Gelb- und Rottöne liefen ineinander, dazwischen standen Lavendelsträucher mit verblühenden Zweigen.

Sie versuchte, leise zu gehen. Man würde sie im Haus noch früh genug hören. Aus den Fugen zwischen den Pflastersteinen ragten borstige Rispen. Braunes Gras. Löwenzahnstängel. Alles dürstete nach Wasser.

Sacht tippte sie auf den Klingelknopf. Ein knapper, heiserer Ton, dann Stille. Sie würde höchstens bis zwanzig zählen, bevor sie sich umdrehte und wieder wegfuhr. Oder bis zehn. Lange genug, dass Juan ihr öffnen konnte, wenn er wollte.

Hoffentlich besaß er genug Anstand, sie nicht hereinzubitten. Aber eigentlich konnte sie in dieser Hinsicht unbesorgt sein. Seit dem Fest am Wohnwagen, das er mit Vollgas verlassen hatte, mied er den Kontakt.

Sie hatte mehrfach versucht, ihn anzurufen, aber er nahm nicht ab oder legte sofort auf. Sie hatte ihm sogar eine SMS geschrieben. Vergeblich, dabei konnte er sich denken, dass sie einen wichtigen Grund haben musste, sich an ihn zu wenden. »Wegen der Kinder«, stand in der SMS, und jeder gute Vater wäre alarmiert gewesen.

Oder war er so selbstgefällig, dass er meinte, ihm könne niemand etwas über die Kinder erzählen, das er nicht selbst längst wusste? Oder war er so misstrauisch, dass er vermutete, Gesine führte noch etwas anderes im Schilde? Er kannte sie doch kaum.

Ihr lag die Angst der Mädchen, sie könnten am Tod der Mutter schuld sein, schwer im Magen. Auch wenn sie nicht die Richtige war, sich um die Kinder zu kümmern, war sie vielleicht die Einzige, die von ihren Sorgen wusste. Sie musste das, was sie ihr erzählt hatten, weitertragen, und sei es, um ihre eigene Beklemmung darüber loszuwerden.

Die Frage nach Philipps Grab und nach den weißen Kerzen könnte sie natürlich in das Gespräch einweben, aber versteckt und beiläufig, Juan würde es gar nicht bemerken. Gelernt war gelernt. Ein Verhör, das nach einer Plauderei aussah. Und außerdem ließ sich eine Gesine Cordes nicht abwimmeln.

Sie tippte noch ein zweites Mal auf die Klingel, um sicherzugehen, dass Juan sie gehört hatte. Der heisere Ton, dann wieder nichts.

Wenn sie sich umdrehte und zur Straße schaute, konnte sie ihren Pick-up sehen. Schlecht geparkt, halb auf der Straße, halb auf dem Bürgersteig. Bereit zur Abfahrt.

»Du?« Juan riss die Tür sperrangelweit auf.

Gesine fing sich schnell: »Ich bin wegen Frida und Marta hier.«

»Sie sind nicht da.«

»Ich weiß, dienstags sind sie beim Basketball.« Sie stockte. Es war nicht gut, so schnippisch zu sein. »Ich dachte, wir könnten eine Runde spazieren gehen und reden«, fuhr sie fort.

»Ich soll mit dir vor meiner eigenen Haustür auf- und abgehen?«

»Du willst ja wohl nicht vorschlagen, dass ich Mareikes Haus betrete.«

Er musterte sie unverhohlen. Ihre Haare, die unter der Kappe hervorlugten, ihre bloßen Schultern mit den Sommersprossen und die nackten Knie. So viel Zeit nahm er sich für die Beschau, dass man spüren konnte, wie er die Abneigung in sich wachsen ließ. Gesine dachte daran, wie ähnlich sie Mareike sehen musste, und wünschte, sie hätte ihren Körper besser bedeckt.

»Als Kompromiss könnten wir uns in deinen Garten stellen«, schlug sie vor.

Juan kam mit verkniffenem Mund nach draußen, zog die Tür hinter sich ins Schloss und betrat den kleinen Weg, der um das Haus herumführte.

Holundersträucher, schwer von Früchten. Insekten tanzten im Halbschatten. Ein Gartenbambus wuchs am Ende des Weges, breit und wuchtig, aber Juan hielt die Büschel auseinander, damit sie hindurchsteigen konnten.

Hinter dem Haus eröffnete sich ein lauschiger Garten. Der Rasen war länger nicht gemäht worden. Ein Planschbecken stand in der Mitte. Zwei Obstbäume hingen voll mit unreifen Äpfeln und Pflaumen, und an den Sichtschutzwänden streckten sich Beete. Flammenblumen in Rosa und

Weiß, aufgeschossener Sonnenhut in einer extravaganten Hybride.

Kein Gartenhaus an der Seite, keine Fichten hinter dem Rasen.

Juan lief auf die Terrasse, ohne Gesine weiter zu beachten. Ein Perlenvorhang klickerte, dann war er im dunklen Inneren des Hauses verschwunden. Dachte er etwa, sie würde ihm folgen?

Sie setzte sich auf einen der Polsterstühle, die auf der Terrasse standen, und lehnte sich zurück. Sie würde warten. Dienstag, 17 Uhr 20 inzwischen. Ein sorgfältig gewählter Termin für ein Vier-Augen-Gespräch mit Juan Alvarez.

Die Terrassendielen schienen neu zu sein, das Holz roch frisch imprägniert. Ein Sonnenschirm flappte über der Sitzgruppe. An einem Spalier rankte Schwarzäugige Susanne. Idyllisch, wenn man davon absah, wem es gehörte.

Endlich eine Bewegung am Perlenvorhang. Juan kehrte in den Garten zurück und stellte Gläser auf den Tisch. Zu Gesines Erstaunen schenkte er aus einer Karaffe Eistee ein. Das Kondenswasser tropfte, er wischte sich die Finger an der Jeans ab und fiel dann auf einen Stuhl, als habe ihn diese Gastfreundlichkeit für den Rest des Tages erschöpft.

»Du siehst gut erholt aus«, sagte Gesine möglichst neutral.

»Du auch«, antwortete er finster.

»Diese Wohngegend ist sehr beliebt. Glückwunsch.«

»Wenn du herausfinden willst, ob dein Vater uns geholfen hat, Gesine: Ja, er hat uns das Haus besorgt. Er hat uns auch bei dem Kredit unter die Arme gegriffen. Und nein, alleine hätten Mareike und ich es uns nicht leisten können.«

Sie ließ seine Worte verhallen und nippte an ihrem Eistee. »Also, lass uns über die Kinder reden«, sagte sie schließlich.

»Schickt Braumüller dich?«

»Du solltest dich ernsthaft damit befassen, wie deine Töchter um ihre Mutter trauern. Auch wenn sie dir ganz normal vorkommen, kann es sein, dass sie Hilfe brauchen.«

»Braumüller ist keine Hilfe.«

Sie stellte das Glas ab. »Haben dir Frida und Marta schon einmal gesagt, dass sie sich am Tod von Mareike schuldig fühlen?«

»Schuldig? Bist du krank?«

»Du hast also keine Ahnung. Das habe ich mir gedacht.«

»Geh mir nicht auf die Nerven.« Er streckte die Beine von sich. »Ausgerechnet du willst mir erzählen, was in meinen Kindern vorgeht?«

Gesine mäßigte sich nach Kräften. »Es ist nicht ungewöhnlich, dass Kinder die Schuld für einen Schicksalsschlag bei sich selbst suchen. Trotzdem muss man sich darum kümmern. Vor allem müssen Frida und Marta wissen, dass du sie mit ihren Sorgen nicht alleine lässt.«

»Habt ihr das im Trauerverein diskutiert? Ich mag dieses Geschwurbel nicht.«

»Ich habe mit dem Verein nichts zu tun, Juan.«

»Ach. Das hat sich neulich auf deinem Fest ganz anders angehört.«

»Ich habe nur ein einziges Mal mit Martin Braumüller gesprochen, mehr nicht.«

»Na also. Dann geh hin und sprich ein zweites Mal mit ihm. Frag ihn, warum Frida und Marta nicht erst jetzt alleine sind. Frag ihn, warum sie sich schon zu Mareikes Lebzeiten alleine fühlen mussten!«

»Was soll das heißen?«

»Das kann ich dir sagen!« Und dann sagte er erst einmal gar nichts mehr. Er schüttete Eistee in sich hinein und brummte vor sich hin. Sie betrachtete ihre Fingernägel, als habe sie alle Zeit der Welt.

»Deine Schwester Mareike«, brach es schließlich aus ihm heraus, »war seit Monaten mit anderen Dingen beschäftigt als mit ihrer Familie. Sie hat sich um nichts mehr gekümmert, nur noch um den Trauerverein von Martin Braumüller.«

Interessant. Was Mareike für eine war.

»Das tut mir leid«, sagte Gesine.

Juan hieb auf den Tisch und rannte ins Haus. »Komm mit!«, rief er, aber sie blieb selbstverständlich sitzen.

Die Wendung, die das Gespräch nahm, konnte interessanter nicht sein. Mareike war also auch als Mutter verantwortungslos gewesen, und Frida und Marta hatten sich vielleicht über sie geärgert. Aber ließ sich daraus das Schuldgefühl der Kinder erklären?

Juan stürmte zurück an den Tisch. Er hielt Gesine ein Foto unter die Nase. »Das war Mareike, kurz nachdem wir Spanien verlassen hatten und hier eingezogen sind.«

Energisch schob sie seine Hand mit dem Bild von sich weg, doch er wedelte nur umso hektischer damit herum. Mareike, älter als auf dem Beerdigungsfoto, aber ebenso attraktiv. Versonnener Blick, ekelhaft anbiedernd.

Dann hielt er ihr ein zweites Bild hin. »Das war Mareike ein knappes Jahr später. Ein paar Wochen vor ihrem Tod.«

»Lass mich damit in Ruhe.«

»Ich bitte dich. Gesine!«

Mit halbem Auge sah sie hin. Mareike, grau in grau. Das Gesicht so mager, dass die hohlen Wangen Schatten warfen. Tiefe Falten zogen sich über die Stirn und um den Mund. Der anbiedernde Blick war stumpf geworden.

Sie nahm Juan beide Fotos aus den Händen. »War sie krank?«

»Quatsch.« Er lachte auf. »Sie fühlte sich gebraucht! Sie konnte die engagierte Mareike sein und sich für trauernde Menschen aufreiben.«

Gesine verglich noch einmal die Bilder. »Aber so ein Abbau innerhalb eines Jahres?«, fragte sie zögernd. »Irgendwie passt das nicht zu Mareike.«

Die Schwester, die so viel auf ihr Äußeres gab. Die außerdem nicht kleinzukriegen war, sondern gern die Nacht zum Tage machte, auf Partys, in Clubs, und manchmal mit Küssen. Die um drei Uhr morgens schlafen gehen und um sieben Uhr frühstücken konnte, ohne eine Spur von Erschöpfung zu zeigen. Die sich das Leben mit jedem Atemzug einverleibte, und zwar am liebsten in Gesellschaft von Gesine.

»Du hast keine Ahnung«, sagte Juan. »Ich habe es dir schon einmal gesagt: Mareike war von Schuldgefühlen zerfressen, weil sie nicht verhindert hat, dass dein Sohn gestorben ist. Sie hätte sich sehr gern mit dir versöhnt. Das wäre das Einzige gewesen, das ihr geholfen hätte.«

»Ach, danke schön.« Gesine stand auf und legte die Bilder auf den Tisch. »Jetzt bin ich dafür zuständig, dass es ihr so schlechtging?«

Komm, Gesine, komm tanzen, ohne dich macht es mir keinen Spaß.

»Nein.« Er hob die Hände. »Es ist dieser Martin Braumüller, der sie immer tiefer in ihre Schuldgefühle hineingestoßen hat. Er hat alles wieder breitgetreten, was damals mit deinem Philipp passiert ist. Er hat auch dafür gesorgt dass sie nachforscht, ob es wirklich kein Grab für deinen Sohn gibt. Mareike hatte immer so eine Ahnung, aber von alleine hätte sie die Friedhofsverwaltung nicht angeschrieben.«

»Also ist Braumüller mit Mareike auf den Friedhof gegangen?«

»Warum fragst du das?«

»Weil ich es abstoßend finde, dass ihr Philipp nicht einfach ruhen lassen könnt. Ihr kommt aus Spanien, kramt die Vergangenheit raus und bringt mein ganzes Leben durcheinander!«

Das hatte sie eigentlich nicht sagen wollen. Es handelte sich um das Gegenteil von Gelassenheit, und natürlich guckte Juan jetzt, als habe sie sich die Klamotten vom Leib gefetzt. Er rückte sogar näher.

»Manchmal«, sagte er, »war ich selbst schon so weit und wollte dich ausfindig machen, Gesine. Ich konnte mir gar nicht vorstellen, dass du so unversöhnlich bist, wie Mareike es erzählt hat.« Er sprach immer leiser. »Ich dachte, dass du dich ebenfalls danach sehnst, Frieden zu schließen.«

»Und ich wünschte manchmal«, antwortete sie, »dass der Frieden einfach so vor meinen Füßen liegt. Ohne dass ich dafür etwas tun muss.«

Eine Böe fegte über die Holzterrasse, und der Sonnenschirm drehte sich im Ständer. Juan blinzelte, weil er jetzt in die Sonne guckte, und berührte Gesines Fingerspitzen.

»Du bist nicht schuld«, sagte er, »an gar nichts. Auch nicht an Mareikes Tod.«

Dann machte er sich an dem Sonnenschirm zu schaffen. Aber er konnte doch solche Sätze nicht in der Luft hängen lassen! So salbungsvoll und gnädig. Oder dachte er, sie sei jetzt getröstet? Meinte er, sie hätte genug erfahren und könnte weggehen? Von wegen, sie würde jetzt erst loslegen.

»Es klingt jedenfalls, als hätte Mareike Depressionen gehabt«, sagte sie spitz, »und ihr Tod sieht für mich umso mehr nach Selbstmord aus.«

»Du redest wie Lasse Johannsen.« Er schüttelte den Kopf. »Aber sie ist ermordet worden, davon bin ich überzeugt. Es wurde ja auch kein Abschiedsbrief gefunden, und außerdem weiß ich, dass sie noch ihr großes Ziel vor Augen hatte, nämlich dich zu treffen.«

»Wenn Lasse Johannsen meint, es sei Selbstmord gewesen, werden sie die Ermittlungen sowieso bald einstellen.«

»Ich werde das verhindern. Außerdem hat Marina Olbert das Sagen, und der Einbruch bei dir hat sie ganz schön aufgescheucht.«

Gesine verschränkte die Arme. »Zählst du eigentlich auch zu den Tatverdächtigen?«

»Für den Mord an Mareike oder für den Einbruch bei dir?«

Wie locker er damit umging. »Such dir was aus«, antwortete sie.

Er zuckte mit den Schultern. »Ich wüsste nicht, was ich bei dir im Wohnwagen zu suchen hätte, und warum ich meine Frau umbringen sollte, weiß ich auch nicht.«

»Und Martin Braumüller?«, setzte sie nach. »Ist er verdächtig?«

»Quatsch. Mareike war sein liebstes Schäfchen.«

»Sehr vielsagend.«

»Dein Sarkasmus ist fehl am Platz. Mareike hat mich nicht betrogen.«

»Hast du das überprüft?«

»Lasse Johannsen hat es überprüft.«

»Der König der Recherche.«

»Lasse Johannsen hätte mir Bescheid gesagt, wenn er etwas entdeckt hätte. Er war so scharf bei dem Thema, als wäre er immer noch mit Mareike zusammen.«

Gesine stutzte. »Zusammen?«

»Die kleine Affäre, weißt du das nicht? Viele Jahre her, und Mareike hatte Lasse wohl auch nicht in bester Erinnerung.«

»Das kann nicht sein!«

Auch wenn Mareike und Lasse sich sympathisch gewesen waren. Zugabe, rief er, wenn sie Gitarre spielte und sang. Bringst du mir ein Bier, antwortete sie. Aber das Zuprosten war immer kumpelhaft gewesen, denn kein Mann, so hatte Mareike in Gesines Ohr geflüstert, gefällt mir länger als fünf Minuten. Was war also für Lasse übriggeblieben? Eine kumpelhafte Fünf-Minuten-Affäre?

Juan drehte die Fotos auf dem Tisch mit dem Aufdruck nach unten. »Wir sollten uns nicht mit den alten Geschichten aufhalten.« Er setzte sich wieder auf den Polsterstuhl. »Außerdem warst du ja wegen der Zwillinge hier, und in dieser Hinsicht haben wir alles geklärt, oder?«

Mit runden, dunklen Augen sah er zu ihr hoch. Es waren die Augen von Frida und Marta, mit dem gleichen direkten Blick, bloß ohne die Angst.

Sie wich nicht vom Fleck. »Haben die Kinder dich eigentlich gefragt, ob Mareike und ich uns gut leiden konnten?«

»Ja, und ich habe ihnen auch geantwortet. Ich habe gesagt, dass Mareike dich sehr liebgehabt hat.«

Sie schnaubte. »Ach so? Ironie tut deinen Kindern aber nicht gut.«

»Mir auch nicht.« Er nahm einen Schluck Eistee. »Darum vermeide ich es, ironisch zu sein.«

Sie hätte ihn schütteln können. »Weißt du, was Mareike mir ins Gesicht gesagt hat, als mein Sohn tot war? Dass er an meinen Pflanzen gestorben ist, und an meinen Überstunden. So brutal ist sie gewesen, überhaupt nicht lieb.«

»Das ist furchtbar.«

Sie wischte durch die Luft. »Furchtbar ist, wenn du es dir bequem machst und dir ein schönes Bild von Mareike und mir zurechtlegst, oder von der Situation deiner Kinder, bloß weil du allergisch gegen Probleme bist.«

Er ließ die Eiswürfel klirren. »Ja, ich kann keine zusätzlichen Probleme gebrauchen. Und gleich muss ich übrigens los. Schichtdienst im Krankenhaus.«

»Und Frida und Marta?«, entfuhr es ihr.

»Sie sind es gewohnt, dass ich arbeite. Als Arzt habe ich ungünstige Zeiten, oder was hast du gedacht?«

»Sie kommen also vom Basketball alleine nach Hause?«

»Es geht nicht anders, sie müssen selbständig sein. Und wenn du dagegen Einwände hast, können wir noch einmal über Bilder reden, die man sich bequem zurechtlegt, über alleinerziehende Väter und den Alltag von Halbwaisen.«

Der verdammte Sonnenschirm drehte sich schon wieder,

so dass erneut das grelle Licht auf die Sitzgruppe fiel. Juan beugte sich vor.

»Du magst die Kinder, Gesine, sehr sogar, das höre ich aus jedem Satz. Aber dann lass uns endlich das Kriegsbeil begraben.«

Welches Kriegsbeil? Sie verlangte doch nur nach der Wahrheit, und die Sache mit den weißen Kerzen war auch noch offen geblieben.

»Ist Mareike an Philipps Grab gewesen?«, fauchte sie.

»Wieso?«

»Im Februar, dienstags? Und was hast du selbst an Philipps Grab zu suchen?«

»Überhaupt nichts.«

»Du hast dich doch auf dem Friedhof danach erkundigt, wo sein Grab ist. Warum hast du das getan?«

Er stand auf und war sichtlich irritiert. »Ich habe keine Ahnung, was in deinem Schädel vor sich geht, Gesine, aber du solltest aufhören, mich so zu behandeln.«

Er kam ihr zu nah, wollte schon wieder an ihre Finger fassen, doch sie wich rechtzeitig zurück.

»Sag den Kindern ruhig, dass ich hier war. Ich lasse sie ganz herzlich grüßen.« Steifbeinig verließ sie die Terrasse.

»Gesine!«, rief Juan, und zwar so laut und vorwurfsvoll, dass sie sich noch einmal umdrehen und nachlegen musste.

»Und sag den Kindern auch, dass ich eine Gießkanne für sie zurückgestellt habe, falls sie auf dem Friedhof eine eigene Kanne brauchen. Hinter der Kapelle, sie können sie leicht finden.«

»Wir haben noch nichts geklärt, Gesine!« Aber dann hob er die Hand zu einem Abschiedsgruß.

16

Schon lange war Gesine nicht mehr mit dem Auto in die City gefahren. An der Situation mit den Baustellen hatte sich allerdings nichts verändert. Der Verkehr staute sich auf allen Spuren der Ringstraße. Eine Warnbake war umgefallen, der Bauarbeiter ging achtlos daran vorbei.

Gesine öffnete die Seitenfenster. Aus einem tiefergelegten Flitzer rief ein älterer Mann zu ihr hoch: »In der Stadt nützt dir dein fetter Schlitten auch nichts!« Sie rückte ein paar Zentimeter vor. Ihre Ladefläche war leer.

Drei entgangene Anrufe auf dem Handy, alle vom Festnetz ihrer Eltern. Als Nächstes würden die Eltern ihre Nummer unterdrücken, in der Hoffnung, dass sie das Gespräch dann annahm. Was wollten sie? Kontrollieren, wie viel Gesine inzwischen mit Frida und Marta zu tun hatte? Sie erneut bezichtigen, als Racheengel unterwegs zu sein, als eine Gefahr für die sogenannte Familie?

Die Autoschlange ruckte, und Lücken rissen ein. Der Pick-up setzte sich in Bewegung, aber Gesine ließ ihn langsam anrollen, vorausschauend, um sich später das Bremsen zu ersparen.

Als sie die Räume des Trauervereins betrat, roch sie zuerst nur glimmende Dochte. Bienenwachskerzen standen herum, frisch ausgepustet, schief und dick, die Hinterlassenschaft einer Bastelgruppe. An den Wänden hingen Kunstwerke von Kindern. Bilder aus Wasserfarbe, gebatikte Tücher. Handgemalte Smileys: I love Radix e. V. Ein Sitzsack versperrte im Flur den Weg, daneben lehnte ein Regal aus Sperrholz mit Kisten voller Prospekte.

Eine Frau mit kurzen grauen Haaren führte Gesine durch die Büros. »Eben habe ich ihn noch gesehen«, seufzte sie, »aber er ist im Stress. Nächstes Wochenende haben wir unseren Tag der offenen Tür.«

»Er wird wohl fünf Minuten Zeit für mich haben.« Gesine musste sich beeilen, um mit ihr Schritt zu halten.

»Natürlich. Sie sind doch die Schwester von Mareike Alvarez, oder?« Sie schickte ihr ein Lächeln. »Jedenfalls haben Sie die gleiche Art, sich zu bewegen.«

Sie passierten eine Korkwand mit Todesanzeigen. Dutzende Anzeigen, aus der Zeitung ausgeschnitten oder auf Karten gedruckt. Mehrfach die betenden Hände von Dürer. Eine brennende Altarkerze unter der Korkwand, Vanilleduft.

Endlich entdeckten sie Martin Braumüller. Er stand in der Teeküche und trocknete eine Tasse ab. Er begrüßte Gesine, als habe er längst mit ihr gerechnet. Die Frau nickte zufrieden und zog sich zurück.

»Brombeertee?« Martin Braumüller füllte zwei Tassen. Er trug einen Pferdeschwanz. Kräftige, saubere Haare.

»Ich habe nur schnell ein paar Fragen«, erwiderte Gesine, aber er schob seinen langen Körper schon hinter den

Tisch auf die Sitzbank und bedeutete ihr, ebenfalls Platz zu nehmen.

Genüsslich pustete er in seinen Tee. »Ich habe Sie verärgert, als ich bei Ihnen im Krankenhaus war, Gesine. Es tut mir leid.«

»Wenn Sie sich bei allen Menschen entschuldigen wollen, die sich mittlerweile über Sie ärgern, haben Sie viel zu tun.«

»Wir sind es gewohnt, mit unserer Trauerarbeit anzuecken. Gerade bei den Angehörigen der Menschen, die zu uns kommen und Hilfe suchen.«

Aus dem Brombeertee stiegen süßliche Schwaden. Gesine schob ihre Tasse zur Seite. »Betrachten Sie mich bitte nicht als Angehörige«, sagte sie.

»Sondern?« Er kniff die Lider zusammen. Seine Brauen waren gezupft, und erneut fielen Gesine seine gepflegten Hände auf.

»Ich sehe mich als Geschädigte. Geschädigt durch Mareike und Sie.«

Er lächelte. »Das klingt nicht gut.«

»Wie oft haben Sie mit Mareike über mich gesprochen? Mehrmals die Woche? Monatelang?«

»Möglich. Über Sie und Ihren Sohn.«

»Und jetzt fehlen Ihnen diese Gespräche so sehr, dass Sie mich im Krankenhaus aufsuchen müssen, um daran anzuknüpfen?«

»Eine ungewöhnliche Interpretation, Gesine.«

»Außerdem suchen Sie Kontakt zu Frida und Marta. Angeblich aus Sorge um die Kinder, aber ich habe da meine Zweifel.«

»Hallo?« Abwehrend hob er die Hände. »Was werfen Sie mir eigentlich vor?«

»Ich habe mit Juan Alvarez gesprochen. Ich weiß, dass Sie die Distanz zu Mareike verloren hatten.«

»Na und? In der Trauerarbeit geht es nicht um Distanz, sondern um Nähe. Wir kümmern uns umeinander, wir drücken die Gefühle nicht weg, sondern integrieren sie in unser Leben.«

»Von wegen. Sie haben Mareike in Beschlag genommen und damit auch Frida und Marta belastet. Außerdem haben Sie angefangen, sich in meine Angelegenheiten einzumischen.«

»Inwiefern?«

»Sie waren mit Mareike am Grab meines Sohnes und haben dort Kerzen aufgestellt, als hätte ich Ihnen das erlaubt.«

Er verschränkte die Arme und schüttelte stumm den Kopf.

»Doch, im Februar«, setzte sie nach. »Dienstags um 17 Uhr haben Sie sich mit Mareike am Grab verabredet. Stimmt das? Mareike hat die Kinder zum Basketball gebracht und ist dann zum Friedhof gefahren?«

Er holte tief Luft, mit einem überheblichen Gesichtsausdruck, dann nickte er. »Mareike war in einer wichtigen Phase. Sie hat sich ihrer eigenen Wahrheit gestellt.«

»Und warum im Dunkeln? Im Winter schließt der Friedhof um 17 Uhr.«

»Wir mussten allein sein für unser Projekt. Also habe ich mich auf dem Friedhof einschließen lassen und Mareike von drinnen über den Zaun geholfen.«

»Ich verlange, dass Sie das der Polizei erzählen. In Mareikes Kalender steht nämlich mein Name, nicht etwa Ihr Name.«

»Es ging ja auch um Sie, Gesine. Mareike hat an Philipps Grab getrauert, aber letztlich wollte sie daraus Kraft schöpfen, um eines Tages vor Sie treten zu können. Sie wollte mit Ihnen reden.«

»Verschonen Sie mich.«

»Es fällt Ihnen natürlich schwer, sich in Mareike einzufühlen.«

»Es fällt mir vor allem schwer, mich in Sie einzufühlen, Martin Braumüller. Ihr Projekt mit Mareike dürfte wohl beendet sein, und trotzdem zieht es Sie weiterhin an Philipps Grab. Sie stellen dort immer noch Kerzen auf!«

»Ich gedenke Ihrer Schwester.«

»Ich finde Sie unverschämt.«

Er beugte sich vor. »Haben Sie schon einmal überlegt, warum Ihre Schwester überhaupt getötet worden ist?«

Abrupt stand sie auf. »Sie werden uns in Zukunft in Frieden lassen. Mich, die Zwillinge und das Grab meines Sohnes.«

»An den Tatsachen ändert sich dadurch nichts.«

»An den Tatsachen, dass Sie übergriffig sind?«

Er warf ihr einen tadelnden Blick zu, brachte seine Tasse zur Spüle und ließ Wasser hineinlaufen. Die feine Strickjacke, die er trug, ließ ihn noch länger erscheinen, als er war. Die Lederschuhe in Mocca waren blankpoliert.

»Ich habe einen Fehler gemacht«, sagte er. »Ich bin nur deshalb noch einige Male an Philipps Grab gewesen, um nachzudenken und um Verzeihung zu bitten.«

»Um Verzeihung? Bei meinem Sohn?«

»Nein. Aber für mich ist sein Grab ein zentraler Ort. Bei ihm sind Mareike und ich uns sehr nah gewesen. Und leider habe ich dort auch den Entschluss gefasst, Mareikes innere Prozesse zu beschleunigen und ihre Blockade zu lösen.«

Es hatte keinen Zweck, sich das anzuhören. Im Gegenteil, es machte einen wirr und rasend.

»Ich wünsche Ihnen noch einen schönen Tag«, sagte Gesine.

»Bitte, hören Sie zu. Ich war voreilig. Ich habe Ihre Eltern viel zu früh darüber informiert, dass Mareike sich mit Ihnen versöhnen wollte.«

»Lassen Sie mich durch.«

Aber er blieb stehen und versperrte ihr den Durchgang zur Tür. »Es war sehr seltsam mit Ihren Eltern.« Er wurde puterrot. »Ich hatte den Eindruck, es hat sie beunruhigt, dass Mareike sich mit Ihnen aussprechen wollte.«

»Ich werde mich wehren, wenn Sie mich festhalten, Herr Braumüller.«

»Sind Sie denn nicht daran interessiert, dass Mareikes Tod aufgeklärt wird?«

»Für Aufklärung ist die Polizei zuständig.«

»Dann unterstützen Sie mich. Ich kann doch nicht schon wieder losziehen und über etwas reden, dessen Dimension ich nicht abschätzen kann.«

Sein Kehlkopf hüpfte. Die heißen Wangen, die aufgerissenen Augen, Gesine sah das personifizierte schlechte Gewissen. Braumüller wusste, dass er Grenzen verletzt und sich in Mareikes Belange eingemischt hatte. Aber er schämte sich offensichtlich auch für die Beweggründe, die ihn dazu getrieben hatten.

»Hatten Sie eine Affäre mit meiner Schwester?«, fragte sie hart.

Er reckte das Kinn. »Plötzlich nennen Sie sie Ihre Schwester? Mareike hätte diese beiden Worte gern aus Ihrem Munde gehört.«

»Was wissen meine Eltern davon? Ist es das, worum es hier eigentlich geht?«

»Nein! Wir hatten keine Affäre. Ich kann es ruhig sagen: Mareike wollte unsere Freundschaft nicht gefährden. Und Ihre Eltern wissen überhaupt nichts davon, gar nichts!«

»Aber Sie haben die Vermutung, dass meine Eltern etwas mit Mareikes Tod zu tun haben?«

Er versuchte, sich zu beherrschen. Er wollte wohl nichts mehr sagen, das ihn angreifbar machte. »Vielleicht sehe ich alles zu schwarz. Ich bin noch in der Verarbeitungsphase.«

»Dann lassen Sie sich nicht weiter stören, Herr Braumüller. Ich gehe selbst zur Polizei und erzähle, was ich hier gehört habe.«

Seine blauen Augen wurden trübe, seine Lippen bleich, und immer noch gab er den Durchgang nicht frei.

»Eines muss man Ihnen lassen«, sagte er brüchig. »Sie sehen aus wie Ihre Schwester, Sie sprechen sogar manchmal wie Ihre Schwester. Aber wo Mareike mitfühlend und feinnervig war, sind Sie kalt wie ein Fisch.«

Sie drückte ihn brüsk zur Seite. Kein Kampfgriff, aber das war auch nicht mehr nötig.

Zehn Jahre zuvor

Der Sarg aus Metall, der fort war. Der Abdruck auf dem Rasen.

Das zertretene Gras, trocken, und hinten vor den Fichten der nasse Bereich. Aufgewühlt, zerstampft.

Die Markierung der Spurensicherung: weg. Der Chef und die meisten Kollegen: weg.

Klaus auf der Terrasse. Er schleppte sich zum Tisch, an dem Mareike saß und weinte.

Der grünblaue Brei in Klecksen auf der Platte. Die Dienstmarke an der kaputten Kette.

Aber kein roter Plastikteller mehr, auch der Löffel mit dem Porzellangriff verschwunden. Das Sterntaler-Mädchen im Himmel.

»Wo bist du gewesen, Mareike?«, fragte Klaus mit furchtbarer Stimme.

»Die ganze Zeit hier«, antwortete Mareike, »und zwar jede Minute. Höchstens mal kurz drinnen im Haus.«

»Im Gartenhaus«, korrigierte Gesine.

Gesine, ohne Tränen, mit Schmerzen. Gesine, die nicht sitzen, nicht stehen, nicht gehen konnte. Auch nicht mehr das Gartenhaus erreichen konnte, um aufzuheben, was dort so laut über den Boden gekollert war. Oder um nachzusehen, was es gewesen sein mochte.

Gesine, die den Leib noch in ihren Armen spürte. Doch wenn sie hinsah, waren ihre Arme leer. Braune und grüne Flecken auf Kleidung und Haut.

»Wo ist der Sterntaler-Löffel?«, fragte sie.

»In der Küche«, weinte Mareike.

»Ich will nicht, dass einer von euch Philipps Sachen anfasst!«

»Ich bringe ihn dir! Bitte, sofort!«

Mareike, die ins Haus huschte und mit dem Löffel zurückkam. Griff und Metall fleckig, noch nicht gespült.

Gesine, die den Löffel an sich riss, als sei er das Letzte, das ihr geblieben war.

Lasse Johannsen, der Gesines Hand nahm. »Das sind die Beruhigungsmittel«, er streichelte ihre Finger, »morgen sehen wir weiter.«

»Es ist mein Löffel.«

»Nein!« Schon wieder ein Schrei. Zu spät. Renate Augenthaler, die um die Hausecke bog, geführt von Richard. Sein Mund ein schwarzes Loch, ihre Augen entsetzliche Geschichtenerzähler.

Lasse Johannsen, der ihnen zwei Stühle hinstellte. Mareike, die noch lauter weinte. Klaus, der zu einem Stock erstarrte.

Die Fichten, der Schatten.

Gesine, die es nun doch wieder schaffte, sich von der Terrasse zu entfernen. Den Rasen im Blick, den nassen, aufgewühlten Boden. Die sich genau dort fallen lassen wollte. Wenn es ihr gelang. Der Löffel steckte in ihrer Faust.

»Wo bist du gewesen?«, fragte Klaus in ihrem Rücken. Und diesmal antwortete der Vater: »Warum? Ich war zu Hause.«

»Wolltest du nicht Philipp abholen?«

Der Vater? Warum nicht Mareike?

»Nein«, sagte der Vater auch schon, »das war nicht verabredet.«

»Richard und ich waren zu Hause«, bestätigte die Mutter, »und haben gewartet, dass Philipp anruft.«

Richard und Renate Augenthaler: am Telefon bei sich zu Hause.

Mareike Augenthaler: bei Gesine zu Hause, nachdem sie wie verabredet in der Kita gewesen war.

Gesine und Klaus Cordes: auf der Arbeit.

Aber wenn doch alle an ihren Orten gewesen waren, warum war dann niemand bei Philipp gewesen? Wo war Philipp gewesen?

Philipp, der jetzt bestimmt schon an einer Lagerstätte angekommen war. Kalt, und bald sogar noch kälter.

»Du hättest nicht auf einen Anruf von Philipp warten müssen, Mutter.« Gesines Stimme hüpfte die Fichten rauf und runter, ohne Kontrolle. »Philipp hat noch nie telefoniert. Er hat Angst vor Stimmen ohne Gesicht.«

»Blödsinn!«, rief Lasse Johannsen. »Tut mir leid«, sagte er sofort hinterher.

Nein, kein Blödsinn, und die Mutter sagte nicht die Wahrheit, Gesine kannte sich aus. Aber nur für einen Moment. Dann wollte sie liegen, vor den Fichten, endlich.

Arme und Rücken an den nassen Boden gepresst, so fest sie noch konnte, nach all dem Pressen, das schon vorausgegangen war.

Es war doch richtig, alles einfach auf sich zukommen zu lassen? Die anderen sich alleine unterhalten zu lassen?

17

Ein blondes Haar zwischen Aktendeckel und Seite eins. Vor der Mittagspause war es noch da gewesen, nach der Mittagspause war es fort. Zufrieden blätterte Marina Olbert den Ordner durch. Lasse Johannsen hatte also geschnüffelt. Während sie in der Kantine gewesen war, hatte er sich an ihren Schreibtisch geschlichen und die Ermittlungsakte studiert. Alles wie erwartet.

Sie kontrollierte den braunen Umschlag mit der schwarzen Aufschrift in der Mitte der Akte. *Kopierte Fotos Präsidium Grillfest.* Sie hatte den Umschlag natürlich geleert, bevor sie ihn eingeheftet hatte, aber sie konnte sich gut vorstellen, wie Lasse immer wieder hineinfasste, weil er nicht glauben konnte, dass er nichts fand. Er überschätzte seine Qualitäten als Schnüffler, und er unterschätzte Marinas Fähigkeiten, ihm auf die Schliche zu kommen. Aber sich als Erpresser aufspielen und Marina für emotional befangen erklären! Lächerlich.

Sie verstaute die Akte im Schreibtischcontainer und schloss ab. Der erste Schritt war getan, und jetzt würde sie Lasses nervöse Energie in Ermittlungsergebnisse umsetzen.

Ohne anzuklopfen, betrat sie sein Büro. Er hatte den Telefonhörer am Ohr, aber als er Marina sah, legte er auf.

»Welch Glanz in meiner Hütte!« Er strich sich über die Ärmel, als habe er feuchte Hände.

»Lasse, ich habe über den Fall Mareike Alvarez nachgedacht.« Marina setzte sich an den Konferenztisch und schlug die Beine übereinander. »Es widerstrebt mir zwar, aber ich komme inzwischen zum selben Ergebnis wie du.«

»Das muss keine Schande sein.«

»Lass uns bei den Fakten bleiben. Wir haben die Aussage von Juan Alvarez, dass Mareike depressiv war. Und der Trauerverein hat bestätigt, dass sie sich immer noch mit dem Tod von Gesines Kind auseinandergesetzt hat. All das spricht für Selbstmord.«

»Ich weiß.« Lasse Johannsen verließ den Schreibtisch. »Aber wie kommst du zu deinem Sinneswandel?«

»Es bleibt spekulativ, dass Gesine Cordes ihre Schwester gehasst hat oder dass Juan Alvarez von seiner depressiven Gattin genervt war und sie aus dem Weg räumen wollte. Der Selbstmord ist die einzige stichhaltige Theorie.«

Er berührte sie an der Schulter. »Ein guter Ermittler erkennt, wenn er am Ende seiner Arbeit angelangt ist.«

Sie schüttelte ihn ab. »Renate und Richard Augenthaler werden natürlich auf die Barrikaden gehen, wenn wir die Akte schließen«, sagte sie. »Die beiden warten immer noch darauf, dass wir Gesine verhaften.«

Lasse setzte sich zu ihr an den Tisch und rückte seinen Stuhl dicht heran. »Ich kann das verstehen. Für die alten Augenthalers muss es eine üble Sache sein, den Selbstmord der eigenen Tochter zu akzeptieren.«

»Aber ich kann ihnen nicht helfen. Ich habe diesen Fall sehr gründlich ausrecherchiert und dafür weder Mühe noch Ärger gescheut, wie du weißt.«

Es fiel ihr nicht leicht, einen weichen, leicht resignierten Unterton zu treffen, aber Lasse stieg darauf ein.

»Wenn du möchtest, bringe ich es den Augenthalers bei.« Er lehnte sein Knie an ihr Bein. »Ich erkläre ihnen ganz geduldig, warum wir die Akte schließen müssen.«

»Stell dir das nicht so leicht vor«, entgegnete sie. »Ich fürchte, diese Leute sind mit allen Wassern gewaschen.«

Sie überprüfte den Sitz ihrer Frisur. Handgriffe, die wirkten: an die Haare fassen, den Rock glattzupfen, nachdenklich die Schläfe berühren.

»Warum mit allen Wassern gewaschen?«, fragte Lasse. »Habe ich irgendetwas verpasst?«

»Es ist mir peinlich«, sie stockte, »aber als ich neulich bei den Augenthalers war, um sie zum letzten Mal zu befragen, hat jemand in der Ermittlungsakte geblättert.«

»Wer?«

»Richard Augenthaler. Ich war kurz auf der Toilette und bin wohl sehr leichtsinnig gewesen.«

Lasse zog sein Bein zurück. »Und was soll daran schlimm sein?«

»Hör mal! Es ist nicht korrekt. Ich hätte die Akte nicht dort liegen lassen dürfen.«

»Niemand wird etwas erfahren.«

»Hoffentlich.«

»Es sei denn, es fehlt etwas.« Er schob seine Brille nach oben. Seine Nasenflügel spannten sich.

»Nein, es fehlt nichts«, wiegelte Marina ab und stand auf.

»Sicher?« Lasse packte ihren Arm.

»Sicher.« Sie tat, als pflücke sie ein Haar von seinem Pullover, dann ging sie zurück in ihr Büro.

Alles lief bisher nach Plan, auch wenn es wenig schmeichelhaft war, dass Lasse ihr den Auftritt so leicht abgekauft hatte. Er kannte sich wirklich überhaupt nicht mit ihr aus. Er traute ihr rein gar nichts zu.

Sie holte ihre Sporttasche unter dem Schreibtisch hervor und zog sich um. Das neue Fahrradtrikot hatte keinen Ausschnitt, und es bedeckte die Deltamuskeln komplett. Ausdrücklich ein Sommertrikot, ein High-End-Material, das die Feuchtigkeit besonders gut nach außen transportieren sollte. Allerdings fing Marina schon an zu schwitzen, kaum dass sie sich hineingezwängt hatte. Hoffentlich musste sie nicht zu lange darauf warten, dass Lasse das Präsidium verließ.

Sie legte den Helm griffbereit und lauschte an der Verbindungstür. Es war still im Nachbarbüro, so still, dass Lasse eigentlich nur dasitzen und grübeln konnte. Oder SMS schreiben, um auf dem Dienstapparat keine Spur zu hinterlassen.

Jetzt klappte er seine Schränke zu und schloss ab. Sehr gut. Sie zog ihre Radfahrerhandschuhe an.

Es war heiß, die Luft abgasgeschwängert und feucht. Marina musste sich anstrengen, um dem Auto zu folgen. Sie hielt sich weit hinten, damit sie im Rückspiegel nicht auffiel, aber sie lief ständig Gefahr, den Anschluss zu verlieren. Lasse Johannsen fädelte sein Auto im Zickzack stadtauswärts. Er quetschte sich in jede Lücke, und Marina musste sich oft aus dem Sattel heben, um seinen flachen Mazda zu erspähen.

Das Rennrad sirrte. Die Kette war neu, die Lager waren frisch geschmiert. Ab und zu geriet ein Inlineskater auf die Straße, oder Fußgänger machten sich breit und quollen über die Bordsteinkante, aber Marina fuhr mit höchster Konzentration und blieb dran.

Nach einer Weile konnte sie vermuten, dass Lasse zum Ostfriedhof wollte. Es würde passen, auch wenn natürlich noch unklar blieb, mit wem er dort verabredet war. Man sollte nicht spekulieren, nicht auf diesem Niveau der Ermittlungen.

Die Straße wurde freier, und sie trat durch. An den Beinen pumpten Muskelstränge, die vor dem Sommer noch unsichtbar gewesen waren. Geschmeidig, zuverlässig. Zuverlässiger als das Trikot, das am Körper klebte und keinen Milliliter Flüssigkeit weiterzuleiten schien.

Wann würde Lasse merken, dass Marina im Hintergrund die Regie übernommen hatte? Dass sie dabei war, den Fall von dem Brimborium zu befreien, das er so fleißig aufgehäuft hatte, um seine eigene Rolle zu vernebeln? Randideen, Nebenschauplätze, Gefühle für oder wider jemanden. Alles Quatsch.

Immer schneller ging die Fahrt, und bald überlegte Marina, ob sie ihren Vorteil als Radfahrerin nicht nutzen und eine Abkürzung nehmen sollte. Durch den Park, eine freie Strecke, wenn man ausreichend klingelte. Ohne Ampeln, ohne Gefahr, im Rückspiegel erkannt zu werden, und mit deutlich weniger Abgasnebel.

Sie bog ab, und Lasse fuhr geradeaus weiter. Arglos,

selbstgefällig in dem Glauben, sie austricksen zu können. Aber sie würde ihn Respekt lehren.

Punkt eins: Lasse war in auffälliger Weise an einem zügigen Abschluss der Ermittlungen interessiert. Warum?

Punkt zwei: Lasse verleugnete beharrlich seine frühere Intimität mit den Augenthaler-Sisters. Warum?

Und wie hing Punkt eins mit Punkt zwei zusammen? Und warum nahm Lasse sich sogar heraus, Marina Olbert mit ihrer angeblichen Befangenheit zu erpressen? Er, ein gestandener Beamter?

Die Antwort konnte nicht darin bestehen, dass er einmal eine Affäre mit Mareike oder mit Gesine oder mit beiden gleichzeitig gehabt hatte. Eine simple Affäre hätte er selbstbewusst abgetan, anstatt sich Jahre später zu einem kompromittierenden Verhalten hinreißen zu lassen. Oder hatte ihn jemals eine Affäre nachhaltig beeindruckt? Nein.

Die Pedale wirbelten im Kreis. Ein Mann, eine Affäre, keine große Rolle. Eine Frau, ein klarer Kopf.

Sie schaltete immer höher und näherte sich mit einem letzten Sprint dem Friedhof. Lasses Auto stand schon am Rande des Parkplatzes. Saß er noch darin? Sie bremste, rollte bis zur Friedhofsmauer und duckte sich. Das Auto schien leer zu sein.

Es kitzelte am Hals, Schweißtropfen rannen in den Kragen. Als sie vom Sattel stieg, klackten die Carbonsohlen der Rennradschuhe auf den Gehwegplatten. Viel zu laut. Sie schob das Rad ins Gebüsch und suchte sich einen Platz, von dem aus sie das Auto im Blick behalten konnte, ohne selbst entdeckt zu werden.

Wo war Lasse? War er zu Mareikes Grab gegangen? Zur Kapelle? Nichts rührte sich.

Der Helm drückte. Ein dicker schwarzer Käfer hing auf einem Blatt, die Fühler starr in die Höhe gestreckt. Irgendwo in der Nähe musste Hundekot liegen.

Vielleicht war es besser, mit der Dienstmarke im Pförtnerhäuschen vorzusprechen und diskret nach Lasse zu fragen. Marina erhob sich schon aus der Hocke, da sah sie ihn kommen. Er trat zwischen den Bäumen hervor. Offenbar hatte er sich am Nebeneingang aufgehalten. Hinter ihm ging Richard Augenthaler, wie zum Joggen gekleidet. Lasse sah sich um und schloss seinen Mazda auf. Richard Augenthaler glitt auf den Beifahrersitz, behände für sein Alter, und gemeinsam fuhren sie davon.

Marina ließ einen Augenblick verstreichen, dann zog sie ihr Rennrad aus dem Gebüsch. Lasse und Richard Augenthaler. Lasse Johannsen und Richard Augenthaler in einer heimlichen Verstrickung. Hochinteressant.

Sie zupfte ein paar Blätter aus den Speichen, klickte ihre Sohlen auf die Pedale und fuhr auf den Friedhof. Am Pförtner vorbei, den sie mit der Dienstmarke grüßte, als sei das Radfahren dadurch für sie erlaubt. Zur Kapelle hoch und von dort Richtung Feld C. Das Trikot trocknete plötzlich im Fahrtwind, als habe jemand einen Kühlschrank eingeschaltet.

Keine Gesine Cordes in Sicht, und das war auch besser so, denn jetzt hieß es, in Ruhe Schlüsse zu ziehen. Den Gedanken freien Lauf zu lassen und aus dem, was man als Ermittlerin gesehen hatte, die richtigen Erkenntnisse zu filtern. Marina hielt an Mareikes Grab und setzte den Helm ab.

Da war der Mord an Mareike, und da waren Mareikes alte Schuldgefühle. Der Ehemann, Juan Alvarez, hatte ausgesagt, dass sie alles wiedergutmachen wollte, was vor Jahren passiert war. Aber Mareike war zum Schweigen gebracht worden, bevor sie ihr Ziel erreicht hatte.

Da waren Lasse und Richard, die in irgendeiner Hinsicht an einem Strang zogen. Vielleicht sogar in Sorge, entdeckt zu werden?

Und da war Gesine, die hinter allem und jedem lauerte. Gesine Cordes hielt ihre Wut und ihren Schmerz geschickt vor der Welt verborgen, aber Marina konnte spüren, wie die existentielle Kraft dieser Gefühle in ihr pulsierte. Energiegeladen, explosiv.

Alles nachvollziehbar, dachte Marina, inzwischen konnte sie alles gut verstehen. Aber wann wurde eine komplette Geschichte daraus? Wann fügte sich endlich Stück an Stück?

Vielleicht bald schon, wenn unter ihrer Regie alle brav weitermachten. Lasse Johannsen hatte heute jedenfalls einen wichtigen Teil zur Aufklärung beigetragen. Auf ihre Veranlassung hin war er zu seinem eigenen Verhängnis geworden.

Marina hockte sich vor die Sonnenblumen, die aus Mareikes Grab aufragten, und wurde überrascht von einem plötzlichen Anflug von Glück.

18

Seit Tagen turnten Männer über die Gewächshäuser der Gärtnerei und putzten die Scheiben. Sie schäumten auf, spülten ab und rieben in Seelenruhe trocken. Dabei hörten sie Radio, und damit das Programm überall auf dem Gelände zu hören war, hatten sie das Gerät zentral platziert und weit aufgedreht. Es war so laut, dass sie sich selbst nur noch durch Brüllen verständigen konnten. Pause! Eine rauchen, Mittag! Heute Abend wieder Tai-Chi mit Nancy.

Drinnen, in einem der Gewächshäuser, wo Gesine am Arbeitstisch stand, wurde es heller. Jedes Jahr erstaunte es sie aufs Neue, welchen Unterschied es machte, wenn die Scheiben ihre Dreckschicht verloren. Wasser und Schaum liefen am Glas herunter, eine schwarze Brühe sammelte sich an den unteren Leisten der Rahmen, wo sie aufgesaugt oder weggespült wurde, und die Sicht war frei. Es war, als ob man plötzlich im Freien stünde. Die Sonne brannte auf der Haut, ein optimierter Lichteinfall, wichtig eigentlich erst für die Pflanzen im Herbst, aber wenn die Fensterputzer jetzt schon im Sommer engagiert wurden, war es billiger für den Chef.

Einer der Männer ging Gesine besonders auf den Geist. Seine Neugier war behandlungsbedürftig. Sobald sie im Gewächshaus die Luken öffnete, um für Durchzug zu sorgen, steckte er den Kopf herein, um zu quatschen.

Jetzt gerade stand er draußen auf der Leiter und hantierte mit einem dicken Schwamm. Der Schaum spritzte, und seine kurze karierte Hose saß tief unter den Hüften. Er pfiff zur Radiomusik, wippte im Takt auf den Leitersprossen und nutzte seine Position in luftiger Höhe, um Gesine in den Ausschnitt zu spähen.

Sie drückte auf den Knopf der Verschattungsanlage und ließ das Netzgewebe unter dem Glasdach ausrollen. Pech für den Fensterputzer, dem es jetzt die Sicht versperrte, aber er sollte ruhig protestieren, sie hatte anderes zu tun.

Tulpenzwiebeln verfrühen, sorgfältig nach Farben und Sorten geordnet. Kaufmanniana-Hybriden, Fosteriana-Hybriden. In diesem Jahr so zeitig wie noch nie zuvor, aber das Geschäft lief gut, und der Chef konnte sich Experimente leisten.

Die Säcke mit den Zwiebeln standen auf dem Boden. Auf dem Tisch reihten sich zweihundert kleine Töpfe aneinander. Gesine würde sie mit Blähton und Erde befüllen und den Zwiebeln ein perfektes Unterbett bereiten, damit sie kräftig austreiben konnten.

Eine wunderbare Arbeit, bei der man sich mental entspannte. Gleichförmige Handgriffe, wenig anstrengend und trotzdem erdig. Topf nehmen, Blähton einfüllen, nicht zu viel Masse. Erde darauf, kurz andrücken.

Frida und Marta hatten Gesine diese Woche auf dem Friedhof abgefangen und gefragt, welche Blumen sie auf das

Grab pflanzen sollten. Sie mochten bunte Farben, sie gaben sich sehr viel Mühe mit ihrem Beet. Immer wieder harkten sie durch und sammelten Steinchen auf. Derzeit standen drei große Sonnenblumen in der Mitte des Grabes, jede an einen Tomatenstab gebunden. In den Blütenscheiben drängten sich schon die Kerne, hoch über den Köpfen der Kinder, und Gesine hatte beobachtet, wie Juan die Mädchen in die Luft gestemmt hatte, damit sie die Sonnenblumen auf Augenhöhe bewundern konnten.

Die Kinder waren also anfällig für Pflanzen. Erfreulich, ja, in der Tat. Aber auch besorgniserregend, wenn man sich zum Beispiel vorstellte, wie sie im Gartencenter an den Regalen entlangschlenderten und sich von einem Rittersporn verführen ließen. Man müsste mit ihnen auf jeden Fall noch einmal über Gifte reden, auch wenn bisher alles gutgegangen war. Bislang hatten sie nämlich nur Sträuße gepflückt, draußen auf den harmlosen Wiesen. Kamille, Wiesenschaumkraut, Wiesenflockenblume. Vor kurzem sogar Wiesenbocksbart.

Topf nehmen, Blähton einfüllen. Erde darauf, kurz andrücken. Neuen Topf nehmen.

Martin Braumüller war fast ebenso hochgewachsen wie die Sonnenblumen. Gestern war er noch mit Frida und Marta auf dem Friedhof gewesen, und Gesine war sofort mit ihrer Schubkarre auf einen Seitenweg abgebogen. Der große Mann mit den kleinen Kindern am Grab, ein seltsames Bild. Sie schienen Braumüller zu mögen, ließen sich von ihm an die Hand nehmen, aber es fühlte sich nicht richtig an, ihn so unbehelligt zu lassen, so vertraut mit den Kindern.

Sie überdachte noch einmal, was er ihr im Trauerverein

erzählt hatte. Dass die Eltern merkwürdig auf die Nachricht reagiert hatten, Mareike wolle sich mit Gesine versöhnen. Hatte Braumüller die Eltern missverstanden? Immerhin hegten sie eine Abneigung gegen ihn, und es war vorstellbar, dass sie schon aus diesem Grund missmutige Mienen aufgesetzt hatten, als er das Gespräch mit ihnen suchte. Trotzdem war es eine Überlegung wert: Was hätte die Eltern daran stören können, wenn Mareike und Gesine sich einander angenähert hätten?

Am besten würde es sein, die Olbert bohrte bei Braumüller nach, und wenn sie nicht von allein darauf kam, würde Gesine ihr auf die Sprünge helfen. Braumüller musste sowieso vorgeladen werden, wegen seiner übergriffigen Ambitionen in Richtung Mareike und vor allem wegen seiner Dienstagstermine auf dem Friedhof.

Gesine tippte an die Pflanztöpfe und zählte nach. So viele waren schon fertig. Sie konnte ruhig langsamer machen und die Arbeit noch mehr genießen.

Im Radio draußen lief Werbung, und von dem Fensterputzer waren nur noch die Schienbeine und die Schuhe auf der Leiter zu sehen.

Sie öffnete den Sack mit den Kaufmanniana-Hybriden, nahm eine Handvoll Zwiebeln heraus und legte sie mit der Spitze nach oben in die Gefäße. Jetzt noch Erde darum herumgepackt, und schon waren sie bereit zum Abtransport ins kühle Lagerhaus.

Ein Schatten fiel auf den Arbeitstisch. Gesine hob den Kopf und fuhr zusammen, noch bevor sie es richtig verstand. Vor ihr baute sich ihr Vater auf. Wegen des Lärms aus dem Radio hatte sie ihn nicht kommen gehört.

»Du hast dich schon als Kind gerne schmutzig gemacht«, sagte Richard Augenthaler mit unbewegter Miene. »Ich frage mich, warum wir überhaupt deine teure Ausbildung finanziert haben.«

Über der Schulter trug er eine Umhängetasche. Dunkelgrünes Leder, goldener Verschluss. Affig. Protzig.

Sie nahm den Eimer mit der Erde und drehte dem Vater den Rücken zu. Ein paar Krümel hier, ein paar Krümel da auf die dünne Schicht aus Blähton. Im Radio draußen fingen die Nachrichten an.

»Musst du einen von diesen 1-Euro-Jobs machen?«, fragte Richard Augenthaler, ging um den Tisch herum und schaute in die Töpfe.

Sie reagierte nicht. Erde andrücken, Topf beiseiteschieben, der Nächste bitte. Aber woher wusste der Vater überhaupt, in welcher Gärtnerei sie zu finden war?

Er wurde lauter. »Deine Mutter und ich haben lange darüber diskutiert, wie sich unser Verhältnis zu dir entwickeln soll. Vor allem deine Mutter tut sich schwer mit der Situation.«

Blähton, Erde.

»Gesine! Hörst du mir zu?«

»Siehst du da hinten die Schalteranlage?« Sie wies in die Ecke. »Drück doch mal auf den obersten Knopf.«

Der Vater gehorchte, aber nur mit herablassendem Gesichtsausdruck. Es knarrte. Das Netzgewebe unter dem Dach setzte sich in Bewegung und rollte sich auf. Der Fensterputzer kam wieder ins Sichtfeld. Er lag bäuchlings auf dem Glas und grinste. Der Vater zog reflexhaft den Kopf ein und kehrte zum Arbeitstisch zurück.

»Was mich persönlich angeht«, sagte er, »sieht es anders aus. Ich habe Schwierigkeiten, mir deine Tat überhaupt vorzustellen. Mitten in der Nacht an den Gleisen. Herrje, sie war deine Schwester!«

Er stützte sich auf die Tischplatte. Das weiße Haar glänzte in der Sonne wie geschlagenes Eiweiß, also kurz vor dem Verfall.

»Dein Hass auf Mareike«, fuhr er fort, »den du all die Jahre in dir aufrechterhalten hast, muss dich in jener Nacht schier überwältigt haben. Vielleicht kommen für dich mildernde Umstände in Frage.«

»Merkst du gar nicht, dass du störst?«

»Ich bin hier«, sagte er, »weil deine Mutter und ich wahrscheinlich in der Verhandlung gegen dich aussagen müssen.«

Verhandlung. Wie überheblich er war. Als sei er auf der sicheren Seite.

»Es wird keine Verhandlung geben.« Gesines Stimme schnitt durch die Luft. »Und im Übrigen ist bekannt geworden, dass Mareike sich mit mir aussprechen wollte und dass ausgerechnet du dagegen warst.«

»Sei nicht albern.« Es flackerte in seinen Augen. »Weißt du nicht mehr, wie verrückt du damals schon warst? Du bist förmlich durchgedreht wegen dieses Löffels von Philipp.«

»Auf deine Beurteilung kann ich verzichten.«

»Ich muss das immer noch vor mir sehen. Wie du auf dem Rasen gelegen hast, mitten im Nassen. Ich wollte dir wenigstens den dreckigen Löffel abnehmen, aber du hast nur rumgeschrien.«

»Und dann? Hast du dir den Löffel später doch noch geholt?«

»Du hast ihn doch gar nicht mehr losgelassen! Ich habe damals schon geahnt, dass das nicht normal ist. Aber als die Polizei mir jetzt – zehn Jahre später! – von einem hellen Porzellangriff neben den Gleisen erzählt hat, war das, als ob man mir einen Hammer über den Kopf zieht.«

»Vater. Warum wolltest du nicht, dass Mareike sich mit mir versöhnt?«

»Wenn du dich der Polizei stellst und alles gestehst, Gesine, wird es für die gesamte Familie leichter. Wir könnten uns gemeinsam Mühe geben, Gerechtigkeit zu schaffen.«

Ein Topf zerbrach. Sie hatte die Erde zu fest hineingestopft. Ruppig fegte sie die Scherben zu Boden.

Auf dem Dach klopfte der Fensterputzer ans Glas. Er schien bemerkt zu haben, dass sich ein Streit entwickelte, und wollte mitmischen.

Der Vater legte seine Umhängetasche auf den Tisch, öffnete sie und zog zwei Geldscheine hervor. »Erst mal 200 Euro. Dann sehen wir weiter. Lasse Johannsen wird uns anrufen, sobald du das Präsidium betreten hast, um deine Tat zu gestehen. Das hat er versprochen.«

Er hielt die Geldscheine hoch, auffordernd, so wie er früher in der Schulzeit mit dem Prospekt für die Nachhilfe gewedelt hatte, oder später mit dem Flyer für eine bessere Hochzeitskapelle. Und dann schob er die Scheine unter eines der Tulpengefäße. Dieser Anblick war zu viel.

Gesine zog die Handschuhe aus. »Wenn du nicht auf der Stelle das Gewächshaus verlässt, lasse ich dich rausschmeißen.«

»Genau das meine ich. Dich übermannen deine Emotionen, und du hast nichts mehr im Griff. Aber wir können das für die Tatnacht günstig auslegen. Ich bin dazu bereit, trotz allem.«

Sie schleuderte die Handschuhe mit Wucht in seine Richtung. Er schützte sich mit den Armen und stieß einen empörten Laut aus, als er sah, dass sie angriffslustig um den Tisch herumkam.

»Gerechtigkeit«, sagte sie, »hätten wir vor zehn Jahren gebraucht. Wenn Mareike damals ins Präsidium gegangen wäre, um alles zu erzählen. Oder wenn ich sie wenigstens angezeigt hätte!«

»Darum geht es doch gar nicht.«

»Aber wie hast du mich gedrängt, Mareike nicht zu belasten! Du hast pausenlos auf mich eingeredet: Wenn ein Kind gestorben ist, kann nichts mehr trösten, auch kein Gerichtsprozess. Dass ich nicht lache!«

»Hackst du auf mir herum, weil ich dir heute schon wieder helfen will?«

»Heute ist dein eigenes Kind tot, Vater, und du schämst dich nicht, zu mir zu kommen und von Gerechtigkeit zu faseln?«

»Deine Rachegelüste machen dich vollkommen irre.«

Der Fensterputzer kam in den Gang zwischen den Tischen, Wasser tropfte von seinem Hosensaum. »Muss ich jemandem beistehen?«, fragte er.

Erst jetzt fiel Gesine auf, dass das Radio verstummt war. Sie spannte die Armmuskeln an, registrierte für ein, zwei Sekunden die Stille im Gewächshaus, dann packte sie den Vater am Kragen.

»Mich hat niemand getröstet.« Ihr Unterkiefer ließ sich kaum bewegen. »Und niemand wollte gerecht sein.«

»Ich kriege keine Luft.«

»Außerdem wollte niemand meine Fragen beantworten Wo bist du gewesen, Vater, an diesem Nachmittag, in diesen Stunden, in denen Philipp dich gebraucht hätte?«

»Hilfe!«

Der Vater strauchelte. Der Fensterputzer sprang hinzu und versuchte, Gesines Finger auseinanderzubiegen. Wie anmaßend von ihm! Sie trat gegen sein Schienbein und stieß ihm den Ellbogen unter das Kinn. Mit Leichtigkeit hätte sie ihn durch den Raum werfen können, im hohen Bogen, doch er quiekte ja jetzt schon wie ein geprügelter Hund.

Noch ein paar Atemzüge lang hielt sie ihren Vater im Griff, dann zog sie die Hand zurück. »Raus hier, alle beide.«

Sie riss die Umhängetasche vom Tisch und warf sie dem Vater zu. Er fing sie auf, ungeschickt, und der Inhalt rutschte zu Boden. Ein Autoschlüssel, eine Brieftasche, Gesines Notizheft. Eindeutig das Heft, das sie vermisste! Sie starrte darauf, starrte immer noch, als der Vater es schon aufklaubte, um damit aus dem Gewächshaus zu laufen.

»Halt!«

Aber der Fensterputzer hielt sie fest. Sie rang mit ihm, stolperte über einen Sack mit Tulpenzwiebeln und bemerkte Blut an ihrer Hand. Blut im Gesicht des fremden Mannes. Erschrocken blieb sie stehen, halb taub vom Dröhnen in ihren Ohren.

»Junge, Junge!« Der Fensterputzer zog sich die Hose hoch und wies mit dem Zeigefinger auf ihren Mund. »Das da stammt aber nicht von mir!«

Sie tastete über ihre Lippen. Sie waren wund und nass. Ohne es zu merken, hatte sie sich selbst gebissen und den Fensterputzer mit Blut vollgeschmiert.

Auf dem Hof startete ein Automotor. Es lohnte sich nicht mehr zu laufen.

Der Fensterputzer wischte sich über die Wange. »Ist wohl ein toller Typ, dieser Philipp«, sagte er, »wenn Sie sich seinetwegen so ins Zeug legen.«

Er zog die Geldscheine unter dem Topf hervor und hielt sie mit Kennermiene gegen das Licht. Gesine schnappte noch immer nach Luft, nicht in der Lage, zu protestieren.

Ein Gefühlsausbruch. 200 Euro. Dazu die Gewissheit, dass der Vater das Notizheft an sich genommen hatte. Und eine Verschattungsanlage, für die es zu spät war.

Rittersporn

Wildwachsend, aber auch eine beliebte Gartenstaude.

Sonne bis lichter Schatten.

Hoher Nährstoffbedarf.

Familie der Hahnenfußgewächse.

Flachwurzler.

Elatum-Hybriden bis 2 m Höhe, Pacific-Hybriden und Belladonna-Hybriden mittelhoch.

Sommerblüher.

Aufrechte Stängel, kräftige Blütentrauben, wechselständige Stängelblätter, geteilt und gefiedert.

Aufrechte Blütentrauben, selten Rispen. Zwittrige Blüten, bis 3 cm groß. Gekrümmter Sporn bis 2 cm Länge.

Giftstoffe aus dem Bereich der Alkaloide.

Gift enthalten in allen Pflanzenteilen, vor allem aber im Samen.

Zunächst Kribbelgefühl, nervöse Symptome, Hautreizung, Magenreizung.

Später lähmende Wirkung, Atemprobleme, Herzversagen.

Erbrechen herbeiführen, ggf. medizinische Kohle verabreichen.

In schweren Fällen Beatmung notwendig, enge Überwachung mit EKG.

19

Als Gesine im Präsidium anrief, meldete sich zunächst der Mann in der Zentrale. Sie verlangte nach Marina Olbert, wurde aber erst nach einigem Hin und Her durchgestellt und musste dann lange warten, bis oben im Büro jemand abnahm. Es war Lasse Johannsen.

»Marina Olbert ist auf einem Termin. Aber ich kann dir sicher weiterhelfen, Gesine.«

»Weißt du, ob sie morgen Vormittag im Büro ist?«

»Warum?«, fragte Lasse.

»Ja oder nein?«, beharrte sie.

»Es kommt darauf an, was du von ihr willst, würde ich sagen.«

Es klapperte, als würde er an seiner großen Brille nesteln und dabei gegen den Hörer stoßen. Gesine seufzte stumm.

»Ich möchte ein Vier-Augen-Gespräch mit Marina Olbert führen«, erklärte sie.

»Oje. Warte mal eben.« Sie hörte, wie er die Tür schloss, bevor er leise weitersprach. »Dein Vater hat angekündigt, dass du dich stellen willst.«

»Legst du Frau Olbert einen Zettel hin? Sie kann mich zurückrufen.«

»Ich weiß nicht, wie ich es diplomatisch formulieren soll, Gesine, aber ich fürchte, dein Vater will nicht das Beste für dich.«

»Das ist mir nicht neu.«

»Ich habe versucht, ihn zu beruhigen, aber er hält dich immer noch für Mareikes Mörderin.«

»Eine alte Leier, Lasse. Es langweilt mich.«

»Es quält dich, das weiß ich ganz genau. Wir sollten zusammenhalten, Gesine.«

»Hatte ich es jemals nötig, Allianzen zu schmieden?«

»Sicher, am Telefon lässt sich das schlecht besprechen. Aber lass uns einen Termin ausmachen, damit wir uns in Ruhe unterhalten können.«

»Mach's gut, Lasse.«

»In deinem eigenen Interesse. Heute Abend?«

»Und denk daran, Marina Olbert um den Rückruf zu bitten.«

Sie drückte die rote Taste, behielt das Telefon aber noch eine Weile in der Hand. Lasse hatte schon immer gerne manipuliert, aber seine Dreistigkeit kannte inzwischen keine Grenzen mehr. Ebenso wenig wie die Dreistigkeit ihres Vaters.

Die Fensterputzer hatten längst Feierabend gemacht. Die späte Nachmittagssonne spiegelte sich in den Pfützen am Fuße der Gewächshausscheiben. Gesine belud den Pick-up mit einem Dutzend Margeritenstämmchen. Sie musste sie heute noch auf den Friedhof bringen, denn Hannes wartete in der Kapelle darauf. Er dekorierte für eine besonders opulente Beerdigung, die morgen früh anstand.

Wenn sie ihm erzählen würde, was ihr im Gewächshaus mit dem Vater widerfahren war, würde er rotsehen. Richard Augenthaler mit dem Notizheft. Richard Augenthaler als Einbrecher, schuld daran, dass sie im Kuhstall schwer verletzt worden war. Wobei man natürlich berücksichtigen musste, dass das Notizheft kein Beweis, sondern wieder einmal nur ein Indiz war.

Sie legte einen Gurt um die Margeriten und zurrte ihn fest. Dann startete sie den Pick-up und verließ die Gärtnerei. Sie hatte Durst. Ihre Lippe schmeckte ranzig. Sie hatte sie mit einer Salbe aus dem Erste-Hilfe-Kasten versorgt, ohne auf das Verfallsdatum zu achten. Sie schraubte die Wasserflasche auf und verschloss sie wieder, ohne getrunken zu haben.

Der schwarze SUV von Hannes parkte schräg vor dem Eingang der Kapelle. Er funkelte in der Nachmittagssonne wie geschliffene Kohle. Sie stellte den Pick-up daneben und hupte kurz. Die Tür zur Kapelle war weit geöffnet, es brannte Licht. Aber Hannes kam nicht heraus, um beim Abladen zu helfen.

Sie hupte erneut, dann stieg sie aus, packte eines der Margeritenstämmchen und trug es zur Kapelle.

An den Wänden hingen die bunten Tücher aus dem Bestattersortiment. Auch die Kerzenleuchter waren verteilt worden, und neben dem Podest für den Sarg stand die Staffelei für das Foto des Toten. Nur die Schleifen und die festlichen Bänder mit der Goldstickerei stapelten sich noch auf dem Boden. Außerdem lag die Tasche von Hannes mitten im Gang. Seine Jacke hing über einer Stuhllehne. Von ihm selbst war nichts zu sehen.

Sie trat vor das Toilettenhäuschen und rief seinen Namen. Keine Antwort. Sie wählte seine Telefonnummer, und sein Handy klingelte in der Jacke, die in der Kapelle hing. Vielleicht sollte sie sich trotzdem nicht sofort Sorgen machen?

Während sie die restlichen Margeriten vor das Sargpodest schleppte, lauschte sie immer wieder. Die Friedhofswege, die von der Kapelle abgingen, lagen wie ausgestorben da, wie üblich um diese Tageszeit. Ungewöhnlich war nur die Stille in den Bäumen und Sträuchern. Wo blieben die Vögel mit dem Abendkonzert?

Sie stellte alle Oberlichter auf und wartete. Endlich hörte sie Schritte auf dem Vorplatz.

»Hannes?«

»Gesine!«

Er stürmte in die Kapelle, riss seine Jacke vom Stuhl und fingerte das Handy aus der Innentasche. »Polizei!« Über sein Gesicht lief ein langer Kratzer.

»Was ist denn los?«, fragte Gesine und wollte sich den Kratzer ansehen, aber er hielt sich schon das Telefon ans Ohr.

»Hannes van Deest auf dem Ostfriedhof.« Er rang nach Luft. »Bitte kommen Sie schnell, ein toter Mann. Nein, kein alter Mann. Nein, kein natürlicher Tod.«

Er gab die Nummer des Brunnens durch. Erst jetzt sah Gesine die nassen Flecken auf T-Shirt und Hose. Die Haut an seinen Armen schien bis zu den Ellbogen feucht und aufgescheuert zu sein.

»Ein toter Mann?«, wiederholte sie, und noch während

sie hörte, wie Hannes den Namen des Toten nannte, setzte sie sich in Bewegung, um loszulaufen.

Tot, am hintersten Brunnen auf dem Friedhof, mit dem Kopf unter Wasser. Und es war schwierig gewesen, ihn herauszuziehen.

Sie rannte, so schnell sie konnte. Der Brunnen gehörte zum Rand von Feld C, verwunschen in eine Nische geschmiegt, von dichten Eiben umzingelt. Sie tauchte durch die Zweige, und tatsächlich, da lag der Mann. Martin Braumüller, der Länge nach auf dem Rücken, nass vom Kopf bis zu den Oberschenkeln, das lange Haar wie Schlingpflanzen um Gesicht und Schultern gewunden.

Sie kniete sich neben ihn. Er war noch warm.

»Ich habe alles versucht«, rief Hannes hinter ihr, »beatmet, Herzmassage.«

Sie versuchte es trotzdem noch einmal, mit Druck, mit Rhythmus. Aber die blauen Augen starrten ins Nichts, hell und wässrig. Nach einer Weile gab sie auf.

»Ich habe einen Schrei gehört«, sagte Hannes, »aber ich habe viel zu lange gewartet, bis ich reagiert habe.«

»Wann war das?«, fragte Gesine und hörte sich selbst wie durch Watte.

»Ich weiß nicht. Ich war in der Kapelle bei der Arbeit.« Er hielt sich am Brunnen fest. »Der Schrei war laut, aber nicht eindeutig, nicht unbedingt wie ein Hilferuf.«

»Martin Braumüller hatte keine Chance.« Gesine zog am Hemdkragen des Toten. »Siehst du die Spuren auf der Haut? Hier wurde ein Elektroschocker angesetzt.«

»Er hing mit dem Oberkörper im Wasser, als ich ihn gefunden habe.«

»Er könnte vornüber hineingestürzt sein. Oder jemand hat ihn mit dem Elektroschocker außer Gefecht gesetzt und ihn dann in den Brunnen gedrückt.«

»Ertränkt?«

»Möglich.« Sie schob Braumüllers Hemd wieder zusammen. »Der Stromstoß verursacht starke Schmerzen. Man ringt instinktiv nach Luft. Wenn Braumüller dabei unter Wasser getaucht wurde, war er schnell geschwächt.«

»So brutal? Am helllichten Tag?«

»Die Obduktion wird es zeigen. Ich lasse jetzt besser die Finger von ihm.«

Sie stand auf. Die Polizei und der Arzt würden gleich hier sein. In Braumüllers Haaren hingen Fadenalgen, ebenso an seinen Händen. Schürfwunden bedeckten die Handgelenke, vermutlich vom Kampf an der Brunnenmauer.

Sie ging um den Toten herum. Braumüller war so groß, dass es kaum jemand geschafft hätte, ihn ohne Hilfsmittel unter Wasser zu halten. Der Stromstoß musste ihn überrascht oder sogar gelähmt haben, und vermutlich würden sich bei der Obduktion noch andere Angriffsspuren zeigen. Eine Schlagstelle am Hinterkopf vielleicht, oder Brandmale von einem weiteren Stromstoß in der Nierengegend. Ja, man konnte sagen: Martin Braumüller war systematisch erledigt worden.

»Was hast du noch beobachtet, Hannes?«

»Nichts weiter.«

»Kein Motorengeräusch? Kein Gerenne oder Rufen?«

»Nein. Aber bestimmt hätte ich mehr gesehen und gehört, wenn ich früher reagiert hätte und ihm zu Hilfe gekommen wäre.«

»Du hättest ihn nicht retten können. Du würdest stattdessen jetzt tot neben ihm liegen, wenn du seinen Mörder gestört hättest.«

Sie betrachtete das weitere Umfeld. Spuren von verspritztem Wasser. Fadenalgen. Furchen unmittelbar vor der Brunnenmauer, hier hatten Füße oder Knie im Staub gescharrt.

Früher, bei der Kripo, hätte Gesine in Gedanken Etiketten beschriftet, um ihre Eindrücke zu ordnen. Entschiedene Tat, entschlossener Täter. Hier war jemand am Werk gewesen, der gewusst hatte, dass Braumüllers Körper schwer zu handhaben sein würde. Jemand, der sich vorbereitet hatte, um sein Vorhaben konsequent durchzuziehen. Ein skrupelloser Täter. Vergleichbar mit jemandem, der eine Frau vor einen Zug stoßen würde.

Sie nahm ihr Handy und machte Fotos von der Leiche und der Umgebung. »Wie bist du überhaupt darauf gekommen, ausgerechnet hinter die Eiben in diese Nische zu gucken?«, fragte sie.

»Wegen der Kerzen, die davor lagen«, antwortete Hannes.

»Welche Kerzen?«

»Weiße.« Er schaute hinter sich. »Aber jetzt sehe ich sie nicht mehr!«

Er suchte den Boden um die Eiben herum ab. Sie lief ihm nach, plötzlich besorgt, weil er sich entfernte.

»Jemand hat die Kerzen geholt«, sagte er fassungslos. »Ich schwöre, dass sie eben noch da waren.«

»Es wird das Einzige sein, worauf der Täter Fingerabdrücke hinterlassen hat.«

Sie hielt Hannes fest, damit er nicht weiter umherlief. In den Sträuchern raschelte es, aber es war nur ein Vogelpaar, das sich belästigt fühlte. Ein Glockenschlag schallte über den Friedhof, das Signal des Pförtners, dass die Tore bald geschlossen wurden.

»Es tut mir leid, Hannes«, sagte Gesine. »Du musst dir den Toten noch einmal ganz genau ansehen.« Sie lotste ihn zurück zur Leiche. »Liegt Braumüller genauso da, wie er dalag, als du ihn zwischendurch allein gelassen hast?«

»Ja. Keine Veränderung.«

»Dir fällt nichts auf?«

»Nein. Aber du brauchst mich nicht zu kneifen, ich habe schon mehrere Tote gesehen.«

Sie gab ihn frei und war entschlossen, ihn jetzt noch auf das Letzte vorzubereiten. »Wie hast du dir den Kratzer im Gesicht zugezogen?«

Er schrak zusammen. »Was soll das heißen, Gesine?«

»Es soll heißen, dass die Polizei Routinefragen stellt. Und weil du mein Freund bist, werden sie dich besonders unter die Lupe nehmen.«

»Aber was denkst du denn? Braumüller hing im Brunnen, und ich musste mich verrenken, um ihn herauszuholen! Ich bin ausgerutscht und in die Eiben gestolpert.«

»Die Zweige der Eiben sind weich.«

Er schnaubte und fasste in einen der Bäume, um ein Stück totes Holz abzureißen. »Reicht das? Ist das hart genug?« Bebend vor Empörung funkelte er sie an, bis sein Blick abrutschte und an ihrer wunden Lippe hängenblieb.

»Siehst du«, sagte Gesine ruhig, »genau das meine ich. Wir müssen für alles eine Erklärung haben, und ich würde die kommende Nacht gern im Wohnwagen verbringen und nicht in einer Zelle.«

Zehn Jahre zuvor

Die erste Nacht, die Gesine ohne Philipp verbrachte. Philipp, gekühlt in seiner Lagerstätte in der City. Gesine, zitternd daheim im dunklen Garten.

Die Fichten, in denen ein Vogel saß und leise zwitscherte, verstohlen vor Sonnenaufgang.

Der Rasen, der nun überall feucht war. Fast schwarz.

Das Gartenhaus, das sich nicht abschließen ließ. Der Schlüssel war schon lange verlorengegangen. Jeder konnte hineingucken, wenn er wollte, aber die Spurensicherung hatte nicht gewollt. Oder: Lasse hatte nicht gewollt, weil er im Garten genügend Arbeit für die Kollegen gefunden hatte. Und weil der Fall schließlich keine Rätsel aufgab.

Gesine, die die Tür aufzog und den Lichtschalter drückte. Der Geräteschrank auf der einen Seite. Die Sitzecke gegenüber, in der man es sich gemütlich machen konnte, wenn es draußen regnete und trotzdem warm war. Wie auf einem Campingplatz.

Das weiche Polster, das eigentlich senkrecht im Schrank stehen sollte, wenn es nicht benutzt wurde. In dieser Nacht lag es auf der Bank.

Gesine setzte sich.

Unter dem Tisch das Rutschauto. Philipp.

Auf dem Tisch das Telefon. Noch hatte es niemand vermisst. Man hätte es auch kaum im Gartenhaus gesucht.

Philipp, der seine Großeltern anrufen sollte? Was für eine Geschichte.

Philipp, der nicht plapperte. Der im Stillen spielte, der höchstens sang. Nur nicht am Telefon. Nicht vor einer Stimme ohne Gesicht.

Nie wieder seinen Körper halten. Nie wieder seine Haare riechen. Aber das ging nicht, es war absolut unmöglich.

Nie wieder die kleine Nase an der Wange spüren, den kleinen weichen Mund. Nie wieder »Mama«.

Gesine, die sich nicht auf der Sitzbank halten konnte. Deren Rücken sich verflüssigte, deren Arme und Beine sich mitreißen ließen und auf den Boden rutschten.

Unter den Tisch, neben das Rutschauto.

Die Schrammen vorne am roten Plastik, weil Philipp damit gegen den Blumenkübel gefahren war. Oft auch gegen Gesines Schienbeine, aber noch nicht oft genug.

Wenn er lieber in die Blumen sah als nach vorn. Roter Klatschmohn, weiße Margeriten. Mehr Blumen kannte Gesine nicht, höchstens noch Rosen. Aber sie erfand eigene Namen für das, was sie ihm in den Beeten zeigte, wobei die Farbe wichtig war. Gelbe Strahlenblume. Und hier, Philipp, die Pflaumenblume.

Vier Euro neunundneunzig, eine kräftige Staude im Topf. Im Beet. Auf dem Teller, im Magen, auf dem Rasen, im Sarg aus Metall.

Gesine, die nicht mehr atmen konnte. Die fest auf die

Holzbohlen drückte, was immer sich drücken ließ: die Hände, das Gesicht, den Bauch. Den Mund weit offen, für den Fall, dass der Schrei doch noch den Weg nach draußen fand. Die Augen auf der Suche.

Das schwarze Ding, tief unter der Sitzbank. Wie ein Handy, nur dicker. Wie ein Kasten mit gerundeten Kanten. Ein Ding, das über den Boden kollern konnte, oder auch poltern und purzeln.

Gesine, die unter die Bank robben wollte. Die ihre Hand schon ausstreckte. Die an Lasse Johannsen dachte, der ihr das schwarze Ding am Mittag erst gezeigt hatte. Das Stimmgerät für die Gitarre. Mareikes Gitarre, die sich bei diesem Wetter so leicht verzog.

Die Schritte, die von draußen näher kamen. Die Schlafanzughose von Klaus, die im Gartenhaus auftauchte. Klaus, der sich auf den Boden kauerte, neben Gesine. Der sie als seine Frau hochzog, sie an sich zog, als Philipps Mutter, und weinte.

Der Schrei, der sich nun doch wieder nicht aus dem Mund heraustraute. Die Schuld lag ja bei Gesine. Ihr stand es nicht zu, zu schreien.

Klaus, der ihren Körper über die Terrasse trug, am Beet vorbei, an den Resten der Pflaumenblume, die man noch gründlicher herausreißen würde.

Die Nacht, die näherkam und blieb.

20

»Kannst du bitte ganz schnell herkommen?«

»Frida? Oder Marta? Seid ihr das?«

»Wie schnell kannst du bei uns sein?«

Gesine knipste das Licht an und versuchte, auf die Uhr zu schauen. Halb eins. »Was ist denn los?«

»Aus dem Keller kommen Geräusche.«

»Seid ihr zu Hause? Allein?«

»Papa muss arbeiten.«

»Und was sind das für Geräusche?«

»Es kratzt, und es jammert vielleicht ein bisschen.«

Sie stieg aus dem Bett und angelte mit einer Hand nach ihrer Jeans, während sie weitertelefonierte. »Ihr ruft besser euren Vater an.«

»Nein!«

»Und ich sage der Polizei Bescheid.«

»Nein!« Frida oder Marta fing an zu weinen. »Wenn es das ist, was wir denken, darf es keiner wissen.«

»Es geht doch um eure Sicherheit.«

Sie war beinahe wach. Sie sah das geduckte Haus vor sich und spürte die Beklemmung. Ob die Kinder schon wussten, dass Martin Braumüller tot war? Hatten sie deshalb Angst bekommen?

Das Weinen der Kinder steigerte sich. »Du musst uns helfen, Gesine, aber bitte nur du alleine.«

Sie wischte sich über das Gesicht. Und wenn es harmlos war? Wenn sich die üppigen Holunderbüsche im Wind wiegten und an der Hauswand entlangschabten, unheimlich und laut, so dass die Kinder es drinnen hören konnten? Oder wenn sich eine Katze durch ein Kellerfenster gezwängt hatte und furchterregend fauchte?

»Wir machen es so«, sagte sie. »Ihr bleibt jetzt an der Strippe, damit ich euch höre, aber ich lege das Handy kurz zur Seite, um mich anzuziehen. Dann fahre ich los.«

»Danke.«

»Geht am besten in ein Zimmer, das ihr abschließen könnt.«

»Ins Badezimmer?«

»Ja, das ist eine gute Idee. Und nicht auflegen.«

Selten war sie so schnell in ihre Klamotten geschlüpft. Den Pullover zog sie direkt über das Schlafshirt. Boots an, Jacke an, Portemonnaie und Schlüssel her, Wohnwagen abschließen. Als sie zum Pick-up lief, gesellte sich der Hund zu ihr, freudig schnaufend. Sie strich ihm heute nicht über den Kopf, bevor sie einstieg. Sie wendete in der Einfahrt und brauste davon. Im Rückspiegel konnte sie erkennen, dass in Bauer Josefs Schlafzimmer das Licht anging. Halb eins war keine Uhrzeit, über die er sich wundern musste.

»Seid ihr beiden noch da?«

»Ja!« Zwei Stimmen im Chor. Das Handy lag auf dem

Beifahrersitz, auf Lautsprecher gestellt, und die Mädchen hockten inzwischen im Bad.

»Was machen die Geräusche?«

»Im Moment hören wir nichts mehr.«

»Das Gespenst hat Angst gekriegt«, sagte Gesine und schaltete das Fernlicht ein. Sie fuhr so schnell, dass sie die Kurven schnitt.

»Erschreckt euch aber gleich nicht auch noch vor mir«, plauderte sie drauflos. »Wenn ich mitten in der Nacht aufstehen muss, trage ich eine Brille und keine Kontaktlinsen.«

»Genauso hat Mama es auch gemacht.«

Rechts und links der Straße glommen die Reflektoren auf, die das Wild warnen sollten. In einem Baum saß eine Eule mit tellergroßen Augen.

Wie oft ließ Juan seine Kinder allein, wenn er Nachtschicht hatte? Durfte ein Vater das überhaupt tun? Wusste er denn schon, dass Braumüller auf dem Friedhof ertränkt worden war?

»Noch ein paar Minuten«, rief sie in Richtung Telefon, »die kriegen wir schnell rum. Wollt ihr mir etwas erzählen?«

Die Kinder beratschlagten. »Nein.«

»Dann singt mir etwas vor. – Stopp!« Gesine lachte. »Doch bitte keine Kirchenlieder!«

Das Lied aber, das folgte, war tausendmal schlimmer. Li-La-Löffelchen, gekocht ist süßer Brei.

»Was singt ihr denn für alte Kamellen?« Sie lachte erneut, es musste sein. »Und wie komme ich gleich in euer Haus? Ihr müsst ja wohl im Badezimmer bleiben und könnt mir nicht öffnen.«

»Du gehst über den kleinen Weg, durch den Bambus bis

in den Garten. Auf der Terrasse steht ein Sonnenschirm, und unter dem Fuß liegt ein Schlüssel.«

»Ich soll im Dunkeln durch euren Garten stolpern?«

»Wir haben auch ein Nachtsichtgerät«, sagte Frida oder Marta, »aber das liegt in der Garage.«

Gesines packte das Lenkrad noch fester. »Wozu braucht ihr ein Nachtsichtgerät?«

»Keine Ahnung. Es lag schon in der Garage, als wir hier eingezogen sind.«

Juan? Der Einbrecher, der mit einem Nachtsichtgerät über die Wiese ging, zielsicher auf Gesine zu? Das konnte doch nicht sein. Das gestohlene Notizheft war aus der Tasche ihres Vaters gefallen. Oder machte Juan mit dem Vater gemeinsame Sache? Spielten sie bloß Theater mit ihren Streitereien?

Gesine drückte noch mehr aufs Gas. Gestern, auf dem Friedhof, neben Braumüllers Leiche, hatte sie versucht, Marina Olbert auf Richard Augenthaler hinzuweisen. Sie hatte angegeben, dass es Kontakte zwischen ihm und Braumüller gegeben hatte. Dass Richard sogar das Notizheft besaß, aber an diesem Punkt hatte die Olbert abgewinkt, als habe sie keine Lust auf komplizierte Einzelheiten. »Wir reden am besten morgen im Präsidium«, sagte sie und übergab an Lasse Johannsen, der erst später an den Tatort gekommen war und noch viele Fragen auf Lager hatte. Vor allem nach ihren Wiederbelebungsversuchen an Braumüllers Körper.

Beherzt überfuhr Gesine eine rote Ampel. Keine Blitzanlage, kein Gegenverkehr. Nur die schwarze Nacht, die hinter dem Pick-up zusammenschlug wie die schweren Lappen einer Waschanlage.

»Es ist nicht mehr weit, Kinder.«

Frida und Marta schwiegen inzwischen.

Endlich erreichte sie die Wohnsiedlung. Sie parkte direkt vor der Einfahrt des Hauses und stieg aus. Die Luft war warm und klar, das Rosenbeet duftete. In einiger Entfernung rauschte ein Zug vorbei.

»Ich bin angekommen«, flüsterte sie in ihr Handy, »und ich überprüfe das Haus jetzt erst einmal von außen.«

»Gut«, hörte sie. Die Kinder waren also noch da.

Sie schaute über die Fassade, ob ein Fenster offen stand oder gar zerbrochen war. Nein, alles in Ordnung, keine Spur davon, dass jemand eingestiegen war. Auch das Tor der Garage, die sich seitlich ans Haus schmiegte, war zugeklappt. Als Gesine am Griff ziehen wollte, flammte ein Bewegungsmelder auf. Sie duckte sich in den Schatten. Wenn wirklich jemand in der Nähe war, der etwas im Schilde führte, war es besser, nicht im Rampenlicht zu stehen.

Sie wartete, ob alles ruhig blieb, dann schlich sie über den kleinen Weg zum Gartenbambus. Es matschte unter ihren Sohlen. Die Holunderzweige bogen sich herunter, und der Weg schien mit Beeren übersät zu sein.

»Jetzt bin ich durch den Bambus gestiegen. Es kann sich nur noch um Sekunden handeln.«

»Ja, Gesine«, hauchte eines der Mädchen, und ihr Magen zog sich zusammen.

Die Terrassentür war unbeschädigt und verschlossen, ebenso wie die Fenster, die zum Garten zeigten. Sie fand den Schlüssel unter dem Sonnenschirm und dachte, wie leichtsinnig Juan war, ihn hier draußen aufzubewahren.

»Ich komme rein, aber ich kann euch jetzt schon

beruhigen. Es sieht nicht so aus, als sei ein Fremder im Haus.«

»Also doch ein Gespenst?«

»Wo finde ich das Bad?«

Sie tastete vergebens nach einem Lichtschalter und ging schließlich im schwachen Laternenschimmer, der von der Straße hereinfiel, die Treppe hoch. An der Wand reihten sich gerahmte Fotos, aber sie schaute nicht genauer hin. Mareikes Bilder, Mareikes Treppe.

Oben im Flur wurde eine Tür geöffnet. Ein heller Lampenschein fiel durch den Spalt. Frida und Marta, aneinandergeklammert. Frotteeschlafanzüge, die zu klein geworden waren.

»Ich denke, wir können es jetzt überall hell machen«, sagte Gesine und steckte das Handy weg. Der Blick der Kinder war auf den Boden gerichtet. Sie hatte eine Spur hinterlassen, grünschwarze Stapfen aus halbreifen Holunderbeeren.

»Seht ihr, dem Gespenst wäre so eine Sauerei nicht passiert.«

Sie stieg aus den Boots, ging vor der Badezimmertür in die Hocke und breitete die Arme aus. Frida und Marta stürzten sich hinein. Marta schluchzte in ihre Halsgrube, Frida packte ganz fest zu, und Gesine versuchte, beiden gerecht zu werden. Ihr Zwerchfell zuckte, und ihre Arme verwandelten sich in Lianen, mit denen sie die Kinder umschlang.

»Das hätten wir geschafft«, sagte sie, als alle ruhiger wurden, »und jetzt muss ich nur noch die Geräusche im Keller abstellen.«

»Es hat gejammert«, erklärte Frida.

»Ein Mann oder eine Frau?«

Schweigen. Und auch aus dem Keller war nichts zu hören.

»Geht zurück ins Badezimmer, und schließt euch ein. Ich bin gleich wieder bei euch.«

»Nein!« Marta zog Gesine ins Bad.

»Warum nicht? Ihr habt mich doch extra deswegen aus dem Bett geschmissen.«

»Man kann die Geräusche nicht abstellen. Es ist das Kaninchen«, sagte Marta und sank auf die flauschige Badematte.

»Dann fange ich das Kaninchen ein«, sagte Gesine.

Es roch nach Seife. Im Waschbecken lag Watte, ein Rasierpinsel stand auf dem Bord. Ein Aftershave, drei Zahnbürsten. Der Rest war wohl entsorgt worden. Mareikes Rest.

»Das Kaninchen ist tot«, raunte Frida, »aber du darfst es keinem erzählen.«

»Das tue ich nicht, versprochen, aber ehrlich gesagt weiß ich nicht, wie ein totes Kaninchen Geräusche machen kann.«

Frida hockte sich auf den Rand der Badewanne. Von ihrem Schlafanzug winkte die Biene Maja, Marta hatte ein Bild vom runden Willy vor der Brust. Gesine nahm auf dem Klodeckel Platz, faltete die Hände, und endlich erzählten die Mädchen.

Das Kaninchen war ein freches Kaninchen, bei dem man mit beiden Händen zugreifen musste, um es zu halten. Es hieß Schnuppi, und wenn das Wetter schön war, durfte es im Garten auf dem Rasen hoppeln. In der Garage lagerte für diese Fälle ein Außengehege, ein schwerer, großer Kasten, den Frida und Marta nur zu zweit hervorholen konnten.

Am Nachmittag vor Mareikes Tod waren die Kinder allein zu Hause gewesen. Die Sonne schien, und das Kaninchen sollte draußen grasen. »Wir waren aber zu faul, um das große Gehege aufzustellen. Also haben wir die Paketschnur genommen und eine Leine für Schnuppi gebastelt.« Mehrfach doppelt und mit einer dicken Schlinge.

Das Kaninchen fraß und lief herum, Frida und Marta saßen daneben und sahen zu. Plötzlich flog eine Elster knapp über ihre Köpfe hinweg. »Schnuppi hat sich erschreckt und wollte wegrennen. Er ist Richtung Beet gelaufen, aber die Schlinge an seinem Hals hat nicht gehalten.« Sie zog sich zu. Der Knoten war nicht der richtige gewesen.

»Ich hatte die Leine in der Hand«, weinte Frida, »ich hätte loslassen müssen.«

»Er hat gezappelt«, bekräftigte Marta, »und dann lag er im Gras.«

Marta suchte den kleinen Körper nach einem Lebenszeichen ab und fand keins. Sie nahm das Kaninchen auf den Arm, drückte es an sich und küsste es auf die Nase. »Sie hat es auch mir gegeben.« Frida stockte. »Schnuppi hat sich auf meinem Arm noch einmal bewegt, aber dann war er richtig tot.«

Ein Schock. Die Mädchen holten einen Karton und legten das Kaninchen hinein. Es war inzwischen früher Abend, und jeden Moment konnte die Mutter heimkommen. Mareike, die am Morgen schon geschimpft hatte, weil die Kinder herumgealbert und Milch verschüttet hatten, obwohl der Mutter der Kopf weh tat. Am Hochzeitstag. Und jetzt hatten sie auch noch das Kaninchen getötet, weil sie zu faul gewesen waren, das Außengehege zu holen. Wie sollten sie diese Tat gestehen?

»Wir konnten Schnuppi nicht begraben. Mama hätte sofort gesehen, dass sich in ihrem Beet etwas verändert hat. Aber sollten wir ihn etwa in die Mülltonne werfen?«

Sie gingen in den Keller, stellten den Karton mit dem Kaninchen in die Gefriertruhe und schlichen auf ihr Zimmer.

Als Mareike wenig später nach Hause kam, schien sie fröhlich zu sein. Sie pfiff zur Radiomusik und schob Pizza in den Ofen. Dann rief sie die Kinder zu sich und wunderte sich, dass sie so rote Augen hatten. Die Mädchen gerieten in Erklärungsnot. Schließlich behauptete Marta, das Kaninchen sei fortgelaufen. Die Lüge kollerte einfach so aus ihrem Mund, und Frida legte noch eine weitere Lüge dazu: »Wir sind mit Schnuppi in der Transportbox spazieren gegangen, auf der großen Wiese. Und dann ist Schnuppi aus der Box gesprungen.«

»Hat eure Mama das geglaubt?«, wollte Gesine wissen und löste damit eine neue Flut an Tränen aus.

»Mama wollte uns trösten«, schluchzte Marta, »aber es ist ihr gar nicht gelungen.«

Frida rutschte vom Badewannenrand und hielt sich den Magen. Gesine nahm ein Handtuch, machte es nass und kühlte damit ihre Stirn. Das Kind zitterte, und Marta schien nur noch aus dunklen, runden Augen zu bestehen.

»Ich denke nicht, dass eure Mutter euch geglaubt hat«, sagte Gesine mit fester Stimme. »Oder seid ihr öfter mit der Transportbox spazieren gegangen?«

»Nein.«

»Das habe ich mir gedacht. Ein Kaninchen in einer Box ist viel zu unhandlich und zu schwer für euch. Das muss eure Mutter gewusst haben.«

»Nein«, widersprach Marta. »Mama ist später in der Nacht aufgestanden und hat für uns das Kaninchen gesucht.«

»Niemals.«

»Sie ist über die Wiese gegangen, bis zu den Gleisen, hat Papa erzählt. Und aus Versehen ist sie zu nah an den Zug geraten.«

»So ein Blödsinn. Kein Mensch sucht mitten in der Nacht nach einem Kaninchen!« Und kein Erwachsener gerät aus Versehen zu nah an einen Zug.

Frida und Marta starrten sie an. Ablehnung baute sich auf, Enttäuschung, dass Gesine nicht auf sie einging.

»Unsere Mama hat alles für uns getan, und wegen uns ist sie gestorben.«

»Nein«, blieb Gesine hartnäckig, »Kaninchen schlafen nachts nicht. Sie treiben sich herum. Sie hoppeln, sie sind neugierig und haben überhaupt keine Angst vor der Dunkelheit. Eure Mama hat das gewusst, wir hatten als Kinder nämlich selbst Kaninchen. Also wäre sie nie auf die Idee gekommen, ausgerechnet nachts auf einer großen Wiese nach eurem Schnuppi zu suchen!«

Sowieso wäre Mareike nie auf die Idee gekommen, für ein Kaninchen auf Schlaf zu verzichten. Früher musste immer Gesine den Stall saubermachen, sonntags morgens, vor dem Frühstück.

»Schnuppi hat nachts Lärm gemacht und nicht geschlafen, das stimmt«, sagte Frida wackelig und warf Marta einen hilfesuchenden Blick zu.

Gesine kribbelte die Kopfhaut. Wie hatten die beiden Mädchen es ausgehalten, sich für den Tod ihrer Mutter verantwortlich zu fühlen, und dann auch noch wegen einer Lüge? Wie oft mussten sie an den letzten gemeinsamen Abend mit Mareike denken? Immer und immer wieder: dass die Mutter sie trösten wollte, sie umarmt hatte und ihnen beruhigende Worte ins Ohr geflüstert hatte.

Die Pizza war an diesem Abend im Ofen verschmurgelt. Die Transportbox, die die Kinder eben noch hastig aus dem Keller geholt hatten, um ihre Lüge zu untermauern, stand auf der Terrasse, deutlich verstaubt und sichtlich unbenutzt. Aber warum hatte Mareike dieses Detail nicht bemerkt? Warum hatte sie Frida und Marta nicht auf den Kopf zugesagt, dass sie logen? Weil es für sie bequemer gewesen war, den Kindern alles zu glauben, anstatt den Dingen auf den Grund zu gehen?

Und das Kaninchen hatte seitdem in der Truhe gelegen. Als eisige Schuld, als Vorwurf, den man nicht mehr loswurde. Der tagsüber stumm war und nachts anfing, Geräusche zu machen.

»Wollen wir Schnuppi beerdigen?«, fragte Gesine. »Und zwar so, dass sogar eure Mutter ihren Frieden damit schließen kann, und dass ihr euch entschuldigen könnt, nicht die Wahrheit gesagt zu haben?«

Sie streifte den Kindern Pullover über und putzte die schwarzgrünen Fußspuren vom Boden. Dann stiegen sie zu dritt in den Keller, die Räume hellerleuchtet. Keine Geräusche mehr, keine Tränen mehr, nur schweigende Kinder und ein kalter Karton.

Sie rückten das Gefriergut in der Truhe zurecht, damit

der Karton keine Lücke hinterließ. Pizza Margherita schien das Hauptlebensmittel der Familie zu sein, gefolgt von grünen Bohnen.

In einer Ecke des Kellers fiel Gesine ein prall gefüllter Altkleidersack auf. Daneben lagen Damenschuhe, bunt durcheinandergewürfelt. Mareikes Schuhtick. Feines Leder, hohe Absätze. Frida löschte das Licht.

»Wirst du es Papa sagen, Gesine?«, fragte sie zaghaft.

»Wir sollten später darüber nachdenken«, antwortete Gesine, »erst mal haben wir zu tun.«

Wie einen Schatz trugen sie den Karton nach draußen zum Pick-up, wickelten ihn in eine Pflanzenschutzfolie und schnallten ihn auf der Ladefläche fest. Das Tier durfte nicht auftauen, der feuchte Karton nicht reißen.

»Sollen wir trotzdem noch das Nachtsichtgerät holen?«, fragte Gesine. »Auf dem Friedhof brennt kein Licht.« Außerdem war es eine günstige Gelegenheit, das Gerät in Augenschein zu nehmen.

Marta holte den Garagenschlüssel und öffnete das Tor. Der Raum war sauber und aufgeräumt, man würde nicht lange suchen müssen. Deckenhohe Schränke reihten sich aneinander. Frida riss eine der Türen auf und stieß einen enttäuschten Laut aus. Das Nachtsichtgerät lag nicht an seinem Platz. Auch in den anderen Schränken war es nicht zu finden.

»Wir nehmen die Taschenlampe«, sagte Gesine und achtete darauf, den Schrank wieder sorgfältig zu verschließen.

Als die Kinder in den Pick-up kletterten, sahen sie sich um. Vor Jahren schon hatte Gesine die Rückbank ausgebaut, und der Beifahrersitz vorne war so tief, dass ihnen der Sicherheitsgurt in den Hals schnitt. Frida musste sich den Verbandskasten unter den Po schieben, und Marta musste sich auf den Koffer mit der elektrischen Säge setzen, damit man losfahren konnte. Gesine hoffte, dass Juan Alvarez nie erfahren würde, wie sie seine Töchter durch die Nacht kutschierte.

Das Friedhofstor quietschte. Gesine vergewisserte sich, dass niemand auf der Mauer saß und sie beobachtete, dann lenkte sie den Wagen auf den Weg zu Mareikes Grab. Sie fuhr im Schritttempo, um jedes Holpern für den aufgeweichten Karton zu vermeiden, und um den Kindern Zeit zu geben, sich an den Anblick des Friedhofs bei Nacht zu gewöhnen.

Kantig glitt das Licht der Scheinwerfer über Grabsteine und Kreuze. Eiben und Rhododendren standen wie eine Wand dahinter. Hier und da flackerte die Flamme einer Kerze. Eine Maus lief quer über den Weg.

Vor C-212 angekommen, parkten sie so, dass der Wagen Mareikes Grab beleuchtete. Die Kinder stiegen aus, die Beine der Schlafanzughosen in die Gummistiefel gestopft, die Reißverschlüsse der Sommerjacken bis ans Kinn zugezogen. Sie waren aufgeregt und übernächtigt, aber Angst schienen sie nicht zu haben.

Sie gruben ein Loch am Fußende des Grabes. Der Spaten stieß scharf in die Erde. Die Dunkelheit verstärkte jedes Geräusch. Marta half Gesine mit einer kleinen Schaufel, und Frida leuchtete mit der Taschenlampe dazu. Manchmal stupsten sie gegen die Stängel der Sonnenblumen. Manchmal raschelte es auch im Gebüsch, und einmal krächzte es laut in den Bäumen, aber die Kinder blieben bei der Arbeit.

Schließlich schoben sie gemeinsam ihre Hände unter den Kaninchensarg und versenkten ihn im Loch. Marta sprach ein kleines Gebet, in dem sie Schnuppi um Vergebung bat, und Frida beauftragte ihre Mutter, gut auf das Kaninchen aufzupassen und nicht mehr böse zu sein. Als Gesine auch etwas sagen sollte, fehlten ihr die Worte. Sie verschloss das Loch, und Frida löschte das Licht der Taschenlampe.

»Man kann die Sterne sehen«, sagte sie.

»Aber die Autoscheinwerfer sind so hell«, wandte Marta ein.

Gesine drehte die Scheinwerfer am Auto aus, und die Nacht wurde plötzlich schwarz. Sie legte den Kopf in den Nacken und sah in den Himmel. Funkelnde Punkte im Nichts, wahllos dahingestreut in das ewige Schweigen. Licht, das längst keine Quelle mehr hatte.

»Jeder Stern ist ein toter Mensch«, flüsterte Frida.

»Oder ein Tier«, ergänzte Marta andächtig, »und alle winken uns zu.«

Gesine breitete die Arme aus, und die Mädchen schmiegten sich an sie. Die Erleichterung, das Kaninchen jetzt am richtigen Ort zu wissen, war durch die Jacken hindurch zu spüren. Und doch lag vor ihnen auch die tote Mutter.

»Wenn wir nicht schuld sind, dass Mama gestorben ist, wer ist dann schuld daran?«, fragte Marta.

»Das wüsste ich auch gern«, antwortete Gesine leise.

»Ist sie denn wirklich ermordet worden?«

»Ich weiß es nicht.« Und nie zuvor hatte es ihr so leidgetan, nichts darüber zu wissen.

»Hast du dich mit ihr gestritten, Gesine?«

Sie schluckte. Dann dachte sie nach, ruhig und genau. Sie ließ die Kinder los und trat einen halben Schritt zurück.

»Ja, das habe ich«, sagte sie. »Unser Streit ist allerdings schon zehn Jahre her.«

»Und warum habt ihr gestritten?«

Erneut dachte sie nach, und erneut schaute sie in die Sterne. Feld C, Feld A, ein einziger Friedhof für sie alle.

»Ich hatte ein Kind.« Die Worte setzten sich klar in die Nacht. »Einen kleinen Jungen. Philipp, zweieinhalb Jahre alt. Eure Mutter durfte manchmal auf ihn aufpassen, und eines Nachmittags ist er gestorben.«

»War Mama dabei?«

»Ja.«

»War es ihre Schuld, dass er gestorben ist?«

Ja oder nein, und nichts dazwischen? Die Gesichter der Mädchen schwebten in der Finsternis wie blasse Flecke. Unmöglich zu erkennen, was man mit seinen Worten anrichten würde.

»Warum sagst du nichts, Gesine? War es Mamas Schuld?«

»Vielleicht. Ich weiß es nicht.«

Der Atem der Kinder ging lauter. Schneller. Frida knipste die Taschenlampe an und beleuchtete das Beet. Die Sonnenblumen warfen groteske Schatten. Das frische Kaninchengrab sah aus wie eine Wunde.

Dann wurde auch Gesine beleuchtet, ihr Kopf, ihr Oberkörper, ihre Beine, als müsse man sie noch einmal ganz neu betrachten. Sie hielt es aus, ließ die Arme baumeln und blinzelte.

»Mach die Lampe wieder aus«, sagte Marta schließlich, und nach einem Zögern befolgte Frida den Befehl.

Sie schien leise zu weinen. »Arme Mama und armes, kleines Kind, das gestorben ist.«

»Und arme Gesine«, fügte Marta hinzu und angelte nach ihrer Tante.

»Eure Mutter wollte sich wieder mit mir vertragen«, sagte Gesine heiser. »Ich schwöre euch, dass ich mit ihrem Tod nichts zu tun habe.«

»Würdest du denn auch gerne wissen, warum sie gestorben ist?«, hakte Frida nach.

»Ich werde es herausfinden«, versprach Gesine, nahm ein Taschentuch und trocknete Fridas Gesicht.

Anschließend standen sie noch einmal zusammen, Hand in Hand vor Mareikes Grab. Ein langer Moment der Stille unter einem Himmel, der sich prachtvoll aufwarf. Die Sterne funkelten wild, ein Satellit rutschte dazwischen, und von unten stieg der warme Atem der Erde auf.

»Schade, dass Mareike tot ist«, dachte Gesine und erschrak bei dem Sog dieser Worte.

21

Jemand hämmerte an den Wohnwagen. »Kommen Sie heraus, Frau Cordes!« Eine Frauenstimme, am frühen Morgen, oder doch nicht so früh, denn die Sonne stand schon am Himmel. Gesine hatte keine Lust zu öffnen.

»Sie wissen, dass ich nicht ewig abwarten werde, ob Sie den Wohnwagen freiwillig verlassen!«

Verlassen? War das Marina Olbert? Sie fuhr sich über das Gesicht. Neun Uhr! So lange hatte sie schon ewig nicht mehr geschlafen.

»Moment!« Sie schlüpfte in einen knielangen Kapuzenpullover und stieß die Tür auf. »Guten Morgen.«

Die Kühe standen schon hinten auf der Weide. Neben dem Campingstuhl lag der schwarzweiße Kaffeebecher im Gras, Bauer Josef hatte wohl bei Sonnenaufgang auf Gesine gewartet.

»Wo sind die Kinder?«, fragte Marina Olbert scharf. Sie hatte die Hände in die Hüften gestemmt und die Füße auseinandergestellt. Keine Absätze heute.

»Wer? Frida und Marta?« Gesine lehnte sich weiter aus dem Wagen. Was war das? In der Einfahrt standen zwei

Einsatzfahrzeuge der Polizei, das Blaulicht kreiste. »Ist etwas passiert?«

Sie stolperte auf die Trittstufe, Marina Olbert wich zurück. Ihre rechte Hand schob sich hinter ihren Rücken. Als ob sie zu einer Waffe greifen würde.

»Bleiben Sie ruhig, Frau Cordes. Es hat auch keinen Zweck, uns Geschichten zu erzählen. Sie sind heute Nacht am Haus der Familie Alvarez gesehen worden.«

»Ja, natürlich.« Eine Gänsehaut kroch über Gesines Nacken. »Die Kinder hatten mich angerufen. Aber was ist denn mit den beiden?«

»Sie geben also zu, am Haus gewesen zu sein?«

»Warum denn nicht? Was ist denn los mit Frida und Marta?«

Sie stolperte von der Trittstufe auf die Wiese, mit nackten Füßen auf die noch feuchten Halme und Rispen. Aber das Grasbett schien heute nicht stabil zu sein. Unangenehm bauschig, nicht belastbar.

»Zurück auf die Trittstufe!« Marina Olbert hielt die Hand immer noch hinter dem Rücken verborgen. »Ich werde nicht zögern, Sie zu stoppen.«

Zu stoppen? Und warum näherte sich jetzt auch noch Lasse Johannsen mit gezückter Pistole? Breitbeinig, im Kampfgang. Hoffentlich war dies ein Albtraum. Frida und Marta.

»Sind die Kinder im Wohnwagen?«, brüllte Lasse, als sei sie schwerhörig.

»Sind sie etwa verschwunden?« Gesine hob die Hände, schwerfällig, angestrengt, aber Lasse zielte tatsächlich auf ihren Körper. Der Kapuzenpulli rutschte höher und entblößte noch mehr von ihren Beinen. Gänsehaut, inzwischen überall, und zugleich war ihr heiß. »Ich habe Frida und Marta ins Bett gebracht«, sagte sie. »Ich habe ihnen sogar den Wecker gestellt, damit sie pünktlich in die Schule kommen.«

»Der Wecker war nicht gestellt, Frau Cordes.« Marina Olbert holte ihre Hand vor den Körper, die Waffe ließ sie stecken. »Juan Alvarez ist heute Morgen nach Hause gekommen und hat seine Töchter nicht mehr vorgefunden. Sie sind bisher auch nicht in der Schule erschienen.«

Frida und Marta. Weggelaufen? Aber sie waren doch friedlich in ihre Betten gestiegen, nachdem sie vom Friedhof zurückgekommen waren. Nachdem sie mit Gesine Hand in Hand am Grab ihrer Mutter gestanden hatten, mitten in der Nacht. Konnte man das der Polizei erklären?

»Ich habe die Mädchen nicht bei mir.« Gesines Gesichtszüge schienen zu entgleiten. Sie befühlte ihre Stirn, aber dort war alles wie sonst.

Die Olbert kam näher. »Darf ich Ihren Wohnwagen betreten?« Ihre Stimme verlor etwas an Härte.

»Ja, sicher.« Gesine gab die Tür frei und stieg erneut barfuß auf die Wiese, diesmal belauert von Lasse. Er hielt sich in sicherem Abstand, die Waffe jetzt immerhin nach unten gerichtet, und er trug ein Gesicht zur Schau, in dem sich Abscheu mit Ärger mischte.

»Gesine!« Vom Hoftor aus rief Bauer Josef herüber. Ein uniformierter Polizist hielt ihn am Overall fest. Er wehrte sich und ruderte mit den Armen, offenbar wollte er zum Wohnwagen laufen, aber gegen den Polizisten kam er nicht an.

»Keine Sorge, Josef«, rief Gesine zurück. »Ich regele das

schon!« Doch sie hörte, wie ihre Stimme vibrierte. Die Kinder verschwunden. Weg, nach dieser Nacht.

Marina Olbert kam wieder aus dem Wohnwagen heraus und schüttelte den Kopf. »Nichts.«

Sie wies Lasse an, seine Waffe zu verstauen. Er kam der Aufforderung nach, wandte sich aber barsch an Gesine: »Wir bringen dich ins Präsidium.«

»Das geht nicht.« Sie drückte die Knie durch. »Ich suche jetzt erst einmal die Kinder.«

»Mach dich nicht lächerlich.« Er winkte einen der uniformierten Beamten heran.

Da legte Marina Olbert eine Hand auf Gesines Schulter. »Ich bitte Sie, ziehen Sie sich etwas an, und kommen Sie mit mir aufs Präsidium. Sie wissen, dass wir nicht anders handeln können.«

»Aber Frida und Marta!«

»Wir suchen nach ihnen, mit einem großen Team, selbstverständlich schon seit Stunden.«

»Und wo suchen Sie?«, fragte Gesine.

Marina Olbert verstärkte den Druck ihrer Hand. »Wo würden Sie die Kinder denn vermuten?«

»Ich weiß nicht«, brachte Gesine heraus, kniff die brennenden Augen zusammen und überwand sich mit Mühe: »Ich würde auf dem Friedhof suchen.«

»Unsere Leute sind dort bereits unterwegs.«

»Und es gibt Blumenwiesen, nicht weit vom Friedhof entfernt. Die Mädchen pflücken gern Blumensträuße.« Oder sie lagen im Gras und waren tot. Oder verletzt und brauchten Hilfe. Oder sie hatten einfach nur die Zeit vergessen.

»Danke.« Marina Olbert wandte sich ab und zückte ihr Handy, um die Suchmannschaft zu informieren.

Gesine schwitzte inzwischen heftig. Sie ging in den Wohnwagen, wie in Trance, aber mit einer Ahnung, dass es am besten war zu kooperieren. Sich zu waschen und umzuziehen. Sich bereitzumachen, wofür auch immer.

Lasse Johannsen postierte sich als Wache vor der geöffneten Tür, mit dem Rücken zum Wagen. Behutsam lehnte sie die Tür an, wagte aber nicht, sie richtig zu schließen.

Sie ließ das Wasser plätschern. Sie putzte sich die Zähne und setzte die Kontaktlinsen ein. Sie öffnete den Kleiderschrank. Ein T-Shirt, eine kurze Cargohose. Der Reißverschluss hakte. Die Schnürsenkel der Sneakers machten Schwierigkeiten. Das Herz pumpte auf Hochtouren.

Sie hatte die Kinder in der Nacht doch wirklich nach Hause gebracht. Sie war mit ihnen ins Bad gegangen, hatte mit ihnen gealbert, obwohl ihr ganz zittrig zumute gewesen war. Das kindliche Geschrubbe und Gepruste am Waschbecken, der Kaugummigeruch der Zahnpasta. Das Hüpfen in verschossenen Schlafanzügen. Anheimelnd und viel zu nah, viel zu vertraut, um es abzuwehren. Und dann waren Frida und Marta in ihre Betten gesprungen: »Du deckst uns zu.« Fest musste sie die Decken um ihre Körper stopfen, »noch fester, als wären wir Brote, die du einpackst«.

Sie hatte die Kuscheltiere gesehen. Die Maus aus dem Fernsehen, die Philipp ebenfalls besessen hatte. Das abgewetzte Krokodil, eindeutig Mareikes Schmusetier von früher. An der Schnauze fehlte der Flor auf dem Stoff, und das Ohr war mit rotem Garn geflickt, so wie vor Jahrzehnten.

»Ihr beiden Brote müsst jetzt schlafen.« Rückwärts war sie aus dem Raum gegangen, den Kopf voller Zweifel. Hatte sie alles richtig gemacht? Und konnten die Kinder morgen früh wirklich zur Schule gehen, als ob nichts gewesen wäre? Durfte man sie überhaupt schon wieder allein zu Hause lassen?

Unsicher hatte sie Juan auf dem Handy angerufen. Er nahm nicht ab. Sie hatte es weiterprobiert, noch immer im Haus der Zwillinge, bis Marta noch einmal aufstand und sie bedrängte: »Du musst wegfahren, Gesine, sonst müssen wir schon wieder lügen. Oder was sollen wir Papa erzählen, wenn er gleich von der Arbeit kommt und dich hier sieht?«

Also war sie in ihren Pick-up gestiegen. Mit dem Vorsatz, bald ein weiteres ernstes Gespräch mit Juan zu führen.

Jetzt schlug Lasse Johannsen mit der flachen Hand gegen den Wohnwagen. »Geht es noch ein bisschen langsamer da drinnen?«, beschwerte er sich.

Gesine nahm eine Tüte und packte alles hinein, was sie in der vergangenen Nacht getragen hatte. Die Unterwäsche, die Jeans, die Boots, die Jacke. Dann prüfte sie, ob jedes Fenster verriegelt war, schloss den Wohnwagen ab und steckte den Schlüssel in die Hosentasche.

Ein letzter Blick über das Gelände, auch wenn Lasse schon wieder unwillig schnaufte. Jemand hatte den schwarz-weißen Kaffeebecher aufgehoben und auf den Campingstuhl gestellt. Die Äpfel am Baum glänzten zwischen den Blättern. Eigentlich müsste man den Fruchtbestand heute lichten, um die Äste zu entlasten, aber man könnte es auch morgen tun. Morgen, wenn sich alles geklärt hatte und die

Kinder wieder zu Hause waren. Gesine würde sie anrufen und fragen, ob sie Lust hätten, ihr bei den Äpfeln zu helfen.

Im Streifenwagen lief die Klimaanlage. Gesine saß mit Marina Olbert hinten, Lasse Johannsen verrenkte sich auf dem Beifahrersitz, um mitzubekommen, was gesprochen wurde. Sie drückte Marina Olbert die Tüte mit den Klamotten in die Hand, »für die Spurensicherung«, und die Ermittlerin bedankte sich mit einem Nicken. Sie lächelte sogar knapp, aber das durfte nicht täuschen. Die Olbert war heute wie scharf geschaltet, das war deutlich zu spüren.

Lasse klappte die Sonnenblende herunter und bog sie zurecht, um im Kosmetikspiegel nach hinten zu gucken. Gesine wich aus. Am Fenster flogen Häuserfronten vorbei.

Was war passiert, nachdem sie Frida und Marta in der Nacht verlassen hatte? Warum war sie nicht wenigstens bei ihnen geblieben, bis sie eingeschlafen waren?

Gestern Martin Braumüller tot am Brunnen. Heute die Kinder verschwunden.

Wie klein sie in ihren Betten ausgesehen hatten. Wie schmal und schutzbedürftig, neben der Maus und dem alten Krokodil. Wie offenherzig, obwohl Gesine ihnen die schlimmste Geschichte erzählt hatte. Den Tod von Philipp. Sie hatten sich auch nicht darüber beschwert, dass sie erst jetzt von Philipp erfuhren. Sie hatten einfach nur Mitleid gehabt, nichts als Mitleid, und zwar sowohl mit Mareike als auch mit Gesine und mit ihrem Sohn.

Und später? Waren sie später doch noch wütend geworden, dass man sie jahrelang angelogen hatte, und waren sie deshalb aufgestanden?

»Haben Sie schon gefrühstückt?« Marina Olbert berührte Gesine am Rücken.

Sie fuhr herum. »Ich möchte nicht frühstücken.«

»Lasse Johannsen wird uns gleich etwas aus der Kantine holen.«

Lasse schnappte demonstrativ nach Luft, aber als die Ermittlerin sich räusperte, wagte er keinen Widerspruch mehr.

Sie wandte sich erneut an Gesine. »Die Kollegen stellen gerade das gesamte Haus der Familie Alvarez auf den Kopf. Wenn es Spuren gibt, werden wir sie finden.«

Warum sagte sie das? »Ein Haus, in dem Kinder leben, ist voll mit seltsamen Spuren«, erwiderte Gesine.

»Wir nehmen trotzdem alles auf. Jeder Abdruck im Teppich wird kontrolliert. Jede DNA, die wir finden.«

Und auch die Spuren von Holunderbeeren auf der Treppe. Die Fingerabdrücke im Bad und in der Garage.

»Ich war in der Nacht im Haus, und ich habe Spuren hinterlassen«, sagte Gesine. »Aber ich weiß trotzdem nicht, wo die Kinder sind.«

Lasse Johannsen drehte sich nach hinten. »Du hattest mit dem Vater nicht abgesprochen, dass du nachts sein Eigentum betrittst.«

»Frida und Marta hatten mich angerufen, weil sie im Keller Geräusche gehört haben.«

»Geräusche?« Marina Olbert beugte sich vor.

»Die Kinder hatten Angst vor ihrem toten Kaninchen«, sagte Gesine und ahnte im selben Moment, dass dieser Satz einen Rattenschwanz an Fragen nach sich zog.

»Im Haus war kein Kaninchen«, stellte Lasse klar, »weder tot noch lebendig.«

Marina Olbert schnitt ihm das Wort ab. »Wir beginnen mit der Befragung, wenn wir im Präsidium sind. Wir werden Sie durch die Tiefgarage nach oben führen, Frau Cordes, das wird für uns alle angenehmer sein.« Dann tippte sie eine Nachricht in ihr Handy.

Gesine sah wieder aus dem Fenster. Es war wichtig, sich zusammenzureißen und das Verhör zügig hinter sich zu bringen, damit der Fokus der Polizei sich auf das Wesentliche richten konnte, anstatt sich bei ihr zu verhaken. Die Olbert musste doch nur logisch denken. Die Mädchen waren entweder weggelaufen oder weggebracht worden. Sie waren unterwegs, weil sie etwas zu erledigen hatten, oder jemand hatte ihnen Gewalt angetan. Jemand, der schon ihre Mutter gehasst hatte? Der sie vor den Zug gestoßen hatte, voller Abscheu oder Zorn?

»Die Gleise«, flüsterte sie. Es fiel ihr schwer, die Ermittlerin anzusprechen.

Marina Olbert nickte wieder nur knapp. Sie zeigte Gesine ihr Handydisplay. *Dringend Gleise absuchen, Bahn informieren* stand dort. Dann schickte sie die Nachricht ab, und Gesine wurde schlecht. Dass auch die Olbert es für möglich hielt, Frida und Marta an den Bahnschienen zu finden, kam einem Erdbeben gleich.

Der Verhörraum im Präsidium war neu eingerichtet worden. Ein grüner Teppich, ein Schrank aus Birkenimitat. Ein Aufnahmegerät, das so klein war, als wolle es sich unsichtbar machen.

Marina Olbert hatte Gesine gegenüber Platz genommen. »Wir beginnen, wenn Sie etwas gegessen haben, Frau Cordes. Ich muss sonst befürchten, dass Sie umkippen.«

Gesine biss in das Käsebrötchen, das Lasse vor sie hingestellt hatte. Sie trank auch von dem Kaffee, und wider Erwarten tat beides gut. Es brannte und kratzte hinten im Hals, aber es rief den Körper zur Ordnung.

Die Olbert startete das Aufnahmegerät. »Wann waren Sie gestern am Haus der Familie Alvarez?«, begann sie.

»Etwa um ein Uhr nachts. Die Kinder waren allein zu Hause und hatten mich gebeten zu kommen, weil sie meinten, Geräusche zu hören.«

»Wie sind Sie in das Haus gekommen?«

»Unter dem Sonnenschirm liegt ein Schlüssel.«

»Seit wann wissen Sie von dem Schlüssel?«

»Seit gestern Nacht, seit dem Telefonat mit Frida. Oder mit Marta.«

»Sie wissen nicht, mit welchem Kind Sie gesprochen haben?«

»Ich denke, mit Marta.«

Lasse hakte ein. »Ähneln sich die Stimmen der Mädchen so sehr, dass die eigene Tante sie nicht wiedererkennt?«

»Wir haben über Handylautsprecher telefoniert«, antwortete Gesine, »du kannst ja mal testen, wie eine Kinderstimme darüber klingt.«

»Das würde ich gern.« Lasse runzelte die Stirn. »Sehr gern würde ich das testen. Aber die Kinder sind weg.«

Der Minutenzeiger an der Wanduhr sprang zum nächsten Strich. Gesine nahm sich vor, sämtliche Kleinigkeiten ab sofort aus dem Gespräch herauszuhalten.

Marina Olbert klopfte auf die Tischplatte. »Was ist im Haus passiert?«

Eine Flut von Bildern stieg hoch. Frida auf dem Rand der Badewanne, Marta auf dem flauschigen Teppich. Der vereiste Karton und Mareikes Schuhe im Keller.

Gesine hielt sich an der Tasse fest. »Die Kinder haben mir erzählt, dass ihr Kaninchen gestorben ist, ausgerechnet an dem Nachmittag, bevor Mareike vom Zug überfahren wurde. Sie hatten das Kaninchen in der Gefriertruhe aufbewahrt, und ich habe es letzte Nacht da herausgeholt. Wir sind zum Friedhof gefahren und haben es beerdigt.«

»Ihr habt was?« Lasse nahm seine Brille ab. Auch Marina Olbert sah aus, als müsse sie nach den nächsten Worten suchen.

»Sie haben die Kinder mitten in der Nacht auf den Friedhof gebracht?«, fragte sie.

»Es war wichtig, das Kaninchen im Grab von Mareike zu beerdigen.«

»Warum?«

»Die Kinder sollten die Schuld abladen, die sie sich eingeredet hatten.«

Marina Olbert verstand überhaupt nichts, das war zu erkennen. Aber sollte Gesine deshalb ausholen und die Geschichte noch umfassender erzählen? Es würde Stunden dauern, Rückfragen einberechnet. Und sie hatten es eilig!

»Frau Cordes«, die Olbert sprach sehr beherrscht, »ich bin bereit, Ihnen einiges abzukaufen. Aber dass Sie mit zwei kleinen Mädchen nachts auf den Friedhof fahren, irritiert mich, gelinde gesagt.«

»Vor allem«, warf Lasse ein, »steht es in einer Reihe von anderen Merkwürdigkeiten.«

»Ich musste den Mädchen helfen. Punkt.«

Lasse rieb sich die Augen. »Erst gestern, neben der Leiche von Martin Braumüller, habe ich gedacht, dass du dich gerne als Opfer der Umstände stilisierst, Gesine.«

»Auf dieses Niveau lasse ich mich nicht ein.«

»Der Kinderlöffel, mit dem du heute nichts mehr zu tun haben willst. Dein Ausrutscher im Kuhstall. Das Notizheft mit den Giftpflanzen, das dir angeblich jemand geklaut hat. Deine Schwester Mareike, die eure Termine in den Kalender schreibt. Braumüller tot am Brunnen. Und immer spielst du die Verfolgte!«

»Lasse, ich möchte mich bei der Befragung auf die Zwillinge beschränken«, mahnte Marina Olbert.

Gesine ballte die Hände. »Außerdem hat sich schon einiges aufgeklärt. Zum Beispiel diese Dienstagstermine: Mareike hat sich nicht mit mir getroffen, sondern sie hat sich mit Braumüller auf dem Friedhof einschließen lassen. Und das Notizheft befindet sich bei meinem Vater, aber wir haben jetzt keine Zeit, das durchzusprechen!«

»Frau Cordes«, Marina Olbert suchte ihren Blick, »ich möchte wissen, wie Sie das Friedhofstor aufgekriegt haben, als Sie vergangene Nacht dort waren.«

»Warum?«

»Ich rekonstruiere Ihr Verhalten. Wenn es recht ist.«

Gesine lockerte die Fäuste und schwieg.

Lasse lehnte sich über den Tisch. »Sag bloß, du hast einen Schlüssel. Ach du meine Güte.«

Der Minutenzeiger auf der großen Uhr rückte schon

wieder einen Strich vor. »Der Pförtner hat eine kranke Ehefrau«, sagte Gesine. »Manchmal helfe ich aus.«

»Sicher. Du musst wieder helfen«, sagte Lasse. »Und wenn Mareike im Februar wirklich mit Martin Braumüller auf dem Friedhof war, so wie du eben behauptet hast, musstest du ihnen dort auch nachstellen, oder? Mit deiner privaten Schlüsselgewalt.«

»Nein. Und selbst wenn: Es hätte mit gestern Nacht und den Kindern nichts zu tun.«

Auch Marina Olbert sah auf die Uhr. Sie straffte sich. »Gestern Nacht sind Sie also mit Frida und Marta auf dem Friedhof gewesen, um ein Kaninchen zu begraben. Wie ging es den Mädchen dabei?«

»Gut.« So lange jedenfalls, bis die Rede auf Philipp gekommen war. Da musste Frida weinen. »Und dann habe ich sie zurück nach Hause gebracht und mich friedlich von ihnen verabschiedet.«

»Vorhin am Wohnwagen haben Sie erwähnt, dass Sie den Kindern den Wecker gestellt haben.«

»Die Kinder wollten unbedingt in die Schule gehen, und ich hatte den Eindruck, dass ein strukturierter Alltag für sie wichtig ist.«

»Inwiefern?«

»Sie trauern! Sie brauchen Halt.«

Lasse räusperte sich. »Sagtest du nicht eben, es ging ihnen gut?«

Gesine konnte ihren Zorn kaum zügeln. »Wir müssen uns im Grunde nur zwei Fragen stellen«, sagte sie. »Hat jemand die Kinder von zu Hause abgeholt und weggebracht, oder sind sie von allein weggegangen?«

Marina Olbert schob ihren Stuhl zurück. »Frau Cordes, wir behalten Sie erst einmal hier.«

Sie sah Gesine mit einem eigenartigen Augenausdruck an, als wolle sie um Verständnis bitten. Aber Gesine sprang auf.

»Und wann suchen wir nach den Kindern?«, rief sie.

Sie bekam keine Antwort. Die Tür öffnete sich, und ein uniformierter Polizist erschien, um sie mitzunehmen. Wenn sie nicht auch noch angefasst und dirigiert werden wollte, musste sie sich fügen.

»Sie machen einen Fehler nach dem anderen«, bescheinigte sie der Olbert und betrat hocherhobenen Hauptes den Flur. Lasse Johannsen und Marina Olbert blieben dicht hinter ihr.

Der Weg zu den Arrestzellen war lang. An offenen Bürotüren vorbei, am Fahrstuhl, am Treppenhaus, und von überallher flogen neugierige Blicke. Niemand sagte ein Wort, aber die Gedanken schienen sich in der Luft zu materialisieren: Da ging sie, Gesine Cordes, die Exkollegin, die Exermittlerin aus der alten Kripoetage. Die Cordes, die Exfrau von Kollege Klaus. Mutter des toten Kindes damals, Schwester der toten Mareike heute. Tante der verschwundenen Kinder.

Und dann stand plötzlich Juan Alvarez im Flur. »Halt!«, rief er.

Der Polizist berührte Gesine am Ellbogen, um sie an Juan vorbeizuschieben. Im Reflex riss sie ihren Arm hoch, als wolle sie ihn schlagen, hielt aber inne.

»Ruhig bleiben«, hörte sie Marina Olbert von hinten, »alles unter Kontrolle.«

Gesine sah Juan fest in die Augen. »Ich gebe dir mein Ehrenwort, dass ich den Kindern nichts getan habe.«

»Ja.« Seine Lider waren rot und geschwollen. »Aber wenn du irgendetwas weißt, das uns weiterhelfen könnte, Gesine, ich flehe dich an, sag es mir.«

Du brauchst nicht zu flehen, wollte sie antworten, so bin ich doch gar nicht. »Wir waren an Mareikes Grab.«

In seinem Gesicht spiegelten sich widerstreitende Gefühle. Angst, Erstaunen, Wut. Aber er riss sich zusammen.

»Und sonst?«, fragte er.

»Sie wissen Bescheid, wer ich bin.«

»Seit wann?«

»Seit gestern Nacht. Und es ist jetzt sehr wichtig, dass du dich in sie hineinversetzt.« Sie senkte die Stimme. »Streng dich an. Was machen deine Töchter mit den neuen Informationen? Was könnten sie vorhaben?«

Er antwortete nicht. Er atmete nur schwer und zuckte mit den Schultern.

»Wir sollten weitergehen«, drängelte Lasse.

»Moment«, sagte Gesine, als sei sie in der Position, Wünsche zu äußern. »Juan, wenn dir dazu nichts einfällt, überleg dir, wem sie frühmorgens die Haustür öffnen würden. Vielleicht sind sie auf jemanden besonders neugierig geworden? Wegen der neuen Informationen?«

Juan war bleich wie die Wand. Er streckte seinen Arm aus und berührte Gesines Fingerspitzen. Sie zuckte nicht zurück. Hatte er jetzt eine Idee?

Er nickte der Olbert zu und ging davon.

Zehn Jahre zuvor

Gesine, die auf dem Rasen saß, ein Blatt Papier auf dem Schoß und einen Stift in der Hand, um sich Notizen zu machen.

Auf dem Rasen vor den Fichten. Die Lache war seit zwei Tagen eingetrocknet, die Halme lagen gelb und schlaff im Dreck.

Notizen über Philipps letzten Tag.

Etikett Alltag. Hektik, Absprachen ohne Gegenkontrolle, blindes Vertrauen.

Mittags: Stimmgerät für eine Gitarre in Lasse Johannsens Büro gesehen.

Nachmittags: Gesine auf der Arbeit bis 18 Uhr. Klaus auf der Arbeit bis 19 Uhr.

15 Uhr: Mareike klingelt an der Kita (bestätigt), um Philipp abzuholen.

15 Uhr 15: Philipp verlässt mit Mareike die Kita (bestätigt).

18 Uhr 40: Philipp liegt allein auf dem Rasen in der Lache (bestätigt).

18 Uhr 50: Mareike steht vor dem Gartenhaus und schreit.

Und zwischen 15 Uhr 15 und 18 Uhr 40?

Bis 19 Uhr 30: Richard und Renate Augenthaler sitzen daheim am Telefon (unbestätigt).

Nachts: Stimmgerät für eine Gitarre liegt im Gartenhaus. Sitzpolster befindet sich nicht im Schrank, sondern auf der Bank. Telefon auf dem Tisch. Rutschauto unter dem Tisch.

Gesine, die vor den Fichten saß und ausschließlich auf das Papier schauen wollte. Sie zeichnete, strich durch. Linien nach Art einer Tabelle. Zahlen. Fakten rechts und links wie eiserne Haken, mit denen sich Philipps letzter Tag aufspannen ließ.

Der Tod ein zäher Kampf. Der kleine Junge hilflos. Bewusstlos, hoffentlich. Aussichtslos, einsam und ängstlich.

Der Ort der Todestat vertraut, trügerisch sicher.

Die Täterin achtlos, herzlos, egoistisch. Im Gartenhaus beschäftigt, mit dem Stimmgerät und der Gitarre.

Aber nein, Mareikes Gitarre war im Gartenhaus ja nicht zu sehen gewesen.

Die Täterin also beschäftigt mit Lasse? Der ihr das Stimmgerät geschenkt hatte? Aber Lasse war doch erst später, gemeinsam mit den anderen Kollegen, in den Garten gekommen. Doch, ganz bestimmt.

Und der Bergeisenhut hatte geblüht. Ein farbiger Saum an der Terrasse, immer noch blau. Gerupft, nicht zerstört. Schuldig wie Mareike.

Mareike: achtlos (hat nicht nach Philipp geschaut), herzlos (hat sich im Gartenhaus vergnügt, während er starb), egoistisch (ist gar nicht auf die Idee gekommen, sich zu kümmern).

Und Gesine?

Gesine: achtlos (im Umgang mit der giftigen Pflanze), herzlos (hat ihr Kind nicht persönlich von der Kita abgeholt), egoistisch (weil der Job wichtiger war).

Aber auch misstrauisch.

Warum hatte das Telefon im Gartenhaus gelegen, so als habe Mareike auf einen Anruf gewartet? Auf einen Anruf etwa von Renate und Richard Augenthaler, die ihrerseits zu Hause saßen und behaupteten, auf einen Anruf zu warten?

Die Fichten schwitzten ihr Harz. Das Gartenhaus knackte vor Trockenheit. Gesine zerknäulte das Papier, strich es glatt, die Schrift verwischte. Plötzlich ein Stoß in den Rücken.

»Du bist schuld!« Mareike, die hinter Gesine stand, verheult, ungewaschen, außer sich. »Deine Scheißpflanzen. Wenn du nicht gewesen wärst!«

»15 Uhr 15 an der Kita«, entgegnete Gesine, stoisch wie ein Automat. »Was habt ihr gemacht, nachdem ihr die Kita verlassen habt?«

»Hör auf!«

»Und warum lag das Stimmgerät für deine Gitarre im Gartenhaus?«

»Hör endlich damit auf, wenn dir dein beschissenes Restleben wichtig ist.«

»Welches Leben?«

Mareike, die versuchte, Gesine zu umarmen. »Deine Kripo. Dein Haus.« Heulen und Schniefen. »Du hast doch jetzt nichts anderes mehr.«

Mareike, die verrückt geworden sein musste. Als könnte Gesine noch jemals wieder die Dienstmarke nehmen und zur Arbeit fahren. Als könnte sie noch jemals wieder vor diesem Haus auf der Terrasse sitzen. Oder den Tisch decken.

Mareike, die auf sie einschlug: »Hör auf, mich zu beschuldigen, Gesine. Ich halte das nicht mehr lange aus.«

Gesine, die sich nicht wehrte. Achtlos, nutzlos.

22

Kaffeeduft erfüllte den Wintergarten. Helle Markisen hielten die Sonne fern, zum Garten hin hatte man den Raum geöffnet. Vor der Terrasse plätscherte Wasser in einem komplizierten Parcours über graue Steine hinweg.

Marina Olbert balancierte auf der Sesselkante. Das Polster war ihr zu weich, um sich nach hinten zu lehnen, die Armlehnen zu hoch, um die Ellbogen darauf zu platzieren. Sämtliche Möbel in diesem Wintergarten schienen zum Lümmeln angefertigt zu sein. Dunkel, klobig und groß, so dass man darin versinken konnte und die Dimensionen sich verschoben: Man selbst wurde klein und zierlich, ebenso der morgendliche Cognac, den man möglicherweise in der Hand hielt. Und der Rasen draußen im Garten wurde zum dicksten Teppich der Welt.

Die Augenthalers steckten noch in ihren Morgenmänteln. Marina Olbert hatte seit Tagesanbruch schon zweimal mit ihnen telefoniert, um über die verschwundenen Zwillinge zu reden, aber die Herrschaften hatten offenbar nicht damit gerechnet, dass die Polizei auch noch persönlich vorbeikommen würde.

Richard Augenthalers Haare waren nass, als käme er gerade aus der Dusche. Er zurrte seinen Gürtel fest um den Bauch. Mit den Fersen hatte er seine Lederhausschuhe schiefgetreten. Er entschuldigte sich, um sich zurückzuziehen und umzukleiden, und Marina konnte ihn murmeln hören, als er den Wintergarten verließ.

Renate Augenthaler schien sich in ihrem Outfit wohlzufühlen. Sie ging barfuß und ließ ihren Morgenmantel sorglos auseinanderklaffen, als sie eine frische Tasse auf den Tisch stellte. Ein teurer Shorty in Rosé glänzte auf, ein gepflegtes Dekolleté.

Allerdings hatte Marina schon bei der Begrüßung eine leichte Alkoholfahne an ihr gewittert, und auch jetzt wehte etwas herüber, als die Augenthaler sie ansprach: »Zucker? Milch? Laktosefrei?«

»Ein Glas Wasser dazu wäre nett.«

Frau Augenthaler schob die Wasserkaraffe näher und füllte eine Tasse mit schwarzem Kaffee. Sie wirkte beflissen und fahrig zugleich. Marina beschloss, den Moment zu nutzen, in dem sie mit ihr allein war.

»Wann haben Sie Frida und Marta zum letzten Mal gesehen?«, fragte sie.

Die Augenthaler versank in einem der Sessel. Das Polster plusterte sich um Rücken und Hinterkopf. »Ich habe die Zwillinge auf der Beerdigung unserer Mareike gesehen. Ach nein, das stimmt nicht. Mein Mann und ich waren ja kurz auf dem Bauernhof, als bei Gesine die kleine Feier veranstaltet wurde.«

»Wie eng ist Ihr Kontakt zu Frida und Marta?«

»Na ja, sie sind im Ausland aufgewachsen.«

»Würden die beiden zu Ihnen kommen, zur Oma, und um Hilfe bitten, wenn sie ein Problem hätten?«, fragte Marina.

»Finden Sie mich großmütterlich?« Renate Augenthaler lächelte überrascht. »Es stimmt. Manchmal wäre ich gern eine richtige Omi, aber es ist nicht so einfach.«

»Und wie war es früher? Wie sind Sie früher als Großmutter gewesen?«

»Als Frida und Marta noch in Spanien waren, haben wir regelmäßig über Skype gesprochen.«

»Nein. Ich meine früher mit Ihrem ersten Enkelkind. Mit Philipp, dem Sohn von Gesine.«

Das Lächeln erstarrte. »Wir sollten auf meinen Mann warten. Er wird sicher gleich hier sein.«

»Ihr Mann denkt bestimmt auch gern zurück, denn ich glaube, dass das eine herrliche Zeit für Sie war.«

»Welche Zeit genau?«

»Als Mareike und Gesine gerade erwachsen waren, und der erste kleine Enkelsohn auf die Welt kam. Klaus Cordes dazu, ein Schwiegersohn nach Maß, so erfolgreich und attraktiv. Und Sie beide obenauf, Sie und Ihr Ehemann Richard an der Spitze der Generationen.«

»Nein, das ist falsch.«

»Warum?«

Die Augenthaler zuckte mit den Schultern und ließ ihren Blick durch den Wintergarten gleiten. In der Ecke stand die Hausbar. Daneben war ein kleines, gesundes Frühstück aufgebaut. Ananas in Scheiben und ein geschnittener Apfel, dessen Oberfläche braun angelaufen war.

»Das Kind stand an der Spitze der Familie«, sagte die

Augenthaler schließlich. »Alles drehte sich um Philipp, unseren kleinen Prinzen.«

»War er ein verwöhntes Kind?«

»Nein«, sie verzog den Mund, »er war ein liebes Kind. Verträumt und voller Phantasie.«

»Zeigen Sie mir ein Andenken an ihn?«

»Was für ein Andenken?«

»Ein Paar Söckchen. Ein Bild, das er gemalt hat.«

»Wir haben alles weggeräumt und weggeschlossen. Es war auch nicht viel, ich meine, in zwei Lebensjahren sammelt sich kaum etwas an.«

»Aber Philipp hatte hier bei Ihnen ein eigenes Bett und ein Kindergeschirr, oder nicht?«

Renate Augenthaler winkte ab. »Ich weiß, worauf Sie hinauswollen. Also nein, wir hatten nur ein Reisebett, und außerdem weder Extrageschirr noch Extrabesteck. Uns fehlt auch kein Löffel mit Porzellangriff.«

»Hat Ihr Enkel denn nie bei Ihnen gegessen? Oder übernachtet?«

»Er war doch noch so klein, und ich fand, dass es reichte, wie oft er bei seiner Tante Mareike sein musste.«

»Waren Sie eifersüchtig?«

»Wissen Sie, Gesine war keine gute Mutter. Sie hat ihre Arbeit bei der Kripo viel zu wichtig genommen, und sie konnte keine Kritik ertragen. Also sind wir eher diskret eingesprungen, wenn Gesine auf der Arbeit war. Richard und ich haben kein großes Aufheben darum gemacht.«

Sie drehte sich weg und schaute nach draußen, in das Glitzern des künstlichen Bachlaufs. Auf den Steinen am Wasser lag eine farblose Katze und schlief. Das Schilfgras hielt graubraune Puschel in die Höhe. Keine Blumen. Keine Beete. Nur Rasen, Wasser, Schilf und Steine.

Marina überprüfte ihr Handy. Der Suchtrupp hatte sich noch nicht gemeldet, dabei ging es bald auf Mittag zu.

Sie beugte sich vor. »Frau Augenthaler, was ist an jenem Nachmittag vor zehn Jahren geschehen, als Philipp gestorben ist?«

Keine Antwort.

Marina setzte nach. »Wenn wir Frida und Marta helfen wollen, muss jedes Detail auf den Tisch.«

»Was hat Philipps Tod denn mit Frida und Marta zu tun?«

»Das kann ich Ihnen sagen, wenn ich alles weiß.«

»Richard! Kommst du mal bitte?«

Als habe er darauf gewartet, betrat der Herr des Hauses den Raum. Geflochtenes Schuhwerk, helle Hose. Den Kragen am grünen Polohemd hochgestellt.

»Die Kommissarin möchte über damals reden«, sagte Renate Augenthaler, und er schnalzte tadelnd mit der Zunge. »Ich dachte, Sie suchen nach den Mädchen.«

»Wie Sie wollen.« Marina Olbert stand auf. »Ich kann Sie auch vorladen lassen, um Auskünfte von Ihnen zu bekommen.«

Richard Augenthaler schüttelte den Kopf. »Ich meine nur, dass Sie uns nicht unnötig quälen sollten.«

Sie trat dicht vor ihn. »Ihr Enkel Philipp hat Giftpflanzen gegessen, und niemand hat ihm geholfen, Herr Augenthaler. Ihre Tochter Mareike ist aus unerfindlichen Gründen vom Zug überfahren worden, und Ihre Enkelinnen Frida und Marta sind seit heute Nacht verschwunden. Und Sie finden es unnötig, die Schnittmenge zwischen den Fällen zu bestimmen?«

»Die Schnittmenge, die Sie meinen, besteht ja wohl aus Gesine.«

»Gesine ist ein Teil Ihrer Familie, Herr Augenthaler.«

»Mit dieser Ansicht stehen Sie allein, selbst nach Gesines eigener Meinung.«

Marina war größer als er, er musste sein Gesicht heben. Sommersprossen liefen über seinen Nasenrücken, dominant vererbt an die Nachfahren, an die Zwillinge, und dieser Anblick heizte Marinas Ungeduld an.

»Wie oft sind Sie auf dem Friedhof, Herr Augenthaler?«

»Ich?« Er entfernte sich aus ihrem Bannkreis.

»Alle paar Tage«, antwortete seine Frau für ihn.

Marina behielt beide im Auge. »Martin Braumüller ist gestern auf dem Friedhof ermordet worden. Ausgerechnet der Vertraute Ihrer Tochter Mareike.«

»Das gibt es nicht!« Richard Augenthaler wirkte verblüfft.

»Sie haben noch nichts davon gehört?«

»Nein!« Er wurde lauter: »Und ich war gestern auch nicht am Grab meiner Tochter, falls Sie meinen, ich hätte etwas damit zu tun.«

Jetzt rappelte sich Renate Augenthaler aus ihrem Sessel hoch. »Glauben Sie, es gibt einen Zusammenhang zu Frida und Marta?«

»Sei doch mal still!« Richard hob die Hand. »Mir soll etwas angehängt werden! Das lasse ich mir nicht bieten.«

Marina sprach scharf. »Wenn man in Friedhofsnähe ist, Herr Augenthaler, geht man nicht immer an ein Grab.

Manchmal geht man in der Gegend auch joggen, oder man trifft Freunde.«

Richard Augenthaler klappte seinen Hemdkragen herunter, als fühlte er sich durch den Stoff gestört. »Ich hätte es wissen müssen«, sagte er. »Sie haben sich Ihr Urteil über mich längst gebildet.«

»Ich nehme Ihre Praxis zur Kenntnis, immer nur das Nötigste zu sagen.«

»Gesine hat Ihnen von dem Notizbuch erzählt, und Sie trauen mir deswegen alles zu. Aber ich habe mit dem Mord an Braumüller nichts zu tun!«

»Sie können meinen Eindruck von Ihnen gern geraderücken.«

Er lehnte sich an das Sideboard. Der Teller mit den Apfelschnitzen klapperte. »Ich habe getan, was jeder Vater getan hätte. Sie als Ermittlerin haben ja nicht gehandelt, sondern Gesine von vornherein mit Samthandschuhen angefasst. Aber wo soll man nach Hinweisen auf Mareikes Mörder suchen, wenn nicht in ihrem Wohnwagen?«

»Gewaltsam suchen?«

»Ich habe mir Zutritt verschafft, weil ich es musste.«

»Richard? Was meinst du damit?« Renate Augenthaler blinzelte irritiert.

»Mareike hatte ein wunderbares Leben, bis sie plötzlich damit anfing, sich mit Gesine zu treffen. Warum kapiert das eigentlich niemand?«

»Du hast dich strafbar gemacht!« Renate Augenthaler zeigte auf ihn. »Und du hast Gesine in den Stall gejagt! Sie hätte verbluten können.«

»Erstens konnte ich nicht ahnen, dass sie in diesem

Wohnwagen übernachtet. Ich dachte, der Wagen ist leer, aber sie lebt ja wie ein Vagabund. Und zweitens konnte kein Mensch voraussehen, dass sie zu den Kühen klettert.«

Marina stellte sich zwischen die Eheleute. »Und warum haben Sie ausgerechnet das Notizheft aus dem Wohnwagen mitgenommen?«

Aber in diesem Moment fing seine Frau an zu schreien: »Wo bist du heute Morgen gewesen, Richard?«

»Renate!«

»Als ich wach geworden bin, warst du nicht da!«

»Ich war unter der Dusche. Wo denn sonst?«

»Warst du bei Frida und Marta?«

»Nein!« Es sah aus, als wolle er sich auf seine Frau stürzen.

Marina hielt ihn fest. »Herr Augenthaler, sollten Sie heute früh unterwegs gewesen sein, wird sich das rekonstruieren lassen. Geben Sie mir Ihr Handy.«

»Aber Sie verstehen das nicht.« Es fiel ihm schwer, sich im Zaum zu halten. »Und du verstehst erst recht nichts, Renate! Als ob ich den Zwillingen etwas getan haben könnte. Gerade ich!«

»Haben Sie die beiden heute Morgen schon gesehen oder nicht?« Marina packte noch fester zu.

»Nein! Obwohl ich an ihrem Haus war. Warum soll ich es nicht zugeben? Ich war aber nur in der Garage. Ich habe das Nachtsichtgerät zurückgebracht, verdammt noch mal.«

»Sie wollten Spuren verwischen. Haben Sie das Notizheft ebenfalls entsorgt?«

»Leider nicht. Ich habe die Garage mit meinem eigenen Schlüssel geöffnet, das Nachtsichtgerät in den Schrank gepackt und bin wieder weggefahren. Ohne jemanden zu treffen.«

»Wann war das genau?«

»Um fünf oder halb sechs. Frida und Marta müssen noch geschlafen haben.«

Vielleicht ja, vielleicht nein. »Händigen Sie mir das Notizheft aus«, ordnete Marina an, »ebenso Ihren Autoschlüssel und Ihr Handy. Und dann fahren wir ins Präsidium.«

»Wozu?«

»Wir bündeln unsere Kräfte, um nach den Kindern zu suchen.«

»Und ich?«, klagte Renate Augenthaler.

»Sie bleiben hier am Telefon. Wie vor zehn Jahren.«

23

Unerträglich, eingesperrt zu sein. Ein vergittertes Oberlicht nach Norden. Die Raumdecke aus Beton, speckig glänzende Latexfarbe in Beige. Bündig eingelassene Lampen, weiße Kacheln an den Wänden und auf dem Fußboden. Ein Abfluss in der Mitte, leichtes Gefälle.

Vier mal zwei Meter Bewegungsfläche. Theoretisch. Praktisch aber waren höchstens zwei mal zwei Meter möglich, denn der Betonsockel mit der Pritsche stand im Weg, ebenso der Sanitärbereich.

Gesine stieß überall an. Rannte zur Tür, zur Wand, zur Toilette aus Stahl. Spritzte mit Wasser, rannte zur Tür. Stieg auf die Pritsche, um besser aus dem Fenster sehen zu können. Irgendwo da draußen waren Frida und Marta, und sie konnte ihnen nicht helfen.

Sie ließ sich fallen und zwang sich, auf der Pritsche sitzen zu bleiben. Klammerte sich mit den Händen an die dünne Matratze aus Kunstleder. Drückte die Knie zusammen und spitzte die Ohren. Draußen auf dem Gang gedämpftes Gelächter.

Was würde es bringen, nach den Beamten zu rufen?

Nichts. Man würde Gesine beschwichtigen und an ihre Einsicht appellieren. Man würde sie fragen, ob man nicht doch noch jemanden für sie verständigen sollte. Aber sie brauchte niemanden hier, sie brauchte alle Kräfte draußen, auf der Suche nach den Kindern. Juan war hoffentlich unterwegs. Hannes ebenfalls, und Bauer Josef vielleicht.

Die Kontaktlinsen kratzten unter den Lidern, und es war kühl im Raum. Gesine hätte einen Pullover mitnehmen sollen, aber sie hatte zu kurz gedacht, als sie im Wohnwagen ihre Sachen packte und sich abführen ließ. Bestimmt würde es spät werden heute. Am Abend müsste sie wahrscheinlich auf die graue Decke zurückgreifen, die auf der Pritsche lag, denn Marina Olbert würde den gesetzlichen Rahmen, in dem sie Gesine festhalten durfte, voll ausschöpfen. Stunde um Stunde würde verrinnen, in absoluter, grauenvoller Untätigkeit, dabei war jede Stunde entscheidend.

Ob Juan in der Lage war zu funktionieren? Gesine hatte ihn noch nie so versteinert gesehen wie vorhin auf dem Flur des Präsidiums. Nicht gelähmt, sondern auf eine verzweifelte Weise hart. Mit aller Kraft darum bemüht, nicht zusammenzubrechen. Immerhin hatte er Gesine zugehört. Er hatte ihre Fingerspitzen berührt und signalisiert, dass ihre Worte bei ihm angekommen waren: Wem würden die Kinder morgens in aller Frühe die Haustür öffnen?

Den Großeltern, Richard und Renate Augenthaler. Diese Möglichkeit lag für Gesine als Erstes auf der Hand, und auch Juan würde es für möglich halten, dass die Kinder von den Großeltern überrascht worden waren. Vielleicht stand er jetzt schon im Wintergarten, um Richard zur Rede zu stellen. Vielleicht durchsuchte er das Haus.

Oder würde er es nicht wagen? Aus Respekt vor den Augenthalers oder aus Verbundenheit? Gesine fiel das Nachtsichtgerät ein. Juan war ja möglicherweise an dem Einbruch in ihren Wohnwagen beteiligt, er machte unter Umständen mit Richard Augenthaler gemeinsame Sache. Alles musste überprüft und durchdacht werden, man durfte keine Hemmungen haben.

Zum Beispiel könnte Juan gelogen haben. Er könnte in der Frühe ganz normal nach Hause gekommen sein, erschöpft von der Arbeit. Dann könnte er in der Küche den nassen Lappen bemerkt haben, mit dem Gesine wenige Stunden zuvor die Holunderspuren auf der Treppe beseitigt hatte, und möglicherweise hatte er Frida und Marta nach diesem Lappen befragt. Sie könnten bockig reagiert haben. Und dann? Ein Streit aus Müdigkeit. Juan, der ausholte und die Kinder niederschlug? Nein. Trotz allem nicht vorstellbar.

Also doch die Augenthalers.

Oder ganz anders. Die Kinder hatten das Haus aus freien Stücken verlassen. Waren allein und heimlich losgezogen, um die Wahrheit zu suchen, denn bei allem, was Gesine ihnen in der Nacht auf dem Friedhof erzählt hatte, mussten für die Mädchen noch Fragen offengeblieben sein: Warum hatte ihre Mutter nie etwas über den kleinen Philipp erzählt? Warum hatte sogar Gesine ihn verschwiegen, den eigenen Sohn?

Frida und Marta könnten also im Morgengrauen mit dem Bus zu Juan in die Klinik gefahren sein, um mit ihm darüber zu reden, oder an den Stadtrand zum Haus der Großeltern. Oder zu Martin Braumüller, von dem sie wussten, dass er ein Freund ihrer Mutter gewesen war, und von dem sie sich die größtmögliche Ehrlichkeit erhofften.

Aber Braumüller war tot, ermordet, und die Mädchen ahnten nichts davon.

Gesine legte ihr Gesicht auf die Beine. Hätte sie die beiden bloß geschont. Hätte sie nicht den schönen Moment auf dem Friedhof ausgenutzt, um von Philipp zu erzählen. Wie egoistisch von ihr.

In der Wand der Arrestzelle rauschte Wasser in einer Leitung, oder es rauschte in Gesines Kopf. Sie hielt sich die Ohren zu und drückte das Gesicht fest auf die Knie. Auf ihrer Netzhaut tanzten helle Punkte. Täuschungen, Reize, die das Gehirn falsch interpretierte.

Sie richtete sich auf. Konnte sie sich das eigentlich leisten? Ausgerechnet jetzt den Verstand zu verlieren und folgsam zu sein? Zu gehorchen, wenn man sie einsperrte?

Sie hämmerte gegen die Tür. Sekunden später wurde geöffnet.

»Wir wollten Sie gerade holen, Frau Cordes. Marina Olbert möchte mit Ihnen reden.«

»Ich entscheide selbst, mit wem ich rede.«

»Diskutieren Sie das bitte mit Frau Olbert.«

Marina Olbert sah aus wie aus dem Ei gepellt. Das blonde Haar glänzte frisch gestriegelt, die dunkle Bluse schien knitterfrei zu sein. Keine Spur davon, dass sie an einer Suchaktion draußen auf den Wiesen teilgenommen hatte.

»Vom Bürostuhl aus finden Sie Frida und Marta sicher nicht«, sagte Gesine und setzte sich an den Tisch.

»Sie haben recht, Frau Cordes. Aber heute komme

ich mir vor wie eine Fischerin. Wann immer ich draußen unterwegs bin, mache ich eine Beute, die ich erst einmal ins Präsidium zurückbringen muss, bevor es weitergehen kann.«

»Ich lasse mich nicht als Beute bezeichnen, Frau Olbert.«

»Sagen wir Beifang. Einverstanden? Und im Übrigen meine ich nicht nur Sie.«

Auf dem Tisch lag eine Akte. Das Blau der Pappe strahlte. Die Olbert legte ihre Hände darauf und schloss für einen Moment die Augen. Gesine wartete auf das übliche maliziöse Lächeln, aber es blieb aus.

Absolute Stille im Raum.

Dann griff Marina Olbert unter den Tisch und holte einen durchsichtigen Plastikbeutel hervor. Einige welke Blumen steckten darin.

»Diesen Strauß hier haben wir an den Bahnschienen gefunden.« Sie legte den Beutel auf die Akte.

»Echinacea.« Gesine streckte die Hand aus, aber sie berührte den Beutel nicht. »Wo genau an den Bahnschienen?«

»Dort, wo Mareike Alvarez ums Leben gekommen ist.«

Gesines Puls ging schneller. »Hot Papaya«, sagte sie, »eine besondere Hybride.«

»Wo bekommt man so etwas?«

»Im Fachhandel, und es wächst im Garten von Juan.«

Marina Olbert griff erneut unter den Tisch und holte einen zweiten Beutel mit Blumen hervor. »Dieselbe Sorte, aber diesen Strauß hier haben wir auf dem Grab Ihrer Schwester entdeckt.«

»Wann?«

»Eben.«

»Aber in der Nacht lagen dort noch keine Blumen.«

»Das habe ich vermutet. Frida und Marta müssen heute Morgen schon wieder auf dem Friedhof gewesen sein.«

Gesine versuchte, ihre Gedanken zu sortieren. War es nicht ein Hoffnungsschimmer? Ein gutes Zeichen, dass die Kinder Blumen gepflückt und zu Mareike gebracht hatten?

Die Olbert tippte auf die Beutel. »Man könnte sagen, dass Ihre Nichten die Wege der Mutter nachvollziehen. Gewissermaßen haken sie einzelne Stationen ab. Erst die Gleise, dann das Grab. Aber wo gehen sie als Nächstes hin?«

»Ich weiß nicht. Vielleicht zu Richard und Renate Augenthaler?«

»Frau Cordes, Sie haben Herrn Alvarez gegenüber erwähnt, dass die Kinder inzwischen wissen, wer Sie sind. Sie haben Ihnen also heute Nacht von Ihrem Sohn Philipp erzählt. Ist das richtig?«

»Ja.«

»Wie haben die Kinder darauf reagiert?«

»Sehr gefasst.« Nein, das stimmte nicht. »Sie haben jedenfalls anders reagiert, als ich es vermutet hatte.«

»Bitte erklären Sie das genauer.«

Abwehr baute sich in Gesine auf. »Ich dachte, die beiden regen sich auf, weil man ihnen die Geschichte verheimlicht hat. Ich dachte, sie werfen mir vor, dass ich sie angelogen habe, aber das haben sie nicht getan.«

»Sondern?« Marina Olbert wartete. Sehr hartnäckig.

»Frida hat geweint. Sie hatte Mitleid mit ihrer Mutter. Und auch mit meinem Sohn Philipp.«

»Und mit Ihnen?«

»Das weiß ich nicht.«

»Gut. Frida hat also alle betrauert. Mareike, Sie und Ihren Sohn.«

Die Abwehr wurde stärker. Die Olbert wusste doch gar nicht, wovon sie sprach. Sie hatte weder Ahnung von Kindern noch von Trauer. Geschweige denn vom Sternenhimmel.

Wie Gesine mit den Mädchen an Mareikes Grab gestanden hatte. Dicht vor den Füßen der dunkle Fleck, unter dem das Kaninchen bestattet worden war. Frida und Marta hatten sich rechts und links an Gesines Seite geschoben, ihre Stimmen waren weich und warm vor Müdigkeit, vor Weichherzigkeit, und Gesine hatte nichts davon verhindert. Vielleicht war das ein Fehler gewesen, und die Quittung hatte auch nicht lange auf sich warten lassen. Am Hals hatte es angefangen. Es drückte von innen und von außen, ganz seltsam, und Gesine wollte sich zuerst nichts anmerken lassen, um die Kinder nicht zu erschrecken. Aber der Druck nahm weiter zu, und bald quetschte er ihr die Kehle so brutal zusammen, dass sie, wenn schon nicht schreien, dann wenigstens hecheln musste. Sie sperrte den Mund auf, inzwischen voller Angst, griff sich mit beiden Händen an den Kragen, da war es plötzlich weg. Es hatte Gesine einfach losgelassen, oder besser gesagt, es war in ihrem Inneren umgekippt und unter ihren Schlüsselbeinen zerflossen. »Endlich Frieden«, hatte sie noch gedacht.

»Wir waren entspannt«, sagte sie jetzt. »Nachdem die Kinder alles erfahren hatten, haben wir in die Sterne geguckt. Wir haben gesagt, dass wir alle drei gerne wissen würden, wer an Mareikes Tod schuld ist, und ich habe versprochen, mich darum zu kümmern.«

»Schön«, sagte die Olbert.

»Wir sind zu Frida und Marta nach Hause gefahren, und sie haben mir erklärt, wie ich sie ins Bett bringen muss.«

»Ein Mama-Programm.«

»Nein, ein Spiel. Ich musste sie zudecken. Sie wollten sich in ihren Betten wie Brote fühlen, die von mir fest eingewickelt werden.« Gesines Hände zitterten.

»Ein Mama-Programm, sage ich doch. Und am Ende waren alle zufrieden. Aber dann sind die Kinder am Morgen aufgewacht, und die Traurigkeit war zurück. Also haben sie zuerst ihre Mutter besucht, an den Gleisen und am Grab. Und danach waren möglicherweise Sie an der Reihe, Frau Cordes, oder Ihr Sohn.«

»Die Kinder waren nicht bei mir. Zum tausendsten Mal.«

»Wie leicht ist das Grab Ihres Sohnes zu finden?«

»Woher sollen Frida und Marta denn wissen, dass Philipp auf dem Ostfriedhof liegt?«

»Ach richtig«, die Lippen der Olbert wurden schmal. »Man hat den Kindern ja nichts gesagt.«

»Diese Bemerkung ist unfair.«

»Ihr Widerstand ist unfair, Frau Cordes!« Die Olbert erhob ihre Stimme. »Es sind unerfahrene Mädchen. Sie interessieren sich nicht für Bestattungsmethoden und Friedhofsbezirke, und sie wissen auch nichts von dem Gerücht, Philipp sei anonym beerdigt worden. Für Frida und Marta hat vielmehr alles seine Null-acht-fünfzehn-Ordnung, und sie werden das Grab Ihres Sohnes suchen! Also antworten Sie bitte auf meine Frage: Wie leicht ist es zu finden?«

Gesine stand auf. Feld A, die Kindergräber mit den Puppen und dem bunten Spielzeug. Bilderbücher, Kerzen. Frida und Marta, die von Parzelle zu Parzelle schlichen. Aber wie sah das Grab von Philipp im Moment aus? Eher bunt? Oder schlicht?

Sie brauchte zwei Anläufe, um zu antworten: »Ich weiß es nicht, Frau Olbert.«

Die Ermittlerin schnalzte mit der Zunge und runzelte die Stirn. Gesine tastete nach dem Stuhl, auf einen Schlag erschöpft.

»Auf dem Grab gibt es ein kleines Kreuz aus Holz«, sagte sie. »Darauf stehen die Geburts- und Sterbedaten. Und sein Vorname.«

»Philipp ist kein seltener Name, aber anhand der Daten könnten Frida und Marta sein Grab erkennen.«

»Das Kreuz müsste allerdings verwittert sein. Es war ein einfaches Modell aus Nadelholz. Lackiert, aber inzwischen hat es vielleicht Risse.«

Marina Olbert schwieg, und als sie weitersprach, war ihre Stimme dunkler geworden. »Haben Sie zufällig die Nummer des Grabes im Kopf? Ich würde es gern gezielt überprüfen lassen.«

»Sie suchen nach weiteren Blumen?«

»Zum Beispiel.«

Gesine sagte die Nummer auf, A-117. A für das Feld der Kindergräber, und an der 117, so erklärte sie, könne man erkennen, dass es im alten Abschnitt des Gräberfeldes liegt.

»Danke.« Marina Olbert gab die Informationen in ihr Handy ein.

»Haben Sie denn schon das Kinderzimmer von Frida und Marta auf den Kopf gestellt?«, fragte Gesine.

»Selbstverständlich, aber es hat uns nicht weitergebracht. Es fehlen nur zwei Kuscheltiere.«

»Die Maus aus dem Fernsehen und ein grünes Krokodil?« Die Vorstellung zog an Gesines Magen.

»Ja«, antwortete Marina Olbert. »Sie kennen sich wirklich gut aus.«

Gesine machte eine ungeduldige Geste. »Sie müssen auch meinen Vater überprüfen.«

»Wir sind dabei.«

»Er hatte ein angespanntes Verhältnis zu Martin Braumüller.«

»Was wollen Sie damit sagen?«

»Braumüller hat mit meinem Vater Anfang des Jahres über Mareike gesprochen und dabei angekündigt, dass Mareike sich mit mir versöhnen wollte. Meinem Vater soll die Versöhnung überhaupt nicht gefallen haben.«

»Und woher wissen Sie das?«

»Von Braumüller persönlich. Er hatte ein schlechtes Gewissen. Er hielt es für möglich, durch seine Plauderei Mareikes Tod verursacht zu haben.«

Die Olbert fixierte sie. »Braumüller hat behauptet, dass Ihr Vater Mareike Alvarez getötet hat?«

»Nicht so konkret.«

»Und wie soll das alles mit dem Verschwinden der Kinder zusammenhängen?«

»Es sind immer dieselben Leute, die beteiligt sind. Ich finde das auffällig.«

Kaum sichtbar hob Marina Olbert eine Augenbraue. »Und ich finde es schade, dass ich Ihre Erkenntnisse über Braumüller erst jetzt erfahre.«

»Gestern auf dem Friedhof, als wir seine Leiche gefunden haben, hätte ich Ihnen gerne etwas erzählt.«

»Auch gestern wäre es schon zu spät gewesen.«

Die Ermittlerin schob die beiden Beutel mit den Blumen zur Seite. Sie schien unzufrieden zu sein und mit einem Gedanken zu ringen. Schließlich seufzte sie und öffnete die Akte, die vor ihr lag. Sie löste einige Blatt Papier heraus und reichte sie über den Tisch. Gesine nahm sie nur zögernd entgegen. Es handelte sich um eine gedruckte, umfangreiche Liste, aber das Thema Braumüller war doch nicht beendet. Sie musste noch berichten, dass Braumüller in Mareike verliebt gewesen war, und außerdem wollte sie auch endlich auf Lasse Johannsen zu sprechen kommen, vor allem auf die Affäre, die er vor Jahren mit Mareike gehabt haben sollte.

Doch dann las sie die Überschrift der Liste und erschrak. Eine Aufzählung von Bruchstücken und Teilen aller Art. Mehrere Seiten lang notiert, mit Kugelschreiber ergänzt, fürchterliche Bemerkungen. Durfte die Olbert ihr das überhaupt zeigen?

Die Ermittlerin schob ihren Stuhl zurück, trat ans Fenster und drehte Gesine den Rücken zu. Taktvoll, oder weil sie auf den Schockeffekt vertraute.

Eine Aufzählung von Bruchstücken und Teilen aller Art, die auf und neben den Gleisen gefunden worden waren. Auf und neben Mareike, oder auch innen drin. Eine Bestandsaufnahme ihres Todes. Körperteile. Gewebeteile, die man nicht sofort hatte zuordnen können.

Mareike.

Durchtrennt von den Stahlrädern des Zuges. Zerquetscht

auf den Schienen zum einen Teil, zum anderen Teil mitgeschleift und außerdem noch zur Seite weggeschleudert.

Mareike?

Gesine breitete die Liste auf der Tischplatte aus, Blatt neben Blatt. Sie war aus der Übung, Tatortberichte zu lesen. Andererseits war sie nicht aus der Übung, sich zu helfen.

»Ist das eine Kopie?«, fragte sie rau.

»Selbstverständlich«, antwortete Marina Olbert leise.

»Geben Sie mir einen Stift. Einen Filzstift, bitte.«

Zeile für Zeile strich Gesine durch. Hirnmasse, ein Fuß. Ein Oberarm. Alles, was mit Mareikes Körper zu tun hatte, wurde unleserlich gemacht, und mit jedem Strich, den sie zog, ging es ihr besser. Das war nicht Mareike. Das war die Verwüstung, die der Täter hinterlassen hatte.

Übrig blieben Kleidungsstücke. Stücke von Kleidungsstücken. Porzellansplitter, ein Löffel. Ein Schuh in Gänze. Teile einer Armbanduhr. Ein tadelloser Ehering. Reste einer Brille.

Sie stutzte. »Sind Sie sicher, dass diese Brille zu meiner Schwester gehörte?«

»Aber ja.«

»Meine Schwester war kurzsichtig, so wie ich. Aber diese Glasscherben hier haben null Dioptrien.«

»Es ist eine Lesebrille, und zum Lesen brauchte Ihre Schwester kein geschliffenes Glas.«

»Also war die Brille überflüssig?«

»Ja und nein. Es handelte sich um eine Lesebrille mit Fensterglas und Beleuchtung.«

»Das verstehe ich nicht.«

»Sehen Sie hier.« Marina Olbert umrundete den Tisch und beugte sich neben Gesine über das Papier. »In den Scharnieren der Brille stecken LED-Elemente. Wenn Ihre Schwester abends im Bett gelesen hat, wollte sie ihren Mann nicht stören. Sie hat die Nachttischlampe ausgeschaltet und diese Brille benutzt. Ein gezieltes, dezentes Licht auf die Buchseiten.«

»Hat Juan Alvarez Ihnen das bestätigt?«

»Selbstverständlich. Aber weil man so eine Brille an jeder Straßenecke kaufen kann, habe ich ihm auch diese Originalsplitter vorgelegt. Er hat sie eindeutig identifizieren können, weil er Mareike einmal aus Spaß ein Herz in den Bügel geritzt hat.«

»Und ein zweites Gestell, die normale Brille, die meine Schwester manchmal benutzt hat, haben Sie an den Gleisen nicht gefunden?«

»Nein.« Die Olbert setzte sich auf den freien Stuhl neben Gesine. »Und jetzt lassen Sie uns überlegen, was das zu bedeuten hat.«

Es hatte erstens zu bedeuten, dass Mareike mitten in der Nacht ihre Kontaktlinsen eingesetzt hatte. Zweitens durfte man nicht darüber nachdenken, warum die Linsen nicht zu den Dingen gehörten, die aufgelistet worden waren. In welchem Zustand war der Kopf der Leiche gewesen?

»Möchten Sie den Obduktionsbericht sehen?«, fragte die Olbert, als habe sie Gesines Gedanken erraten.

»Also, meine Schwester ist nicht spontan aus dem Haus gegangen«, erwiderte Gesine barsch, »sonst hätte sie nämlich ihre normale Brille aufgesetzt und sich nicht die Mühe mit den Kontaktlinsen gemacht. Außerdem hat sie mit Absicht ihre beleuchtete Lesebrille eingesteckt, die üblicherweise wohl auf ihrem Nachttisch lag.«

»Ja, und das heißt: Ihre Schwester hat einigen Aufwand betrieben, bevor sie zu den Gleisen gegangen ist.«

»Sie hat sich darauf vorbereitet, in der Dunkelheit etwas zu beleuchten. Vielleicht, um etwas zu lesen.«

»Warum hat sie keine Taschenlampe mitgenommen? Das wäre nicht so kompliziert gewesen.«

»Nehmen wir an, sie hat jemanden getroffen, der ihr etwas zum Lesen mitgebracht hat. Sie hat das Papier in die eine Hand genommen und sich Licht von der Brille dazugeholt. Die zweite Hand hatte sie frei. Das war ihr lieber, als noch eine Lampe festhalten zu müssen.«

»Weil Ihre Schwester auf der Hut war?«, überlegte Marina Olbert. »Weil sie mit ihrer zweiten Hand ihr Gegenüber auf Abstand halten wollte?«

Gesine verließ den Tisch. Zum Nachdenken brauchte sie Bewegung. »Mareike geht über das Feld«, sagte sie. »Durch die Dunkelheit. Sie ist mit jemandem verabredet. Mit jemandem, den sie nur heimlich treffen kann.«

»Martin Braumüller?«, warf Marina Olbert ein.

»Nein. Den trifft sie jeden Tag. Es muss jemand sein, mit dem sie üblicherweise nicht gesehen wird, darum der heimliche Termin in der Dunkelheit jenseits der Bebauung.«

Lasse Johannsen, dachte Gesine. Der alte Freund. Früher hatte Mareike ihn nahezu täglich gesehen, aber heute ging das nicht mehr, denn es war zu viel Schreckliches passiert.

»Denken Sie an jemand Bestimmten?«, wollte die Olbert wissen.

Aber Gesine schwieg.

Lasse. Seine heimliche Affäre mit Mareike vor Jahren. Nach außen, auf Kollegen und Freunde, hatte es immer gewirkt, als ob seine Chancen bei ihr gegen null gingen, denn Mareike behandelte ihn von oben herab. Er nahm ihr trotzdem nie etwas übel, sondern hielt still wie ein Schaf, wenn sie zum Beispiel das Gespräch mit ihm unterbrach und sich abwandte, um Gesine, der kleinen Schwester, die Lippen zu schminken.

Die Olbert räusperte sich. »Mareike steht also in der Nähe der Schienen. Der oder die Unbekannte kommt dazu. Ein Schriftstück soll gelesen werden. Ein Dokument, das Mareike am Herzen liegt. Denn immerhin ist es ihr Hochzeitstag, und sie hat sich trotzdem aus dem Bett bewegt.«

Gesine kniff die Augen zusammen. »Falsch. Sehen Sie die Tat lieber nicht als Widerspruch zum Datum. Mareike hat mit voller Absicht den Hochzeitstag für das geheime Treffen gewählt, weil sie ein Zeichen setzen will. Sie will einen Neuanfang.«

»Sie glauben also an eine Affäre?«

»Eine Affäre wäre für Mareike kein Neuanfang gewesen. Ich glaube an ein Treffen mit jemandem, der ihr Leben von Grund auf in Ordnung bringen sollte.«

»Aber die Hauptunordnung lag für sie in dem Streit mit Ihnen, Frau Cordes.«

»Darum hat sie sich mit jemandem getroffen, der ihr bei diesem Problem helfen sollte. Aber sie war zugleich misstrauisch. Sie brauchte mindestens eine freie Hand.«

Ein Film spulte sich vor Gesines Augen ab. Mareike, wie sie sich in ihren letzten Lebenswochen zermürbt hatte. Wie sie sich eingebildet hatte, alles wiedergutmachen zu können. So gern wollte sie vor Gesine treten und um Verzeihung bitten. Aber wie hätte Gesine auf sie reagiert? Musste Mareike nicht etwas mitbringen, das die Anklägerin gnädig stimmen würde? Den Bericht eines Zeugen von damals, der Mareike von ihrer Schuld entlastete. Ein Dokument, geschrieben zum Beispiel von Lasse Johannsen, der über Philipps Tod etwas wusste, das er bisher noch niemandem verraten hatte.

Marina Olbert schien ebenfalls einen Film zu verfolgen. »Es könnte an den Schienen Streit gegeben haben. Die unbekannte Person, mit der Mareike verabredet war, hat das falsche Dokument gebracht.«

»Oder die Person hat das Dokument nicht herausgerückt, weil Mareike keine Gegenleistung erbringen wollte.«

»Sehr gut.«

»Ich weiß nicht.« Gesine überlegte. »Es klingt so, als hätte man längst darauf kommen können. Wo ist der Haken?«

»Der Haken ist der Versöhnungswunsch von Mareike.« Die Olbert warf die Haare zurück. »Es war bisher schwierig, diesen Wunsch in seinem wahren Ausmaß an sich heranzulassen.«

»Quatsch.« Gesine nahm die Liste vom Tisch und blätterte sie noch einmal durch. »Wir wissen zu wenig. Hat es das Dokument wirklich gegeben? Was stand dort geschrieben? An den Gleisen wurde jedenfalls keine Spur davon gefunden.«

Aber wenn das Dokument tatsächlich von Lasse Johannsen stammte und er es wieder mitgenommen hatte? Wer war dann Mareikes Mörder: Lasse selbst oder derjenige, von dem im Dokument die Rede gewesen war?

Die Olbert heftete die Liste zurück in die Akte. »Sie haben mir sehr geholfen, Frau Cordes. Ich bedanke mich.«

Gesine nickte. »Ich muss aber jetzt los«, sagte sie.

»Oh. Ich fürchte, Sie liegen falsch«, entgegnete die Olbert. »Tut mir leid.«

Sie öffnete die Tür, und bevor Gesine es richtig verstehen konnte, wies sie schon wieder einen Beamten an, sie in den Arrest zu führen. »Vielleicht zeigen Sie Frau Cordes vorher noch die Besuchertoilette. Sie wird in der Arrestzelle nämlich nicht mehr allein sein.«

Zehn Jahre zuvor

Gesine, die ihre Arbeit bei der Kripo immer geliebt hatte. Auf der Seite des Gesetzes.

»Warum wird Philipps Tod nicht untersucht?«

»Wir haben bereits alles untersucht.« Lasse Johannsen, der wie schon Dutzende Male zuvor im Wohnzimmer saß.

»Warum lag bei uns im Gartenhaus das Stimmgerät, das du für Mareikes Gitarre gekauft hast?«

»Das Stimmgerät liegt in meinem Büro.«

»Im Gartenhaus lag ein ganz anderes Gerät«, mischte sich Richard Augenthaler ein. Richard und Renate auf dem Sofa, Hand in Hand.

Klaus und Gesine stocksteif in Nähe der Wohnzimmertür, ebenfalls Hand in Hand.

Mareike allein im großen Sessel am Fenster.

»Jeder trägt einen Teil der Schuld«, sagte Renate. »Als Mutter pflanzt man keine giftigen Blumen an die Terrasse.«

Klaus, der Gesines Finger knetete. »Als Mutter hat man die Weisheit nicht gepachtet, Renate.«

Renate, die Richard ansah. Richard, der mit den Strümpfen über den Teppich rieb.

»Als Ältester spricht man ein Machtwort«, sagte er. »Ich lasse nicht zu, dass unsere Familie durch einen Gerichtsprozess auseinandergepflückt wird. Wir stehen in der Trauer zusammen.«

Gesine, die weinte. »Ich will Gerechtigkeit.«

Das Machtwort, das ihr entgegenwalzte. »Gerechtigkeit gibt es nicht, wenn ein Kind gestorben ist. Es wird nie wieder gut, durch kein Gericht der Welt.«

Mareike, die im Sessel schaukelte. »Vielleicht willst du gar keine Gerechtigkeit, Gesine, sondern lieber die Wahrheit?« Mareike, die kaum zu verstehen war. »Frag jeden von uns, hier und jetzt, welchen Teil er persönlich zu Philipps Tod beigetragen hat. Und jeder antwortet dir nach bestem Gewissen.«

»Wir haben doch nur am Telefon gesessen«, rief Renate aus.

»So geht das nicht«, bestätigte Lasse. »Ihr zerfleischt euch als Familie selbst, und am Ende bleibt nichts mehr übrig. Keine Beziehung zueinander, und auch kein Job, denn die Kollegen werden alles mitkriegen, jeden einzelnen Teil eurer Schuld und eurer Selbstzerfleischung. Aber Philipp wird dadurch nicht wieder lebendig.«

Klaus, der Gesines Finger losließ. »Mein Beitrag zu seinem Tod ist: Ich habe Überstunden gemacht. Und jetzt? Wie soll ich damit leben?«

Gesine, die fror. Die raus auf die Terrasse ging, wo aus dem Beet inzwischen eine Grube geworden war.

Die letzten Wurzelspitzen des Bergeisenhuts ausgegraben und verbrannt. Die Grube trocken, der Boden durchlässig, aber nicht durchlässig genug.

24

»Ich habe keine Angst vor dir.« Richard Augenthaler lehnte an der Wand der Zelle. Die Hände in den Hosentaschen, die Beine schulterbreit auseinandergestellt. Grünes Polohemd, weißes Haar vor weißen Kacheln und blutroter Mund.

Gesine saß auf der Pritsche. Bei jeder Bewegung knatschte das Kunstleder unter ihrem Hintern. »Du denkst, du kommst ungeschoren davon«, sagte sie, »wie immer.«

Das Oberlicht schien ins Nichts zu führen. Die Luft, in die man schaute, war wie aus Papier. Nicht blau, nicht grau, und ohne Tiefe. Die Arrestzelle hätte eine Bühne sein können, auf der man so tat, als ob sich alles entschied.

»Weißt du, wo Frida und Marta sind?« Gesine musste sich anstrengen, die Frage zu stellen.

»Nein. Ich habe die beiden schon lange nicht mehr gesehen.«

»Hast du Mareike auf die Gleise gestoßen?«, setzte sie nach, ohne Hoffnung auf eine ehrliche Antwort.

»Nein.« Richard Augenthaler schaute nun auch zum Oberlicht hinauf. »Mareike hat mir aber alles erzählt, ein paar Tage vor ihrem Tod.«

»Was alles?«

»Wie es mit euch beiden gewesen ist. Worum es bei eurem Treffen ging.«

Gesine rutschte auf der Pritsche nach hinten, bis sie die Wand im Rücken spüren konnte. Üblicherweise hätte sie dem Vater jetzt entgegengehalten, dass er sich täuschte. Dass sie Mareike seit zehn Jahren nicht mehr gesehen hatte. Aber es machte keinen Sinn mehr, ihn auf Denkfehler hinzuweisen. Es wäre nur verschwendete Energie.

Es hatte ja auch keinen Sinn gemacht, die Liste der Olbert zu studieren und ihr auf die Sprünge zu helfen. Die Ermittlerin hatte zwar für den Moment so getan, als sei sie an Gesines Sicht der Dinge interessiert, aber dann war der Moment verflogen.

»Guck nicht so.« Richard Augenthaler wechselte das Standbein. »Oder soll ich annehmen, dass du ohne Grund hier im Arrest sitzt?«

»Und warum bist du hier?«

»Ich schätze, ich werde dazu benutzt, dich auszuquetschen. Die Kommissarin beobachtet uns wahrscheinlich.«

»Sie findet uns gar nicht interessant genug. Außerdem hoffe ich, dass sie unterwegs ist, um nach den Kindern zu suchen.«

Er schnaubte. »Ich verfluche den Tag, an dem Mareike beschlossen hat, Spanien zu verlassen und nach Deutschland zurückzukehren.«

»Von wegen.« Gesine nahm die graue Decke vom Fußende der Pritsche und legte sie sich um die Nierengegend. »Du hast Mareike doch mit offenen Armen empfangen. Du hast ihr sogar ein Haus gekauft, damit sie sich in ihrer Heimatstadt wohlfühlen kann.«

»Und was hat es genützt? Nichts. Jetzt sind auch noch die Kinder verschwunden, und ich muss zu allem Überfluss mit dir in einer Zelle sitzen, als ob ich genauso schuldig wäre wie du.«

»Tut mir leid, dass du meine Anwesenheit nicht genießen kannst.«

»Du brauchst gar nicht so überheblich zu sein. Du hast es dir doch selbst zuzuschreiben, dass wir nichts mehr mit dir zu tun haben wollen.«

»Mir ging es sehr gut in den vergangenen Jahren, ganz ohne Mutter und dich.«

»Aber neulich im Stall, als die Kühe dich tottrampeln wollten, warst du wieder auf mich angewiesen.«

»Das meinst du ja wohl nicht ernst.«

Der Vater musterte sie. »Ich habe das ganze Blut gesehen, und eigentlich kam es mir vor wie eine ausgleichende Gerechtigkeit für das, was du Mareike angetan hast. Aber trotzdem musste ich dir helfen. Als Vater kann man nicht aus seiner Haut.«

Gesine schob ihre Hände unter sich. »Ohne dich wäre ich doch gar nicht in diese Situation geraten.«

»Ich ohne dich auch nicht, Gesine.«

»Und warum hast du überhaupt mein Notizheft gestohlen?«

»Konnte ich wissen, dass es bloß deine eigenen Notizen sind?«

»Wessen Notizen sollten denn sonst in meinem Wohnwagen liegen?«

»Sei nicht albern. Ich weiß von Lasse Johannsen, dass du alles gesammelt hast, was du von Mareike in die Finger kriegen konntest.«

»Notizen von Mareike? Bei mir?«

»Die Fotos nicht zu vergessen. Die Grillfeste sind über zehn Jahre her, aber du versuchst immer noch, Lasse und Mareike einen Strick daraus zu drehen.«

Fotos. Und außerdem Notizen, für die der Vater sogar eingebrochen hatte. Vielleicht waren es dieselben Notizen, die in der Nacht, in der Mareike starb, an den Schienen gelesen werden sollten? Aber was sollte der Vater damit zu tun haben, und inwiefern spielten Lasse und die Grillfeste dabei eine Rolle? Warum ging es immer wieder um die Zeit vor zehn Jahren?

Der Vater begann, umherzutigern. »Jan hätte verhindern müssen, dass Mareike zurück nach Deutschland kommt. Ich habe ihn gewarnt, dass die alte Geschichte hochkochen könnte, aber er hat nichts dagegen unternommen.«

»Er heißt Juan.«

»Er ist eine Null. Er hat von unserer Familie keine Ahnung.«

Sein Tappen auf den Kacheln war penetrant. Die bleiche Haut seiner Füße blitzte durch das geflochtene Leder der Schuhe. Die Schnürsenkel waren so sauber, als seien sie neu.

Gesine warf mit einem Ruck die Decke ab und rutschte wieder auf die vordere Kante der Pritsche. Es gab so wenig Greifbares für sie, aber es gab die Möglichkeit, logische Schlüsse zu ziehen. Von der Suche nach Mareikes Notizen bis hin zu dem tödlichen Treffen an den Gleisen. Und von der Unruhe des Vaters bis hin zu Philipps Tod.

»Vater«, Gesine sprach betont ruhig, »du denkst, ich hätte Mareike vor den Zug gestoßen. Aber du solltest inzwischen erkannt haben, dass einiges dagegenspricht.«

»Laut Lasse Johannsen haben die Ermittlungen ergeben, dass Mareike sich selbst umgebracht hat. Aber das hätte ihr nicht ähnlich gesehen.«

»Siehst du, da sind wir einer Meinung.«

»Lasse Johannsen hat mir aber auch verraten, wie verdächtig du selbst bist. Trotz allem, Gesine.«

»Er will dich gegen mich aufhetzen.«

»Nicht nötig. Ich habe Mareike sowieso immer vor dir gewarnt.«

»Du wolltest nicht, dass sie sich mit mir ausspricht oder gar aussöhnt.«

Er winkte ab, aber seine Schritte wurden langsamer. Er zog die Schultern zusammen, wie jemand, der auf etwas lauerte. Es wurde Zeit für Gesine, konkreter zu werden.

»Wo bist du gewesen, Vater, als mein Sohn gestorben ist?«

»Ach«, er lachte künstlich auf, »da ist die Anklägerin wieder. Attacke wie im Gewächshaus?«

»Du hast damals nicht am Telefon gesessen, wie du es behauptet hast.«

»Woher willst du das wissen?«

»Ich vermute, Mareike hat davon gewusst, und sie wollte es endlich ans Tageslicht zerren.«

»Jetzt maß dir bitte nicht an, für Mareike zu sprechen.«

»Dann antworte doch auf die Frage: Wo bist du an jenem Nachmittag in Wahrheit gewesen?«

Er hörte auf herumzugehen. »Wo bist du denn selbst gewesen, Gesine?«, fragte er streng.

»Wie bitte?«

»Wenn du damals nicht so auf deine Karriere fixiert gewesen wärst, hättest du dich selbst um Philipp kümmern können.«

»Ich habe mich gekümmert. Ich habe seine Betreuung organisiert, und zwar lückenlos.«

Der Vater schnaubte, aber es arbeitete in ihm, es setzte ihm zu. Plötzlich machte er einen großen Schritt in Gesines Richtung. Sie roch seinen Atem, er hatte offenbar seit längerer Zeit nichts gegessen. Aber er schwieg.

»Man kann es kaum glauben«, fuhr sie ihn an, »dass Philipp dich Opa genannt hat. Mein Opa! Und wie selbstverständlich er sich an dir festgehalten hat, wenn ihr spazieren gegangen seid.«

Er betrachtete sie stumm, dann entfernte er sich wieder von ihr. Das Ledergeflecht seiner Schuhe knarzte, und Gesine ballte die Hände.

»Er hat deinen Daumen genommen, Vater, genauso wie er meinen genommen hat, wenn wir spazieren gegangen sind. Aber im Gegensatz zu dir werde ich nie vergessen, wie sich das angefühlt hat!«

»Du weißt überhaupt nicht, was ich vergessen habe und was nicht«, entgegnete er ruppig. »Und du weißt auch nicht, wie ich mich um ihn gekümmert habe.«

»Gekümmert!«

»Ja. Dein Sohn und ich konnten uns gut leiden. Das musst du einfach mal akzeptieren. Er hat gerne Zeit mit mir verbracht.«

»Wann soll das denn gewesen sein?«

»Siehst du. Du hast rein gar nichts mitgekriegt, weil du nur dein Präsidium im Kopf hattest.«

»Und du antwortest schon wieder nicht auf meine Frage.«

»Ich lasse mir nichts nachsagen. Ich bin immer gut zu Philipp gewesen.«

»Nein. Sonst wärst du nämlich auf seiner Seite und würdest Klartext reden, anstatt zu schwafeln.«

Erneut trat er vor die Pritsche. »Ich war mit ihm Eis essen.«

»Was soll das heißen?«

»An seinem letzten Nachmittag. Ich bin mit ihm ins Grüne gefahren, was du als Mutter ja nie geschafft hast.«

Der Schock überfiel Gesine mit großer Gewalt. Ihre Ohren gingen zu. Sie sah, wie ihre Hände sich in die Decke krallten. Sie spürte, wie ihr Mund sich öffnete und wie ihr Rücken sich krümmte.

Der Vater zog sich ans andere Ende der Zelle zurück. »Wie dem auch sei«, sagte er, und sie konnte ihn nur noch wie durch Wasser hören.

Er stützte sich mit den Armen an den Kacheln ab, das Gesicht zur Wand gedreht. »Mareike hat den Jungen von der Kita abgeholt, wie mit dir vereinbart. Aber sie hatte noch etwas anderes zu tun, und darum habe ich ausgeholfen.«

»Noch nie habe ich davon gehört. Noch nie!«

»Es wäre für dich auch nicht nett gewesen, davon zu hören. Denn das Problem an dem Nachmittag war, dass du deinen Jungen nicht richtig erzogen hattest.«

»Was meinst du damit?«

Der Vater ließ den Kopf hängen und pumpte mit den Armen wie bei einer gymnastischen Übung. »Ich habe Philipp bei euch zu Hause abgeholt und bin mit ihm ins Bergische gefahren.« Er stockte. »Ich habe ihm meine Kappe aufgesetzt und unterm Kinn festgebunden, weil wir das Verdeck offen hatten.«

»Weiter.«

»Schokoladeneis. Philipp wollte drei Kugeln, hat aber nur damit herumgeschmiert. Und als ich ihn ermahnt habe, ist er der Bedienung vor die Füße gelaufen. Das Tablett ist runtergefallen. Noch mehr Geschmiere. Die Leute haben alle geguckt.«

Aufstehen. Dem Vater in den Rücken schlagen. Aber Gesine wusste nicht, ob ihre Beine sie tragen würden.

»Er war erst zweieinhalb Jahre alt«, sagte sie rau.

»Ich habe auch nicht viel mit ihm geschimpft. Ich habe ihn ins Auto gesetzt und bin zurückgefahren. Er hat die gesamte Fahrt über nach seiner Mama geschrien, aber du hattest ja keine Zeit.«

Der Vater atmete heftig gegen die Kacheln. Gesine stand auf.

»Und dann?«, fragte sie.

»Ich habe vor eurer Einfahrt gehalten, und kaum hatte ich ihn vom Kindersitz abgeschnallt, hat er sich an mir vorbeigedrängelt und ist in den Garten gelaufen. Um das Haus herum.«

»Du bist ihm nicht hinterhergegangen?«

»Ich wusste doch, dass Mareike bei dir zu Hause war und ihn in Empfang nehmen würde.«

»Du hast ihn einfach so alleine gelassen?«

»Natürlich nicht.« Er nahm die Hände von der Wand. »Aber der Motor lief noch. Ich bin bis zur nächsten Straßenecke gefahren. Dann merkte ich, dass ich mir ziemliche Sorgen machte. Sorgen!«

Er wandte sich um, und sie musste sich wieder hinsetzen. Wie er aussah! Wie er umherguckte, als müsse er irgendwo Beistand finden. Aber da war nichts. Nichts für ihn und nichts für sie.

»Und dann?«

Er heftete seinen Blick auf die Kloschüssel aus Metall. »Ich habe Mareike vom Auto aus eine SMS geschrieben und gefragt: Alles in Ordnung bei euch?«

»Hat sie geantwortet?«

»Ja. Sie hat nur ein Wort geschrieben: Ja!«

Sitzen bleiben, festhalten, alles verstehen. Alles in Ordnung? In Ordnung bei euch? Ja. Alles in Ordnung. Bei uns.

Ein Missverständnis? Hatte Mareike nicht gewusst, nach wem der Vater gefragt hatte? War sie nicht allein gewesen? Das Wort *euch* konnte sich auf jeden beziehen, nicht nur auf Mareike und Philipp.

Philipp, der um das Haus herumgelaufen war und im Garten ankam. Allein. Keine Mama in Sicht, keine Mareike. Philipp, der aber nach niemandem rief, sondern leise blieb. Der sich schämte, weil er den Opa in der Eisdiele verärgert hatte. Der nachträglich zeigen wollte, dass er sich benehmen und ordentlich essen konnte. Der Opa sollte schon sehen, wie artig er war.

Philipp, der den Löffel mit dem Porzellangriff und den roten Plastikteller auf die Terrasse holte. Der die Pflaumenblume pflückte. Ganz frisch von Mama gekauft. Zerzupfen, zerstampfen, und dann sehr ordentlich essen. Alles wiedergutmachen, damit keiner mehr schimpfte.

Wie schnell war er gestorben?

Und Mareike, die zur selben Zeit mit jemand anderem im Gartenhaus saß. Alles in Ordnung? Ja, bei Mareike und ihrem Besuch schon.

Die Kacheln verschwammen vor Gesine. Sie griff sich an den Kopf. Der Vater kam auf sie zu.

»Wo liegt jetzt meine Schuld, Gesine? Außer, dass ich dir nichts von dem Ausflug erzählt habe.«

»Du hättest Philipp in den Garten folgen müssen.«

»Nach der SMS bin ich davon ausgegangen, dass Mareike bei ihm war.«

»Und wo war sie in Wirklichkeit? Mit wem war sie im Gartenhaus? Stimmt das alles überhaupt, was du hier erzählst?«

Aber ja, es stimmte! Und darum hatte der Vater auch nicht gewollt, dass Mareike sich mit Gesine versöhnte. Er wollte verhindern, dass seine Fehler bekannt wurden. Verhindern, dass jemand zehn Jahre später auf ihn zeigte und ihn beschuldigte.

Und warum hatte Mareike ihn nie verraten? Warum hatte sie sofort alles auf ihre eigenen Schultern geladen, auch den Hass und die Verachtung ihrer Schwester Gesine?

»Das ist noch nicht die ganze Wahrheit, Vater, oder? Da gibt es noch etwas, das ich nicht weiß. Etwas, womit du Mareike zum Schweigen gebracht hast?«

»Quatsch.« Er blies die Wangen auf, als müsse er an einer Antwort arbeiten. »Wenn man es hart formuliert, war es so:

Ich war mit deinem Sohn Eis essen, und du hast ihm den Bergeisenhut an die Terrasse gepflanzt.«

Gesines Hände schnellten vor und stießen gegen seine Brust. Hart und heftig. Er stolperte und griff ins Leere. Sein Hinterkopf schlug gegen die Kachelwand. Er sackte zu Boden und blieb der Länge nach liegen.

Ein Schauspiel?

Gesine stakste von der Pritsche weg. Der Vater bewegte sich, er suchte mit aufgerissenen Augen nach Orientierung im Raum. Gleich würde er röcheln oder theatralisch brüllen. Vorsichtshalber hielt sie die Arme in die Luft, damit jeder sofort sehen konnte, dass sie ihn nicht niederrang.

Aber nichts. Kein Brüllen, kein Röcheln. Seine roten Lippen öffneten und schlossen sich ganz ohne Laut, und seine Augen schwammen plötzlich in Tränen.

Sie bückte sich nach ihm, immer noch auf der Hut, und bemerkte, dass er schwitzte. Um seine Nasenflügel bildeten sich Tropfen, und sein Kragen lief dunkel an. Jetzt zerrte er am Bund seiner Hose. Er versuchte, in die rechte Tasche zu fassen. »Hilfe.« Nur ein leises Wort.

Sie kniete sich hin. In seiner Hosentasche schien etwas zu sein, das er brauchte, aber seine Hände zitterten und waren außer Kontrolle. Er hob den Kopf und setzte vergeblich an, etwas zu sagen. Der Schweiß lief ihm inzwischen über die Schläfen. Da griff sie an seiner Stelle in die Tasche und zog ein Päckchen hervor. Traubenzucker in Zellophan. Glukose. Richard Augenthaler hatte einen Zuckerschock.

Sie drückte ihm das erste Stück Zucker in den Mund und schob ein zweites Stück direkt hinterher. Er kaute und schluckte und würgte. »Er braucht einen Arzt!«, rief sie, aber sie rief nicht laut genug, sie merkte es selbst.

Als sie schließlich zur Tür gehen wollte, um dagegenzuhämmern, packte er von unten ihr Bein und versuchte, sie festzuhalten. Er zerrte an ihr, er überschätzte sich selbst, sogar in dieser Situation.

»Lass mich liegen«, stieß er hervor, »dann sind wir doch quitt.«

Sie aber riss sich los und holte die Beamten zu Hilfe.

25

Johannsen. Das Schild auf dem Briefkasten hatte sich dunkelgelb verfärbt. Lasse wohnte schon länger als alle anderen Mieter in diesem Haus. Zweiter Stock, nach hinten raus. Bestimmt hatte er schon vielen Frauen zugeflüstert, wo er seinen Wohnungsschlüssel versteckte.

»Falls du mich mal überraschen willst«, hatte er vor Monaten gesagt und Marinas Hand in den Briefkastenschlitz geführt. Innen an der Klappe klebte der Zweitschlüssel, mit Isolierband befestigt, und weil der Briefkasten so tief hing, war von außen nichts zu sehen, selbst wenn man die Klappe hob.

Selbstverständlich hatte Marina diesen Schlüssel nie benutzt. Aber heute war er die beste Lösung, um Lasses Wohnung zu öffnen und einen eher privaten Weg der Ermittlung einzuschlagen, anstatt das gesamte Präsidium verrückt zu machen. Man konnte erstens nicht sicher sein, ob die Recherche in seiner Wohnung sich lohnte, und zweitens konnte jemand von den Kollegen Lasse vorwarnen, wenn man sich um eine offizielle Erlaubnis bemühte, seine Wohnung zu betreten.

Sie knibbelte behutsam am Klebeband und zog den Schlüssel hervor. Im Haus war es still. Kurz nach Mittag, die Leute hielten ein Schläfchen oder waren auf der Arbeit. Marina lief die Treppe hoch und schloss Lasses Tür auf.

Teil eins: geschafft. Sie stellte ihre Tasche auf den Fußboden und atmete tief in den Bauch. Diese vertraute Ruhe im Altbau. Der fensterlose Flur, der Kneipenmuff, der aus den Jacken an der Garderobe stieg.

Am Anrufbeantworter blinkte das Display. Zwei neue Nachrichten, die Marina selbst aufgesprochen hatte. Sie zog die Schuhe aus, so wie früher, aber diesmal tat sie es, um auf dem Laminat keine Geräusche zu machen. Als sie voranpirschte, knisterte es trotzdem zwischen Nut und Feder.

Teil zwei: Sie würde sich Aufschluss über Lasse Johannsen verschaffen. Was hatte er zu verbergen? Was verband ihn mit Richard Augenthaler? Und, eine sehr brisante Überlegung, war es Zufall, dass Lasse und Richard Augenthaler sich am Friedhof getroffen hatten, wo Braumüller später tot im Brunnen hing?

Die Einweghandschuhe schmatzten, als Marina sie überstreifte, und sie verzog zufrieden den Mund. Sie würde ein wenig schamlos sein. Sie würde in Lasses Schränke gucken und durch seine Papiere blättern, und er konnte es nicht verhindern.

Am Mittag war er sang- und klanglos verschwunden, noch während der Suche nach den Kindern. Der Leiter der Hundestaffel hatte bei Marina nachgefragt, ob man sich Sorgen machen müsse, denn Lasse ging auch nicht mehr ans Telefon. Marina hatte zugestimmt, ja, sie mache sich ebenfalls große Sorgen um ihn. Aber tatsächlich verspürte sie ein ganz anderes ungutes Gefühl. Vor allem, wenn sie an die Alvarez-Zwillinge dachte.

Im Schnelldurchgang überprüfte sie jeden Raum in der Wohnung, erst mal nur für die eigenen Nerven: niemand zu Hause. Dann knöpfte sie sich die Küche vor.

Der Tisch war leer geräumt. In der Spülmaschine stand das Frühstücksgeschirr von einer einzelnen Person. Ein gelbgrüner Teller mit Hahn und Henne, der passende Becher dazu. Marina roch an dem Becher und kratzte mit dem Fingernagel über die Kaffeespur am Boden. Trocken. Sehr trocken. Vermutlich nicht von heute Morgen.

Im Eimer für Hausmüll unter der Spüle lag nichts. Im Eimer für Altpapier steckte nur Werbung. Marina öffnete die Waschmaschine. Gummidichtung und Trommel waren feucht. Lasse hatte also vor kurzem gewaschen, auch wenn auf dem Wäscheständer, der auf dem kleinen Balkon stand, nichts hing.

Merkwürdig, diese Ordnung und Leere. Früher hatte Lasse sich garantiert nur dann um seine Wohnung gekümmert, wenn Marina ihren Besuch angekündigt hatte. Es war angenehm gewesen, sich vorzustellen, dass er ihretwegen putzte und den Kühlschrank bestückte. Aber was sollte dieses Ambiente heute bedeuten? Dieser sterile Touch?

Oder unterhielt Lasse etwa schon längst eine neue Affäre?

Sie ging in sein Schlafzimmer. Die dunkelblaue Bettwäsche, die sie gut kannte. Die kleine Nachttischlampe, die sich dimmen ließ. Socken und Unterwäsche auf dem Fußboden, allerdings nicht die besten Modelle, die Lasse besaß. Na also.

Aus einem Impuls heraus hob sie das Kopfkissen hoch. Es lagen Taschentücher darunter, sie waren benutzt und zerknüllt. Marina kontrollierte eins nach dem anderen. Feucht von einer klaren Flüssigkeit, an manchen Stellen auch vollgeschnupft. Lasse musste heftig geweint haben, hier in seinem Bett, und soweit Marina ihn kannte, war das eine Sensation. Sie zog sich zurück und unterdrückte jegliches Mitgefühl, das sich anschleichen wollte.

Im Wohnzimmer stand der Computer. Er war mit einem Passwort geschützt, und es würde riskant sein, daran herumzuprobieren. Marina schaute lieber hinter die Couch, nichts, und blätterte durch die Zeitschriften auf dem Tisch. Ein Nachrichtenmagazin, eine Fernsehzeitung, ein Radsport-Magazin. Sie stutzte. Auf dem Titel zwei Frauen, knapper Dress, blondes Haar unterm Helm. Eine Fachzeitschrift für Radrennfahrer, neueste Ausgabe. Seit wann beschäftigte sich Lasse damit? Oder war die Zeitschrift ein Gruß an Marina? Eine Verhohnepipelung, weil er gewusst hatte, dass sie eines Tages seine Wohnung durchsuchen würde?

Sie wagte es nicht, sich zu setzen, sondern blieb still am Fenster stehen und dachte nach.

Wenn Lasse wirklich auf dem Friedhof gewesen war und Braumüller getötet hatte, musste er anschließend nach Hause gefahren sein, um gewisse Spuren der Tat zu vernichten. Er hatte seine Wäsche gewaschen und vermutlich auf den Dachboden gehängt. Er hatte seine Schuhe gereinigt und war duschen gegangen, denn das Brunnenwasser war dreckig gewesen. Algen und Schlamm mussten während des Kampfes hochgespritzt sein.

Sie betrachtete die Schuhe, die an der Garderobe aufgereiht waren. Kein Paar war frisch geputzt, die Sohlen waren auch nicht ausgebürstet, aber Lasse war erfahren genug, um zu wissen, welche Säuberungsmaßnahmen für besonderes Aufsehen sorgen würden. Vielleicht hatte er seine Schuhe weggeschmissen.

Sie inspizierte die Dusche. Ein altes Modell mit einem einfachen Ablaufsieb, das in der Mitte verschraubt war. Mit Hilfe der Handylampe leuchtete sie in den Abfluss. Interessant. Sie besorgte sich aus der Küchenschublade einen Schraubendreher und entfernte das Sieb. Etwas tiefer im Rohr saß ein Querstab, und zwischen den Haaren, die sich um ihn herumgewickelt hatten, schien etwas Grünes zu kleben.

Sie lief erneut in die Küche, holte einen der Schaschlikspieße und führte ihn vorsichtig in den Abfluss ein. Die Haare hatten eine schlammige Konsistenz, aber dem grünen Zeug hatte der Aufenthalt im Wasser nicht geschadet. Sie zog den Spieß heraus und begutachtete, was sie geangelt hatte. Ein dünner Pflanzenfaden, wie von dem Algenzeug, das man im Brunnen auf dem Friedhof finden konnte. Also war es möglich, dass Lasse Martin Braumüller ertränkt hatte? Dass er mit ihm gekämpft hatte, mit vollem Körpereinsatz am Wasser, so dass in seinen Haaren oder an der Haut ein Algenfaden hängengeblieben war?

Unglaublich. Ihr verflossener Lasse.

Sie besah die Alge von allen Seiten. Könnte sie sich auch an Lasse geheftet haben, als er im Dienst gemeinsam mit Marina den Tatort untersucht hatte? Nein, beide Ermittler hatten Schutzkleidung getragen, und darüber hinaus hatten sie weder Brunnen noch Leiche berührt.

Trotzdem. Man musste, um jeden Zweifel zu beseitigen, einen Test durchführen: Wo verfingen sich die feinen Algen, wenn man das Wasser hoch aufspritzen ließ?

Überall, sie ahnte es jetzt schon.

Sie machte mit dem Handy ein Foto von dem Pflanzenfaden und versenkte ihn wieder im Abfluss. Besonders große Sorgfalt verwandte sie darauf, ihn noch einmal in die Haare auf dem Querstab einzuarbeiten. In ein oder zwei Stunden, wenn sie mit der Spurensicherung und den offiziellen Papieren zurückkäme, würde sie die Dusche erneut öffnen, und dann sollte die Alge unbedingt noch vorhanden sein.

Sie tupfte ein paar Tropfen auf, die auf die Fliesen gefallen waren, trocknete den Schaschlikspieß ab und legte ihn in die Küchenschublade zurück. Erst jetzt merkte sie, dass sie hechelte wie nach einer Bergetappe.

Wenn Lasse es wirklich getan hatte, wenn er wirklich Martin Braumüller getötet hatte, musste es etwas mit dem Fall Mareike Alvarez zu tun haben. Mareike war die einzige Verbindung, die es zwischen Lasse und Braumüller gab. Sie musste Braumüller etwas erzählt haben, das Lasse betraf. Etwas, das Braumüller nicht mehr für sich behalten konnte, nachdem Mareike gestorben war. Etwas, das Lasse in eine verzweifelte Lage gebracht hatte, aus der er sich befreien wollte. Elektroschocks, Ertränken.

Und was war mit Mareike passiert, wenige Wochen zuvor?

Mit weichen Knien zog Marina ihre Schuhe wieder an. Sie würde von draußen auf der Straße im Präsidium anrufen und die Wohnungsdurchsuchung anleiern. Es würde nicht leicht werden, die Genehmigung zu bekommen, und sie würde erwähnen müssen, dass sie den Kollegen Lasse Johannsen bereits seit einiger Zeit beobachtet hatte. Aber letztlich hatte er auch selbst den Fehler begangen, sich abzusetzen und Misstrauen zu säen.

Sie wollte gerade die Wohnungstür öffnen, da hörte sie jemanden im Treppenhaus. Hastige Schritte näherten sich. Sie drückte sich rücklings an die Wand neben der Tür und versuchte, leiser zu atmen. Die schmale Milchglasscheibe verdunkelte sich. Jemand blieb stehen und klingelte. Schrill und lang. Klingelte noch einmal, noch länger, und murmelte dabei vor sich hin. Eine Frau? Jetzt rüttelte sie sogar an der Klinke.

Marina spannte die Muskeln an, bereit zum Kampf oder auch zu einem Wortgefecht, wenn die Tür nachgab. Aber die Unbekannte schien ihren Plan zu ändern. Sie legte ein Stück Papier an die Milchglasscheibe, und den Geräuschen nach zu urteilen, schrieb sie etwas auf. Dann schob sie das Papier unter der Tür hindurch und verschwand.

Marina wartete einige Sekunden und zog den Zettel dann zu sich herein.

Weiß nicht, was mit Richard ist. Hol ihn raus. Renate.

Renate Augenthaler in geheimer Mission? Langsam wurde es unheimlich.

26

Es war gegen Abend, die Zwillinge waren noch immer nicht gefunden worden. Gesine verließ das Präsidium, nachdem die Olbert telefonisch die Erlaubnis dazu erteilt hatte. Nach der kühlen Luft in der Zelle drückte die Wärme jetzt wie eine Haube aus Blei. Gesine schritt trotzdem eilig aus.

Der Notarzt hatte den Vater stabilisieren können, aber dann war den Beamten unklar gewesen, wohin er gebracht werden sollte. Ins Krankenzimmer? Nach Hause? Sie mussten sich lange beraten, und Gesine kam es schon so vor, als habe man sie über dem Trubel vergessen.

»Schade, dass du nicht auf mich gehört hast«, hatte der Vater zu ihr gesagt und matt gelächelt.

»Wir sind nicht quitt, wenn wir uns gegenseitig quälen«, war ihre kühle Antwort gewesen.

Und stimmte es etwa nicht? Nie würde Gesine quitt sein, mit niemandem, egal unter welchen Umständen. Aber es musste doch nicht dazu führen, dass sie ihren Vater auf einem Kachelboden verrecken ließ.

»Hast du Mareike wirklich nicht umgebracht?« Das waren seine letzten Worte gewesen, bevor er ins Krankenzimmer abgeholt wurde. Sie lösten nichts mehr in ihr aus.

Sie überquerte die Straße vor dem Präsidium und drängte sich an der Bushaltestelle durch die wartende Menge. Sie hatte keine Ahnung, in welche Linie sie einsteigen musste. Der Fahrplan wellte sich im Kasten. Tarifzone 1b. In das Plexiglas war ein Brandloch geschmort worden, die Abfahrtzeiten konnte man nicht lesen.

Vom Präsidium strömten immer mehr Leute zur Haltestelle. Es wurde gerempelt. Der Geruch von Parfum und Schweiß, Feierabend für die Tagesschicht. Verwaltung, Schutzpolizei, Kripo. Gesine versuchte, niemandem ins Gesicht zu sehen, aber sie bezog das Getuschel trotzdem auf sich.

Und dann entdeckte sie ihn. Hannes in seinem schwarzen SUV, wie er langsam die Straße entlangrollte, als suchte er nach ihr. Sie löste sich aus der Menge und stellte sich mitten auf den Asphalt, obwohl auch der Bus angerauscht kam. »So froh«, dachte sie und streckte die Hand aus.

»Vorsicht!«, schrie eine Frau. Bremsen zischten, der Bus hupte bedrohlich nah, aber Hannes hielt trotzdem an, so dass Gesine auf den Beifahrersitz springen konnte, bevor der SUV wieder nach vorne zog. Gerade noch rechtzeitig.

»Die Tür zu«, befahl Hannes und behielt den Rückspiegel im Auge. »Und anschnallen.« Er atmete aus und fädelte sich auf der Hauptstraße ein. »Du hättest übrigens anrufen können, damit ich dich abhole. Man muss sich nicht immer zufällig treffen.«

»Ich dachte, du hast keine Zeit«, antwortete Gesine, »weil du vielleicht nach den Kindern suchst.«

»Wie du siehst, bin ich gut organisiert. Die Beerdigung heute Vormittag hat Natascha übernommen, und Josef und ich sind mit der Hundestaffel marschiert.«

»Josef auch?«

»Anschließend war ich an Fridas und Martas Schule. Und nachmittags habe ich mit verschiedenen Flughäfen telefoniert und Bahnhöfe abgesucht.«

»Gut. Und wo fahren wir jetzt hin?«

Hannes warf ihr einen überraschten Blick zu. »Zu dir nach Hause, oder nicht?« Sein kurzes Haar war verstrubbelt, und die Haut seiner Arme war von der Sonne gereizt.

»Wir könnten zu Radix fahren«, sagte Gesine. »Frida und Marta wissen wahrscheinlich nicht, dass Braumüller tot ist, also könnten sie dort auftauchen.«

»Radix ist abgehakt. Juan war heute schon dort.«

»Juan? Er verabscheut den Trauerverein!«

»Er hat sämtliche Räume durchsucht. Er ist sogar mitten in die Andacht für Braumüller geplatzt.«

»Und was hat er herausgefunden?«

»Leider nichts.«

»Siehst du.« Gesine richtete die Düsen der Luftzufuhr auf ihren Körper. »Ich will zu Radix, und die Schulfreundinnen würde ich gerne auch noch einmal sprechen.«

»Also wirklich.« Hannes schüttelte den Kopf. »Glaubst du, wir haben es nicht gründlich genug gemacht?«

»Ich stelle den Leuten ganz andere Fragen als ihr, das ist völlig normal.«

»Aber wir haben überall unsere Telefonnummern hinterlassen. Jeder wird uns anrufen, wenn sich etwas tut, keine Sorge.« Er zwinkerte ihr zu. »Guck mal lieber nach hinten.«

Auf der Rückbank stand der Picknickkorb. Er musste schwer sein, denn er war angeschnallt.

»Ich kann doch jetzt nichts essen!«, protestierte Gesine.

»Warum nicht? Ich dachte, beim Essen könnten wir in Ruhe darüber nachdenken, wie wir weiter vorgehen wollen.«

»Ich habe schon nachgedacht, Hannes. Ich vermute, dass Frida und Marta sich gerade mit Mareikes Vergangenheit beschäftigen, und das ist mir viel zu gefährlich.«

»Soweit ich weiß, haben sie Blumen gepflückt und auf den Friedhof gebracht.«

»Es hat sich also herumgesprochen. Das kann für sie zum Verhängnis werden. Vielleicht ist jemand hinter ihnen her!«

Er zog ein skeptisches Gesicht. »Okay, aber wir bleiben trotzdem bei der Teamarbeit, und du funkst uns nicht dazwischen.«

Sie verließen die Stadt, die Landstraße schlängelte sich bergan. Hannes fuhr zügig, und es würde nicht mehr lange dauern, bis sie den Bauernhof und den Wohnwagen erreichten. Weit weg vom Haus der Zwillinge oder von den Schienen und vom Friedhof.

»Es hat ja nichts mit euch zu tun«, sagte Gesine und öffnete das Fenster. Der Fahrtwind stieß in den Wagen wie ein warmer Föhn, und im Nu roch es nach frisch gedroschenen Ähren. Auf den Feldern lagen die ersten goldgelben Strohballen.

Hatten Frida und Marta ebenfalls die Stadt verlassen? Sie könnten sich mit dem Stroh ein Nachtlager bauen, und niemand würde sie hier draußen entdecken.

Hannes überholte einen Güllewagen. »Es hat etwas mit

dem Präsidium zu tun, stimmt's? Du bist den alten Kollegen begegnet und meinst jetzt wieder, du solltest besser alles alleine machen.«

»Nein. Mir geht es nur um den Zeitverlust und die Kinder. Wenn wir am Wohnwagen ankommen, steige ich direkt in meinen Pick-up.«

Er schwieg. Enttäuscht und gekränkt. Alles wie immer.

Sie atmete durch. »Nur damit du mich verstehst.« Sie zögerte. »Ich habe heute mit meinem Vater in der Arrestzelle gesessen, und er hat mir Neuigkeiten über Philipps Tod erzählt.«

»Was?«

»Philipp war an seinem letzten Nachmittag nicht nur mit Mareike zusammen, sondern mein Vater hat ihn auf einen Ausflug mitgenommen.«

Hannes bremste scharf und fuhr rechts ran. »Das hat dein Vater dir einfach so erzählt?«

»Könnten wir bitte weiterfahren?«

»Erst, wenn ich alles erfahren habe.«

Sie versuchte, es kurz zu machen, und wiederholte die Fakten, die sie in der Zelle erfahren hatte, vom Schokoladeneis bis hin zur verhängnisvollen SMS, die Richard Augenthaler an Mareike geschickt hatte. Hannes wurde immer stiller und knetete das Lenkrad. Dann beugte er sich vom Fahrersitz herüber und nahm Gesine in den Arm.

»Wie schrecklich, es tut mir so leid für dich.«

»Für mich ergeben sich vor allem Fragen. Warum bin ich damals angelogen worden, und wer weiß heute noch davon?«

Hannes ließ sie los. »Und was hatte Mareike zu erledigen«, ergänzte er langsam, »während dein Vater mit Philipp in der Eisdiele war?«

»Sie war mit jemandem im Gartenhaus. Aber bitte lass uns jetzt weiterfahren.«

»Mit wem war sie im Gartenhaus?«

Gesine musste die Tragweite ihrer Antwort überdenken. »Es könnte Lasse Johannsen gewesen sein.«

»Das ist nicht dein Ernst!«

»Es lag ein Stimmgerät für Gitarren unter der Sitzbank. Das Gerät gehörte ihm.«

»Du musst mit Marina Olbert darüber reden.«

»Ja, aber wir alle müssen uns klarmachen, dass die Kinder auf derselben Spur sein könnten wie wir: dass Mareikes Tod mit Philipps Tod zusammenhängen könnte.«

Hannes startete den Wagen und gab Gas. »Wie sollen die Kinder darauf kommen?«

»Es gibt vermutlich Dokumente, die nachweisen, was damals passiert ist. Mein Vater hat von Notizen gesprochen, die Mareike gemacht hat.«

»Du glaubst, Frida und Marta finden solche Notizen und wissen sofort etwas damit anzufangen?«

»Keine Ahnung, aber das ist auch egal. Es reicht, wenn jemand anders es für möglich hält, dass die Kinder kombinieren können. Jemand, der keine Skrupel hat, sie zu stoppen.«

Bergeisenhut

Tödliche Schönheit, pflaumenblau.
Mögliche andere Namen: Würgling, Ziegentod.
Vielfach in Gärten angepflanzt.
Bis 1,50 Meter hoch, nackter, aufrechter Stängel.
Dunkelgrüne Blätter, handförmig gefingert, 5- bis 7-teilig, nach oben hin kleiner werdend.
Endständige Trauben mit dichten, helmförmigen Blüten.
Blütezeit Juni bis September.
Samen in schwarzglänzenden, kantigen Balgkapseln.
Giftigste Pflanze Europas.
Diterpen- und Esteralkaloide.
Gifte in allen Pflanzenteilen.
Vergiftungssymptome 10 bis 20 Minuten nach Einnahme.
Brennen im Mund, Brennen auf der gesamten Haut bis zur Gefühllosigkeit.
Schweres Erbrechen, schwerer Durchfall, starke Schmerzen, Lähmung, auch der Zungenmuskulatur.
Tod durch Atemlähmung oder Herzversagen.
Schon bei Verdachtsfällen Notruf wählen.
Sofort Erbrechen auslösen, Instillation medizinischer Kohle.
Beatmen, Herz überwachen, ggf. sedieren.

27

Der Zaun schepperte leise, als Gesine darüberstieg. Der Pförtner hatte den Friedhof pünktlich um 21 Uhr abgeschlossen, und weil die Olbert den Zweitschlüssel einkassiert hatte, musste Gesine sich behelfen. Kein Problem. Sie kannte die günstigste Stelle, und mit Hilfe der alten Wolldecke aus dem Pick-up ließ sich der Stacheldraht entschärfen.

»Wie leicht ist das Grab zu finden?« Eine schlaue Frage, die Marina Olbert im Präsidium gestellt hatte. Doch die Antwort darauf machte Gesine zu schaffen. Jeder Schritt zu A-117 hatte sich in ihr Hirn gebrannt. Den Hauptweg hoch, dann links, links, rechts, aber leicht war es trotzdem nicht.

An der Nussecke vorbei, einen Fuß vor den anderen, nicht zu langsam, sich auch nicht nach der Bank umdrehen, auf der man sonst mit Hannes saß und picknickte. Überhaupt nicht anhalten, die Grenze zu Feld A fast im Laufschritt überqueren, denn es ging nur darum, die Fährte von Frida und Marta aufzunehmen.

Die Polizei hatte den Friedhof zwar durchkämmt, aber die Hundestaffel war hier nicht im Einsatz gewesen, und die

Beamten hatten mit Sicherheit nicht jeden Winkel auf dem Gelände gesehen. Sie kannten sich auf dem Friedhof nicht aus, und sie wussten nicht, was den Mädchen zuzutrauen war. Wenn Frida und Marta sich verstecken wollten, dann würde es ihnen gelingen, und wenn sie das Grab von Philipp finden wollten, würden sie nicht eher aufgeben, bis sie davorstanden.

Da waren die ersten Kinderparzellen. Links eine Engelfigur und rechts ein Schnuller am Band. Einzelne Gräber dazwischen, an denen schon lange nichts mehr verschönert worden war. Gesine lief weiter, und mit jedem Meter drängten sich Geschichten auf, Einblicke in unbekannte Familien. Sie verbot sich das Denken, und es funktionierte. Zunächst.

Das Spielzeug. Bunte Rasseln. Kahlköpfige Puppen mit weichen Gesichtern, an Grabsteine gelehnt. Die aufgequollenen Kinderbücher. Die untergehende Sonne fing sich in ihren Glanzumschlägen.

Ob der Kitsch geholfen hatte, den Abschied erträglicher zu machen? Aber was war das schon wieder für eine Frage? Es galt doch nur voranzukommen.

Jetzt zweimal um die Kurve. Der Weg wurde enger, Gesines Schritte verkürzten sich automatisch, obwohl sie weiterhin fest auftrat. Sie hob sogar ihre Knie, als ob sie in einer Armee marschierte, und hielt die Arme an die Seiten gedrückt, steif und im Grunde hinderlich. Vor der nächsten Abbiegung musste sie stehen bleiben. Rückenschmerzen oder Schmerzen im Bauch.

Was war, wenn sie versagte? Wenn sie es nicht schaffte, an Philipps Grab zu gehen und nach dem Rechten zu sehen? War ihre Idee wirklich ausgereift? Ja. Und zur Not konnte sie Hannes um Hilfe bitten, der gerade zum zweiten Mal die Schulfreundinnen der Kinder besuchte.

Sie riss sich zusammen und bog an der richtigen Stelle ab, zwischen Weigelien und Sommerflieder. In den Baumkronen hing die Abenddämmerung. Eine Amsel trällerte in einer Birke, und darunter, auf einem frischen Grab, lagen Kränze mit weißen Schleifen. Öllichter flackerten, schwer hing der Geruch der Trauer in der Abendluft: Blüten und Ruß.

Ob die Plastikbank noch in der Nähe stand? Fünf Meter von Philipps Grab entfernt? Damals war sie halb überwuchert gewesen, aber damals hatte Gesine es noch für möglich gehalten, dass sie das Gebüsch eines Tages zurückschneiden würde, um auf der Bank zu sitzen. Hochfliegende Träume.

Und jetzt die letzte Kurve. Erneut blieb sie stehen und war selbst überrascht, dass sich ihre Beine nicht mehr bewegten. Nur noch drei Schritte, dann wäre eine erste Sicht auf die Parzelle möglich. Aber genau diese drei Schritte waren zu schwierig.

Jetzt sollte sie wirklich Hannes anrufen oder die Olbert. Oder mehr an Frida und Marta denken. Sie schloss die Augen.

»Geht's nicht weiter?«

Gesine zuckte zusammen. Eine Männerstimme. Im selben Moment spürte sie etwas Hartes im Rücken.

»Nicht umdrehen«, der Befehl kam leise, »ich habe den Finger am Abzug.«

»Lasse! Nimm die Waffe weg«, sagte sie scharf.

»Ich wüsste nicht, warum.«

»Wenn du mich festnehmen willst, ist das nicht die richtige Methode.«

Sie wollte nach hinten gucken, aber er verhinderte das mit einem Stoß. »Du gehst jetzt weiter!«

»Wohin?« Sie stemmte sich gegen den Druck der Pistole und blieb stehen.

Lasse packte ihre Haare. »Deine Botschaft heute Morgen im Präsidium war schlecht verschlüsselt.«

»Ich verteile keine Botschaften.«

»Als du mit Juan Alvarez gesprochen hast. Als du ihn gefragt hast, was seine Töchter mit den sogenannten neuen Informationen machen. Er hat überhaupt nicht kapiert, was du ihm sagen wolltest, aber ich schon.«

»Autsch!«

Lasse riss Gesines Kopf nach hinten, um dicht an ihrem Ohr zu sprechen. »Ein sehr einfacher Code, Gesine. Die Informationen sind nicht bei Juans Töchtern, sondern bei deinem Sohn, und es sind auch keine neuen Informationen, sondern sie sind Jahre alt.«

Was meinte er damit? Sie trat nach hinten aus, aber sie verfehlte seine Beine.

Grob drückte er die Pistole zwischen ihre Schultern. »Also, du zeigst mir das Grab und buddelst alles wieder aus.«

Die Informationen. Die Notizen und Fotos. Das Dokument, das in der Nacht an den Schienen gelesen werden sollte.

»Hast du deshalb auf mich gewartet?«, fragte sie. »Weil du Philipps Grab nicht findest? Die Friedhofsverwaltung hätte dir sicher Auskunft gegeben.«

»Ich bin nicht daran interessiert, Spuren zu hinterlassen. Und jetzt los.«

Er schubste sie. Die Pistole schrubbte über die Wirbelsäule. Sie stolperte nach vorn, ohne Chance, die drei Schritte verhindern zu können, und am Ende des Weges, rechts, tauchte Philipps Parzelle auf. Weiße Blüten und gelbe Tupfer. Im Schatten ein kleines Holzkreuz, ausgebleicht und kerzengerade.

Gesine hob die Hände. »Lasse, du bist ein Idiot.« Abrupt drehte sie sich um. »Eine Frau wie ich hat keine Angst, erschossen zu werden.«

Er sprang von ihr weg, damit sie nicht an den Pistolenlauf herankam. Sein Gesicht glänzte vor Schweiß. Ein Kaninchen hoppelte aus dem Busch neben ihm. Er schien sich davor zu erschrecken.

»Okay«, rief er, »wenn du nicht mitziehst, müssen wir wohl doch über Frida und Marta reden!«

»Du weißt, wo sie sind?«

»Ich muss ihnen nicht unbedingt etwas antun. Aber du musst mir dafür gehorchen.«

Das Kaninchen lief zur Seite, setzte sich hin und witterte. Viel zu vertrauensvoll.

»Gib mir einen Beweis, dass es den Kindern gutgeht«, verlangte Gesine.

»Ich kann dir beweisen, dass ich es ernst meine«, erwiderte er, richtete die Waffe auf das Tier und drückte ab.

Das Kaninchen riss auf und fiel um, ohne einen Laut von sich zu geben. Aus seinem Fell quollen Blut und Fleisch. Gesine lief zu ihm, aber sie konnte dem Tier nicht mehr helfen. Die kleine Nase zuckte nicht mehr, und die Läufe lagen schlaff nebeneinander, während aus dem Bauch schon die Eingeweide rutschten.

Es musste der Zorn sein, der Gesines Sehfeld einengte, als sie auf Lasse zuging. Er stand auf dem Weg, schwitzend und nervös, und fuchtelte mit der Pistole, aber sie ging unbeirrt weiter, bis ihre Brust fast den Lauf der Waffe berührte.

»Das war einfach für dich, Lasse. Ein kleines Tier zu töten. Und wie ging es dir mit Mareike?«

»Du solltest vorsichtiger sein.«

»Du hast sie ohne Vorwarnung auf die Gleise geschubst, das sieht dir ähnlich.«

»Sie war arrogant, genau wie du, und ich habe spontan reagiert. Ich hatte nicht geplant, sie umzubringen.«

»Aber du hattest Philipps Kinderlöffel dabei, oder? Du wolltest eine Spur legen, die mich belastet.«

»Der Löffel war nur zur Sicherheit. Für alle Fälle. Ich hatte das Gefühl, dass er mir irgendwie nützlich sein könnte.«

»Hast du den Löffel damals bei mir zu Hause geklaut?«

»Auch das nur zur Sicherheit. Ich wusste nicht, welche Spuren daran klebten.«

»Wieso? Ich dachte, du warst bei uns im Gartenhaus und nicht in der Küche an der Besteckschublade.«

»Mareike brauchte zwischendurch etwas zu essen.«

»Zwischendurch? Was habt ihr denn getrieben?«

Der Schweiß tropfte ihm vom Kinn. Seine Brille rutschte. Er drückte seinen Unterarm an die Stirn.

»Tu nicht so, als ob du nichts weißt. Du hast doch Mareikes Notizen gelesen«, sagte er.

»Habe ich nicht. Aber ich weiß, dass Mareike auspacken wollte, jetzt, zehn Jahre später. Und dass du Angst davor hattest.«

»Sie wollte mich ausnutzen, und heutzutage lasse ich mir das nicht mehr gefallen.«

»Was heißt das?«

»Dass sie feige war. Sie wollte eine eidesstattliche Versicherung von mir haben, dass ich sie damals im Gartenhaus festgehalten habe, als wir Geräusche von Philipp gehört haben. Sie wollte sich auf meine Kosten von ihrer Schuld reinwaschen!«

Gesine legte ihre Hand auf den Lauf der Pistole und drückte ihn nach unten.

»Hast du das wirklich getan?«, fragte sie kalt. »Hast du verhindert, dass Mareike Philipp geholfen hat?«

»Nein! Es war umgekehrt. Ich wollte in den Garten gehen und nach den Geräuschen sehen, und Mareike hat es verhindert.«

»Wie kam sie dann auf die Idee mit der eidesstattlichen Versicherung?«

Lasse zog die Waffe an sich. Er wirkte unschlüssig, als wisse er nicht, wie viel er preisgeben sollte. »Es war ein ziemlich undefinierbares Geräusch, das wir gehört haben«, sagte er. »Wir hätten deinem Kind bestimmt nicht mehr helfen können.«

Sie kämpfte gegen die Wirkung der Worte. »Ihr hättet mir das früher sagen müssen.«

»Wir standen alle unter Schock.«

»Nein. Ihr habt euch gegenseitig gedeckt, zehn Jahre lang, bis es Mareike zu viel wurde.«

»Du musst nicht glauben, dass sie plötzlich geläutert war. Sie wollte mich erpressen!«

»Du hast sie getötet.«

Er hob die Pistole wieder und zielte auf Gesines Kopf. Sie wandte das Gesicht ab. Was für ein grausamer Mensch er war, heute wie damals.

Und warum bewegten sich dort hinten die Zweige am Gebüsch? Dort, wo in etwa die Plastikbank stand.

»Du hast auch Martin Braumüller getötet«, sagte sie. »Vermutlich wusste er ebenfalls über dich Bescheid.«

»Mareike hatte ihm ziemlich viel erzählt, und irgendwann ist er darauf gekommen, mit wem sie sich an den Gleisen getroffen haben muss. Er hat mich mit seinem Elektroschocker bedroht. Der Blödmann war verknallt in deine Schwester.«

»Du hättest ihm das Ding doch abnehmen können. Wozu bist du ausgebildet?«

»Er wäre als Nächstes zu Marina Olbert gelaufen. Für mich stand schon wieder alles auf dem Spiel!«

Erneut bewegte sich das Gebüsch. Gesine entschied, Lasse nicht darauf aufmerksam zu machen.

»Die Sache ist für dich immer noch nicht zu Ende«, sagte sie, »selbst wenn du mich erschießt. Denn ich habe die Notizen, die Mareike gemacht hat, nicht.«

»Du zeigst mir Philipps Grab, und dann werden wir sehen, was du ausbuddeln kannst.«

»Also gut. Ich zeige dir das Grab, aber es wird dir nichts nützen, Lasse.«

Sie bewegte sich, als wolle sie losgehen, doch in ihrem Inneren spielte sie blitzschnell den Angriff durch, der ihr am wirkungsvollsten erschien. Sie konzentrierte sich auf ihre Körperspannung, dann trat und schlug sie zu. Vor Schreck drückte Lasse die Pistole ab. Der Schuss ging ins Leere, und damit war die einzige Sekunde verstrichen, in der er Gesines Angriff hätte parieren können.

Sie traf seine neuralgischen Punkte, von unten nach oben in erbarmungsloser Präzision. Als sie ihn am Ende zu Boden schleuderte, schien er kaum noch bei Besinnung zu sein. Er blieb liegen, mit verdrehten Armen, das Gesicht samt Brille im Staub. Sie kniete auf ihm und rang nach Luft.

»Lasse Johannsen. Du hast den Tod meines Sohnes in Kauf genommen, weil du mit persönlichen Dingen beschäftigt warst. Und du hast zehn Jahre später zwei Menschen getötet, um das zu vertuschen.«

Er spuckte und stöhnte, also hatte er sie verstanden. Sie verkantete seine Arme noch fester und zog ihr Handy aus der Tasche.

»Marina Olbert wird nicht lange brauchen, um hierherzukommen. Aber bis dahin solltest du mir erzählen, wo die Zwillinge sind.«

Sie telefonierte mit der Ermittlerin, knapp und sachlich, dann lockerte sie den Griff, um Lasse zum Reden zu bringen. Ihren Freund aus früheren Zeiten.

»Wo sind Frida und Marta?«

Von der Seite, aus Richtung des Grabes, kam ein Rascheln und Knacken aus dem Gebüsch.

»Gesine.« Eine helle Kinderstimme.

»Bleibt, wo ihr seid«, rief Gesine, aber die Sträucher teilten sich schon.

»Wir haben euch zugehört!« Das war Frida, halb hinter Marta versteckt, die Stimme voller Angst.

»Geht schnell zur Kapelle!« Gesine wies mit dem Kopf den Weg hinunter. »Ich hole euch gleich dort ab.«

Trotzdem kamen die Kinder näher. Ihre Blicke huschten zwischen der Kaninchenleiche, der Pistole, Gesine und Lasse hin und her.

»Der Polizist hat es erschossen«, sagte Marta und beugte sich über den Kadaver.

»Marta, komm her. Was hast du da auf dem Arm?«

Marta präsentierte eine Pflanzschale aus Plastik. Anstelle von Blättern lugte etwas Flauschiges über den Rand. Ein weiteres Kaninchen, ein sehr junges Tier. Das stumpfe Fell hob und senkte sich hektisch, die Augen waren verklebt. Es schien krank zu sein.

»Das dürfen wir behalten«, erklärte Marta, »wir haben es gefunden, als wir ganz fest an Schnuppi gedacht haben.«

»Aber wir waren uns nicht sicher«, schränkte Frida ein, »darum haben wir uns lieber versteckt. Da hinten steht eine Bank zum Ausruhen.«

»Ihr habt euch einfach nur versteckt? Den ganzen Tag lang?«

»Entschuldigung.«

Marta umarmte die Schale und bohrte ihre Nase in das Fell. Frida drängte sich dazu. Sie hielt die beiden Kuscheltiere in der Hand, die Maus und das alte Krokodil.

Gesine hätte schreien können. Verrückte, schlaue Kinder. Blumen pflücken, Kaninchen fangen. Und eine Suchmannschaft austricksen, die darauf spezialisiert war, Verletzte zu finden. Verletzte Mädchen oder gebändigte Mädchen, die wehrlos im Gebüsch lagen oder gefangen gehalten wurden. Aber nicht Mädchen, die den großen, wilden Ostfriedhof für sich nutzen konnten wie kaum jemand sonst. Die nichts anderes im Sinn hatten, als ihr neues Kaninchen nach Hause zu bringen.

»Ich bin so glücklich, euch zu sehen«, sagte Gesine rau und ließ für einen winzigen Augenblick in ihrem Druck auf Lasse nach. Da bäumte er sich auf und warf sie von sich ab. Sie versuchte noch im Fallen, die Pistole zu erreichen, aber Lasse war schneller.

Frida fing an zu kreischen, in höchster Panik.

»Hier bin ich!«, rief Gesine und wollte sich auf Lasse stürzen. Er aber feuerte in die Luft und brüllte: »Stopp!«

Sofort verstummte Frida. Gesine schob sich vor die Mädchen und breitete die Arme aus. In der Ferne hörte sie die Sirenen der Einsatzwagen.

Lasse wich zurück. »Ihr bleibt ganz still hier stehen.« Er drohte noch einmal mit der Waffe. »Und eines Tages, Gesine, wirst du kapieren, dass du nicht die Einzige warst, für die vor zehn Jahren eine Welt zusammengebrochen ist.«

Er entfernte sich humpelnd, und Gesine konnte nicht warten, bis er gänzlich verschwunden war. Sie nahm die Mädchen in den Arm und drückte sie an sich. Die Schale mit dem jungen Kaninchen steckte zwischen ihnen fest. Das Tier war so aufgeregt, dass man sein Herz zucken sah.

Frida weinte hemmungslos und rieb sich mit dem alten Krokodil die Wange. Der rote Stopffaden am Ohr hatte sich gelöst, und ein flaches Metallgehäuse bohrte sich durch die Naht. Gesine sah genauer hin. Es war ein USB-Stick, den jemand in das Kuscheltier eingenäht hatte.

Liebe Gesine,

über dem Meer geht die Sonne unter, und zum ersten Mal seit vielen Jahren bin ich mit mir im Reinen. Ich werde nach Deutschland zurückkehren und aufräumen.

Ich werde dir alles sagen. Ich werde dir gestehen, dass ich dich damals, als Philipp gestorben ist, angelogen habe und dass diese Lüge eine Vorgeschichte aus Feigheit hat.

Da lief etwas zwischen Lasse Johannsen und mir. Eher eine Affäre als eine Beziehung, aber immerhin ein paar Wochen lang, und mir war es zu peinlich, dir das zu verraten. Du hättest mir bestimmt den Kopf gewaschen, schließlich war Lasse unser guter Freund.

Du weißt, wie kompliziert ich damals war, und Lasse konnte nur hoffen, dass ich eines Tages auf den Geschmack kommen würde, doch noch ein geregeltes Leben zu führen. Er war so geduldig. Aber dann bin ich schwanger geworden.

Ich konnte mit niemandem über die Schwangerschaft reden, auch mit Lasse nicht, er hätte mich sonst bedrängt. Vielleicht hätte ich gern einmal mit dir gesprochen, aber du hattest so wenig Zeit.

Nur Mutter ist es schließlich aufgefallen. Schwanger, hat sie diagnostiziert, und dann musste ich bei den Alten im Wintergarten sitzen und mich rechtfertigen. Ein Albtraum, allerdings mit Ergebnis. Mir ist klargeworden, dass ich das Kind behalten wollte, und ich wollte auch Lasse Bescheid sagen. Unsere Affäre sollte damit aber zu Ende sein. Mir wäre das sonst zu eng geworden.

Ich habe Lasse also zu euch ins Gartenhaus bestellt, um mit ihm zu reden. Vater hat versprochen, mir den Rücken freizuhalten und sich an diesem Nachmittag um den kleinen Philipp zu kümmern.

Aber dann ist alles aus dem Ruder gelaufen. Lasse hat sich total aufgeregt, und als auch noch eine SMS von Vater kam, fühlte er sich regelrecht gedemütigt. Er begriff, dass Vater eher von der Schwangerschaft gewusst hat als er.

»Alles in Ordnung bei euch?« Super SMS.

Wir haben gestritten, haben fast einen Ringkampf hingelegt, geheult, geknutscht, und mittendrin meinten wir sogar, Geräusche aus dem Garten zu hören. Aber warum habe ich nicht darauf reagiert? Jedenfalls nicht so, wie ich es hätte tun müssen?

Und dann kam dein Schrei.

Ich war entsetzt, dass Philipp überhaupt zu Hause war!

Und als Vater und Mutter dann später noch behauptet haben, sie hätten den ganzen Nachmittag am Telefon gesessen, war ich sprachlos. Mir wurde die Tragweite der SMS jetzt erst bewusst. Das Ausmaß meiner Blödheit.

Vater hat mich unter Kontrolle gehalten. Nichts überstürzen, Mareike. Gesine nicht überfrachten, hat er gesagt. Wie solltest du damit fertig werden, dass dein gesamtes Umfeld in den Tod deines Sohnes verwickelt war?

Aber Vater wollte am nächsten Tag immer noch schweigen. Und am übernächsten Tag auch, und von Lasse war erst recht keine Hilfe zu erwarten.

Gesine, vielleicht kannst du dir vorstellen, dass es mir unmöglich war, das Kind, das ich im Bauch hatte, zu bekommen. Ich hätte dir nie ins Gesicht sagen können: Ich bin schwanger, ein neues Baby wächst, aber deinen Sohn habe ich unter die Erde gebracht.

Vater hat mir geholfen. Bei einem seiner Ärzte-Freunde habe ich einen Termin gekriegt, ohne Beratungsschein, ganz schnell. Und Lasse hat die Abtreibung bezahlt, obwohl er mich dafür verachtet hat. Dass ich die Macht hatte, seine Vaterschaft auszulöschen, war grauenvoll für ihn.

Nachher haben wir zusammengesessen, unsere Eltern, Lasse und ich. Immer noch wusste keiner, was wir dir genau sagen sollten. Die Wahrheit hätte Philipp nicht wieder lebendig gemacht, sondern dich nur zusätzlich belastet. Vor allem das Wissen um meine Schwangerschaft und den Abbruch wäre für dich schwierig gewesen, das haben wir uns jedenfalls eingeredet.

Und Mutter sagte immerzu: Man pflanzt keinen Bergeisenhut an die Terrasse, wenn man ein kleines Kind hat.

Ich schäme mich.

Ich hätte dich so gerne einmal in den Arm genommen. Mich entschuldigt und versucht, dir irgendwie zu helfen. Aber du wolltest mich nicht mehr sehen.

In Spanien habe ich einen Mann kennengelernt, den ich geheiratet habe. Juan ist toll, aber bis heute kennt er nicht die ganze Wahrheit. Ich schäme mich auch vor ihm. Ich schäme mich vor der ganzen Welt.

Mutter sagt, dass du seit Jahren verschwunden bist. Unbekannt verzogen, ohne deinen Klaus. Vielleicht sogar ohne Wohnsitz. Aber ich werde trotzdem nach dir suchen. Ich werde jeden Stein umdrehen, bis ich weiß, was aus dir geworden ist. Und dann werde ich dir diesen Brief geben und das Protokoll dazulegen, das ich eingescannt habe. Es ist ein genaues Protokoll der Ereignisse damals. Ich habe alles aufgeschrieben, als ich im Zug nach Spanien saß.

Ich werde mich auch mit Lasse treffen und verlangen, dass er mich darin unterstützt, dir die Wahrheit zu sagen. Es wird ihm unangenehm sein, aber er wird keine andere Wahl haben. Wenn er sich sträubt, werde ich alle Welt über ihn informieren, auch euer Präsidium. Er wäre seinen Job auf der Stelle los, oder? Immerhin hat er verschwiegen, dass er in den Tod deines Sohnes verwickelt war, und er hat schon damals die Beamten getäuscht, seine eigenen Kollegen. Als ich nämlich bei dir und Philipp im Garten war, hat er sich hinterrücks davongeschlichen und ist erst später wieder aufgetaucht, gemeinsam mit den anderen Polizisten. Ganz schön durchtrieben. Und dann noch die illegale Abtreibung, da kommt was zusammen, für ihn als Staatsdiener. Aber es soll nicht dein Problem sein.

Ich vermisse dich. Und ich hoffe so sehr, dass du mir verzeihst.

Deine Schwester Mareike

28

Gesine warf Holz in das Lagerfeuer. Die Glut glomm auf, in einer Fontäne stoben Funken in die Nacht. Es prasselte und knackte laut, die Rinde platzte von den Scheiten. Sie nahm einen Ast und zog die erste Kartoffel aus der Hitze. Die Alufolie war schwarz angelaufen, so wie es sich gehörte.

Marina Olbert saß auf dem Campinghocker und beugte sich vor, als müsse sie sich wärmen. Ihr Rennrad hatte sie an den Apfelbaum gelehnt, den Reißverschluss ihrer Trainingsjacke bis zum Kinn geschlossen.

»Normalerweise esse ich abends keine Kohlenhydrate«, sagte sie.

»Niemand zwingt Sie dazu.« Gesine reichte ihr eine Gabel. »Aber mir scheint, Sie machen heute gerne eine Ausnahme.« Sie gab ihr einen Teller mit einer Kartoffel und rückte den Kräuterquark in erreichbare Nähe. »Vielleicht wollen Sie auch den Wein probieren, Frau Olbert?«

»Ich muss noch zurückfahren«, wehrte Marina ab, aber sie lächelte dabei.

Das Eis im Weinkühler leuchtete im Widerschein der

Flammen. Gesine mixte sich eine Schorle und beobachtete, wie das Feuer ruhiger wurde.

Auf dem Hof waren inzwischen alle Fenster dunkel. Bauer Josef hatte darauf verzichtet, gute Nacht zu sagen, so irritiert war er, dass Gesine abends Besuch empfing. Wobei »empfing« die falsche Bezeichnung war. Gesine hatte Marina bloß nicht wieder weggeschickt, als sie plötzlich mit dem Fahrrad in der Hofeinfahrt stand und klingelte.

War es nicht überraschend, dass die Ermittlerin sich in ihrer Freizeit aus der Stadt herausbewegte? Vielleicht stand sie im Endorphinrausch, weil sie einen Kriminalfall abgeschlossen hatte. Gesine konnte sich noch gut an den Moment der Seligkeit erinnern, wenn man eine Akte schloss und damit zufrieden war.

Sie nahm sich ebenfalls eine Kartoffel. »Frau Olbert, ich fand es übrigens klasse, wie Sie die Fadenalge aus der Dusche von Lasse Johannsen geangelt haben.«

»Ja, es ist gut, dass wir die Alge haben«, erwiderte Marina bescheiden, »denn bisher hat Lasse alle Vorwürfe bestritten.«

»Und wie erklärt er den Umstand, dass er auf dem Friedhof vor Ihnen geflohen ist?«

»Er sagt gar nichts mehr, seit der Sekunde, in der ich ihm die Handschellen angelegt habe.«

Für einen Moment hatte Gesine den Eindruck, die Ermittlerin kämpfe mit einer peinlichen Vision, aber dann entspannte sie sich wieder.

Ein Käuzchen rief. Gesine legte den Finger an die Lippen, und sie lauschten. Marina hörte auf zu essen und stellte den Teller weg.

Als das Käuzchen verstummt war, zog sie einen Umschlag aus ihrer Trainingsjacke. »Ich habe Ihnen etwas mitgebracht, Frau Cordes. Ich dachte, Sie möchten es vielleicht haben.«

Ein altes Foto. Gesine hielt es näher ans Licht. Mareike und sie, Stirn an Stirn beim Tanzen. Ein Fest auf dem Hof des Präsidiums.

»Ich bin nicht der Typ für Andenken«, sagte sie, aber sie konnte den Blick nicht von dem Bild abwenden. So viel Ähnlichkeit zwischen Mareike und ihr, und doch waren sie so verschieden gewesen. So viel Nähe, und doch hatte Mareike sich verschlossen. Hatte sie belogen, hatte sich erst nach Jahren offenbaren und zugleich entlasten wollen, indem sie sich die eidesstattliche Versicherung von Lasse besorgte. Eine Versicherung mit zweifelhaftem Inhalt, denn es würde nie geklärt werden können, wer wen im Gartenhaus festgehalten hatte, als Philipp Hilfe brauchte.

»Ich kann das Bild auch wieder mitnehmen«, bot die Olbert an, »oder Sie behalten es erst einmal und werfen es weg, wenn Sie feststellen, dass es Sie nervt.«

»Es nervt nicht. Danke. Es ist nur ungewohnt.«

Sie steckte das Foto zwischen Polster und Lehne und achtete darauf, es nicht zu zerknicken.

Marina Olbert nickte zufrieden. »Darf ich Sie etwas fragen, Frau Cordes?«

»Lieber nicht.« Sie sah hoch in den Nachthimmel und dachte an die Zwillinge.

Marina nahm ihren Teller zurück auf den Schoß. »Lasse, Mareike und Ihre Eltern haben Sie angelogen, wobei jeder von ihnen meinte, einen triftigen Grund dafür zu haben. Wenn Sie das alles vor zehn Jahren gewusst hätten, hätten Sie dann die gleichen Konsequenzen gezogen und Ihr Leben so radikal verändert?«

Gesine seufzte. Was nützten die Spekulationen? Letztlich war sie doch mit ihren Entscheidungen auf einen guten Weg geraten, oder etwa nicht?

»Schon möglich, dass ich alles genauso gemacht hätte«, sagte sie. »Ich hätte in keinem Fall dort weiterleben können, wo mein Sohn gelebt hat.«

»Und was ist mit Ihrem Job? Haben Sie es denn nie bereut, bei der Kripo aufgehört zu haben?«

»Wollen Sie mir etwa ein Angebot unterbreiten?«

»Aber nein! Ich hole mir doch keine Konkurrenz ins Haus!«

Sie lachten gemeinsam auf, aber bei beiden klang es ein wenig gezwungen.

»Jedenfalls«, ergänzte Marina, »bin ich nicht so unerschrocken wie Sie, Frau Cordes. Sie hatten ja nicht einmal Angst, als Lasse mit gezogener Waffe vor Ihnen stand.«

»Doch«, antwortete Gesine, »ich hatte Angst, vor allem als Frida und Marta dazukamen.«

»Aber Sie haben Ihre Angst nicht gezeigt.«

»Wie Sie meinen.«

Das Feuer knisterte, und Gesine nahm den Ast wieder zur Hand, um in der Glut zu stochern. Für Marina Olbert war eine schwierige berufliche Aufgabe gelöst worden. Aber was war eigentlich für Gesine geschehen?

Marina stand auf. »Vielen Dank für das Essen.«

»Keine Ursache.«

»Wir sehen uns wieder. Spätestens beim Prozess gegen Lasse.«

Die Ermittlerin holte ihr Rennrad und wollte sich verabschieden. Gesine warf den Ast in die Flammen und reichte ihr die Hand.

»Angst vor dem Sterben hatte ich nicht«, sagte sie. »Für mich ist es nur schlimm, übrigzubleiben.«

Danke

an Heide Kloth als Lektorin, weil sie das Manuskript entdeckt und sofort in ihr Herz geschlossen hat,

an das Team der Ullstein Buchverlage, das dem Roman einen besonderen Rahmen verschafft hat,

an André Hille von Hille & Jung, weil er ein gutes Gespür hat und erreichbar ist,

an Maria Knissel, die als Freundin und Kollegin unermüdlich anspornt und kritisiert,

und nicht zuletzt an S. und L. M. für ihre andauernde und einfallsreiche Unterstützung.

Nele Neuhaus

Böser Wolf

Kriminalroman.
Taschenbuch.
Auch als E-Book erhältlich.
www.ullstein-buchverlage.de

»Frau Neuhaus aus dem Taunus lehrt uns das Gruseln mit Einblicken in trügerische Idyllen.«
Brigitte

An einem heißen Tag im Juni wird die Leiche einer 16-Jährigen aus dem Main bei Eddersheim geborgen. Sie wurde misshandelt und ermordet, und niemand vermisst sie. Auch nach Wochen hat das K 11 keinen Hinweis auf ihre Identität. Die Spuren führen unter anderem zu einer Fernsehmoderatorin, die bei ihren Recherchen den falschen Leuten zu nahe gekommen ist. Pia Kirchhoff und Oliver von Bodenstein graben tiefer und stoßen inmitten gepflegter Bürgerlichkeit auf einen Abgrund an Bösartigkeit und Brutalität. Und dann wird der Fall persönlich.

ullstein